U0090797

# 古典文獻研究輯刊

十九編

曾永義 主編

第 19 冊

形神空間的觀看、顯應與冥遊
——六朝觀音感應故事研究

邱學志 著

國家圖書館出版品預行編目資料

形神空間的觀看、顯應與冥遊——六朝觀音感應故事研究／邱
學志 著 — 初版 — 新北市：花木蘭文化事業有限公司，2019
〔民 108〕
目 4+182 面；19×26 公分
（古典文學研究輯刊 十九編；第 19 冊）
ISBN 978-986-485-652-7（精裝）
1. 六朝文學 2. 佛教文學 3. 文學評論
820.8                                            108000777

ISBN-978-986-485-652-7

古典文學研究輯刊
十九編　第十九冊
ISBN：978-986-485-652-7

形神空間的觀看、顯應與冥遊
──六朝觀音感應故事研究

作　　者　邱學志
主　　編　曾永義
總 編 輯　杜潔祥
副總編輯　楊嘉樂
編　　輯　許郁翎、王筑　美術編輯　陳逸婷
出　　版　花木蘭文化事業有限公司
發 行 人　高小娟
聯絡地址　235 新北市中和區中安街七二號十三樓
　　　　　電話：02-2923-1455 ／傳眞：02-2923-1452
網　　址　http://www.huamulan.tw 信箱 hml810518@gmail.com
印　　刷　普羅文化出版廣告事業
初　　版　2019 年 3 月
全書字數　156461 字
定　　價　十九編 33 冊（精裝）新台幣 64000 元　　版權所有·請勿翻印

# 形神空間的觀看、顯應與冥遊
## ——六朝觀音感應故事研究

邱學志　著

## 作者簡介

邱學志，國立中興大學中國文學系碩士畢，目前正就讀於國立中興大學中國文學系博士班。喜歡在文字中找尋自在，也喜歡在信仰中發掘靈明覺性，文學路途中曾得過一些文學獎，證明自己揮灑過的足跡。願此論文的出版能讓先進前輩、同好共感道業之精進，速達所願！

## 提　　要

　　觀音是影響中國最深遠的菩薩，在六朝時也首度出現了專門記載觀音顯聖事蹟之感應故事，且深遠地影響後世許多文學，也影響了觀音救度形象之建立，故本研究之基礎以六朝時之（宋）傅亮之《觀世音應驗記》、（宋）張演之《續光世音應驗記》、（齊）陸杲之《繫觀世音應驗記》為主，所採之版本為二○○二年董志翹根據語言、聲韻學相關資料點校之《觀世音應驗記》。從觀音感應故事中可以看見觀音濟眾之神通廣大，出入任何空間而不自得，現實、虛幻、鬼域、未知他界皆其出入場域，其信仰之神通力凌駕於任何空間之上，故其「空間」必有所究處，畢竟每個人都透過自己所在的歷史位置理解個人經驗，每一個人所在的空間具有特別意義。另外作為一種文學形式，小說具有它自己內在的地理屬性，它更展現人們在某時、某地的社會文化價值與心理認同。從本研究將得知觀音神力之威赫，可以跨越任何空間（如出入鬼域或夢中），甚至產生空間移動：如由甲空間至乙空間，甲空間至乙空間、再回到甲空間，或是個人自身能力的縱向提升等，形成了一種慈悲的空間霸權，在小說中由於諸生命的種種事件，因而更顯著其神聖空間之廣袤。

# 誌謝辭

　　時光荏苒，兩年半的求學歲月如梭般逝去，織成一片回憶滿懷！

　　這兩年半的歲月，讓我成長收穫良多，不僅認識了許多的同學，在求學的路上彼此勉勵、互相成長、互相支持，甚而有人在人生的路上也已經為人母、為人妻，邁向人生的另一境界，讓我無限欣羨－盈辰、齡儀、宜家、美玲、琍立、宜華，未來在各自的人生旅途上，大家繼續加油囉！

　　這兩年半的歲月說長不長、說短不短，感謝我的家人陪著我一起走過，每天下了班之後準備豐盛的晚餐讓我趕往台中上課，每一天晚上十點多、十一點多回家時總守在家門口為我等候，有時心情不佳更要聽我絮絮叨叨的訴苦，辛苦你們了，能夠成為你們的兒子、孫子真的是世界上最幸福的一件事！

　　這兩年半的時光更感謝我在求學生涯的燈塔－淑貞老師，老師總如慈母般殷殷叮囑，不僅僅關心我的課業更關心我的生活，每與老師請益，人生許多的疑惑彷彿可以寬慰得解，不再那麼困苦；在學業上也感謝老師的督促和關懷，讓我在論文上逐步逐步省思自己的歷程，小心自己的論述，碰到「卡關」問題時更要感謝老師的靈機數點，讓我每每有醍醐灌頂之效。淑貞老師，感謝您！遇到您真幸福。

　　這本論文的完成，是我對自己的期許。感謝明勳老師與淑媛老師不辭千里而來為我口試，進而提供許多寶貴的意見，讓「它」可以變得更好，真是感激不盡。明勳老師豐富的學識、幽默的談吐，話語間深入淺出，讓我見識到一位大家的風範，也去反思身為研究者的意義；淑媛老師雍容慈悲的大度，溫暖寬闊的話語，讓人有如沐春風之感，更開闊了我的眼界。能與兩位老師結緣，實在是末學累劫修來的福氣。

最後要感謝我的信仰——觀世音菩薩，讓我在徬徨無依時找到自己的方向；感謝十方圓通寺的師父們、傳放師父、拾得草堂的師父們，讓我在撰寫論文時給我寶貴的意見。

深深感恩、縈繞心頭。

學志 謹誌

## 表　次

# 第一章 緒 論

　　空間絕並不是只具有單一向度的意義，在觀音感應故事中除了觀看觀音救度之方式與濟眾，也顯示其是時代之產物外，其背後的空間應用與穿越更是值得探討，因而後世之觀音信仰書寫甚或形像或其超越空間之應用已為廣泛書寫。

## 第一節　研究動機

　　提及觀音，曾有「家家彌陀、戶戶觀音」〔註1〕之喻，可見彌陀與觀音〔註2〕信仰之盛。觀音素與我們所處的娑婆世界有極大因緣，聞聲救苦，應化身萬千無數，宗教上觀音救苦形象深植人心，心心念念拔濟著眾生的苦難，只要有求者一心繫念其名，便能獲得解脫，映照出觀音菩薩「救八難、解三毒、及應二求」之靈驗形象，亦不違其悲願「我復以此聞熏聞修，金剛三昧，無作妙力，與諸三世六道一切眾生，同悲仰故，令諸眾生，於我身心，或十四種無畏功德。一者由我不自觀音以觀觀者。令彼十方苦惱眾生。觀其音聲即得解脫。」〔註3〕

---

〔註1〕此為顯現唐代佛教信仰之熱烈的諺語，參見《佛光大辭典》（佛教諺語俚語）
　　　　（高雄：佛光山財團法人佛光山文教基金會，2009年8月），頁2710。
〔註2〕為使行文順利，全篇論文以「觀音」稱之，即今所謂的觀世音菩薩、觀自在
　　　　菩薩、觀音菩薩，屬大乘佛教中的菩薩信仰。
〔註3〕（唐）般剌蜜帝譯：《大佛頂如來密音修證了義諸菩薩萬行首楞嚴經》卷六，
　　　　《大正藏》第19冊No.945，頁0129a。

　　觀音是最富有中國特色的菩薩，民間對她的崇信遠在其他諸神佛之上。
〔註4〕佛教自漢朝傳入後，配合佛典的逐步翻譯與傳播，及至魏晉，南北分
裂，政治情勢紛亂，但依各階級的需要，及大量佛典的翻譯、僧團的出現等
眾因素，學佛者日增，佛教信仰盛行，觀音信仰則自西晉時由月支沙門竺法
護譯出《正法華經》後開始日趨蓬勃，信仰者大量增加，爲達宣揚觀音信仰
之目的，此時出現不少傳說與應驗故事〔註5〕，而這些應驗故事往往被視爲
是「深具『宗教』色彩之『文學』作品」〔註6〕，從中可探究最早觀音信仰
的情形，反應出觀音信仰所顯露的時代與空間意義，值得讓人省思觀音信仰
建構在應驗故事中出現的種種空間議題。在文學上，觀音信仰則具有實踐
性、互動性、開放性〔註7〕，在朝代不斷更迭過程中，觀音信仰也逐步中國
化、俗神化和藝術化，並和諸多文學作品互相指涉影響，可見觀音信仰與中
國文學之聯繫深遠。

　　另外在觀音感應故事中，常見觀音能跨展諸空間對諸患者或所求者實施
救度，不論各自然、人文空間，甚或鬼域，皆能見觀音普施恩澤，可知空間
一方面受到了各種流動的衝擊，失卻了它的完整性和同質性；另一方面，空
間總是試圖獲得一個自身的相對定義，它力圖維持自己的框架範疇〔註8〕，但
其中空間流動之情形令人好奇，究竟在現時空間框架下，觀音救濟力是如何
顯應的？空間絕不是一個價值中立的存在或是人們活動的背景，它一方面滿
足人類遮蔽、安全與舒適的需求，一方面更展現了人們在某時某地的社會文

〔註4〕　邢莉：《觀音——神聖與世俗》（北京：學苑出版社，2001年5月），二版，頁
　　　　2。

〔註5〕　竺法護初出《法華經》在晉太康七年（286年），但現存觀音傳說最早有年代
　　　　記載是《光世音應驗記》關於竺長舒的，事情發生在晉元康（291～299年）
　　　　年間，可知其受熱烈歡迎之情形。引自孫昌武：《中國文學中的維摩與觀音》
　　　　（天津：天津教育出版社，2005年1月），頁118。

〔註6〕　謝明勳：〈從佛經到志怪——以六朝觀世音故事爲例〉，《魏晉六朝學術研討會
　　　　論文集》（台北：東吳大學中國文學系，2005年9月），頁177。

〔註7〕　周秋良先生指出：在實踐性中，大量的感應故事就是這種實踐性的紀錄，正
　　　　是在不斷的實踐中，才實現了觀音信仰的中國化；互動性上，中國文化也因
　　　　觀音信仰的傳入發生許多變化；開放性上，觀音信仰開放地面對中國文化，
　　　　尤其是道教的神靈體系和儒家的倫理觀念。參考《觀音故事與觀音信仰研究
　　　　——以俗文學爲中心》（廣東：廣東高等教育出版社，2009年6月），頁30。

〔註8〕　汪民安著：《身體、空間與後現代性》（江蘇：江蘇人民出版社，2006年1月），
　　　　頁111。

化價值與心裡認同〔註9〕，因此感應故事中背後的空間文化、心理價值有其可探之處，另外世界本身也是互文性的，因此地方是由基於先前文本的實踐所銘刻，而世界裡的文本也會回頭影響塑造了它們的文本。〔註10〕

　　學術上，以六朝觀音感應故事爲題之研究方向乃因六朝自《法華經》譯出後觀音信仰日盛，是最早觀音信仰出現之朝代，且出現了最早的觀音感應故事，但後來卻經遺失直到近代才於日本發現，其文本具有珍貴性；而這些譯出的故事內容也包含了許多空間的應用與敘寫，甚至展現了一種空間的強大性，溯源到六朝可以和後世之其他文本有所對應。再來以空間理論入手，一者乃因空間理論爲新興理論，在近代許多觀音之研究上可以別出新意；二者感應故事之敘寫在空間上常有跨越、臨界、移動之現象和空間頗有呼應。因而本論文期能溯源觀音信仰在六朝感應故事中所呈現的各種空間，並盼與今日眾多之觀音信仰研究做脈絡性的整合與呼應。

## 第二節　相關研究成果探討

　　耙梳兩岸之觀音信仰專書、期刊及相關研究，可謂成果豐碩，研究面向多元寬廣，舉凡文學、宗教信仰、藝術、社會思想、思想、語言學等皆在討論範圍之列，以下筆者將整理目前兩岸有關觀音感應故事之相關研究，首先將以台灣出發，再擴及大陸，以列舉出目前有關觀音研究之方向與成果，以及其對本論文之啓發與可探之處。

### 一、臺灣

#### （一）專書

　　在台灣的專書分類上，總分爲文學和宗教信仰二類，其區分之關鍵在於文學類以觀音相衍生的文學文本作探討，宗教信仰類則主要以探討觀音信仰之流傳、思想或起源爲主。

#### 1. 文學

單以談論「觀音應驗記」之專書而言數量並不多，相關論述大多散逸在談

---

〔註9〕　畢恆達：《空間就是權力》（台北：心靈工坊出版社，2003年1月），頁2。
〔註10〕　王志弘等合譯：《現代地理思想》（台北：群學出版，2005年4月），頁374。

論整體「觀音信仰」或其對宗教、社會、文化、藝術、文學的影響,並對「觀音信仰」產生之背景、原因與價值作探討。林淑媛的《慈航普渡——觀音感應故事敘事模式及其宗教意涵》,其書乃改編自其博士論文而來〔註11〕。其書之研究材料主要以觀音感應故事為主,範圍包括佛教史傳、筆記小說,以及觀音感應故事專書,例如六朝的《光世音應驗記》、《系光世音應驗記》、《繫觀世音應驗記》以及清朝弘贊的《觀音慈林集》,並再參酌地方寺志。

　　該書採取的研究方法以敘事學與宗教學為主。就敘事學來看,著重的角度以敘事結構、敘事視角、敘事時間、敘事人物等探討其形成之模式,其特徵有:一、以敘事情節為主。作者考慮結構時的中心在情節的安排,情節的安排以彰顯靈驗的效果為中心。二、人物只具敘事功能,人物性格不是敘事的重點。三、敘事時間以順序法為主,呈現線性結構的方式。〔註12〕另外從形式區分為單線結構與複線結構〔註13〕,再根據核心事件的數目作為分畫的標準,凸顯感應故事。其中觀音法門的變遷,也反映觀音傳入中國的歷程與在中國逐漸本土化的痕跡。再從宗教的角度出發上,追求感應的宗教經驗讓我們藉感應故事去認識故事發生的社會文化背景,它更有宗教本質的意義,提供人類面對生命的有限性,追求終生關懷的目的。〔註14〕在文學影響上,林淑媛認為因感應故事記載菩薩靈異顯聖的感應故可以歸為奇蹟文學,並具有鮮明的藝術形象和獎善罰惡的社會功能。

---

〔註11〕 林淑媛之博士論文《慈航普渡——觀音感應故事敘事模式及其宗教意涵》寫於 2000 年 6 月,為國立中央大學中文研究所畢業論文,後於 2004 年編輯出書。可見林淑媛:《慈航普渡——觀音感應故事敘事模式及其宗教意涵》(台北:大安出版社,2004 年)。

〔註12〕 林淑媛:《慈航普渡——觀音感應故事敘事模式及其宗教意涵》(台北:大安出版社,2004 年),頁 183。

〔註13〕 單線基本結構包含:(一)核一→核二→核三 (二)核一→核二→核三(核一與核二之間加上衛星)(三)核一→核二→核三(在核二與核三之間加上衛星)(四)核一→核二→核三(在核三之後有衛星)(五)核一→核二→核三(在核一與核二之間,核二與核三之間加上衛星)(六)核一→核二→核三(在核一與核二之間,核三之後加衛星)(七)核一→核二→核三(在核一與核二,核二與核三,核三之後皆加衛星)(八)核一→核二→核三(在核二與核三,核三之後加衛星);而複線結構包含有兩組核心事件。上文引自林淑媛:《慈航普渡——觀音感應故事敘事模式及其宗教意涵》(台北:大安出版社,2004年),頁110、頁184。

〔註14〕 林淑媛:《慈航普渡——觀音感應故事敘事模式及其宗教意涵》(台北:大安出版社,2004 年),頁 185。

## 2. 宗教信仰

再來談論整體「觀音信仰」的專書有于君方的《觀音——菩薩中國化的演變》〔註15〕，該書以整體的角度探討觀音信仰在中國歷朝歷代的流變以及對文化、藝術、社會、歷史的影響。在該書的第四章中特別談論到〈感應故事與觀音的本土化〉，感應故事有助於觀音信仰的傳播，並證實佛典敘述所言不虛，因而觀音、信徒和圖像間存在著一種循環關係〔註16〕，信眾的至誠懇求觀世音菩薩名或其經典是感應產生的契機，若能堅信不疑便能獲觀音的救渡。回到六朝觀音信仰可探源三部最早的感應錄《光世音應驗記》、《系光世音應驗記》、《繫觀世音應驗記》，從中可以發現觀音信仰並不侷限於出家僧眾，而是對社會各階層都有影響，另外觀音信仰分佈的地域南北方皆有，其中以北朝居多，這可能是因為北方經歷更頻繁的戰亂和社會動盪，生活也較不安定所致〔註17〕。書中也提到即使觀音能夠適時解除眾生危難並滿眾生願，卻很少信徒親眼看見菩薩的真身，亦少相關形象的描寫。總之在觀音信仰透過感應書籍中真實人物的驗證與傳錄，變得實用而具體時，觀音也逐漸顯現出中國本土化的化身，發展出中國本土的特質與樣貌〔註18〕。

以上二書分別以文學敘事和宗教意涵的角度看待觀音感應故事，林書以敘事學觀點得出感應故事之安排以敘事情節為主，人物只具敘事功能，時間皆採順序法，彰顯出觀音顯聖之特點，但未談論到感應故事呈現的空間與環境問題。于書則採宗教之觀點認為觀音感應故事具傳播觀音信仰之功能，並和佛經相互印證，提供廣大苦難人民心靈之依託。綜合而言可以得知觀音感應故事之敘事模式以及信仰流傳之因。

## （二）期刊

在期刊的分類上和專書相同，主要以探討觀音相關文學讀本者分為文學，其有謝明勳的〈從佛經到志怪——以六朝志怪觀世音應驗故事為例〉，宗

---

〔註15〕于君方著，陳懷宇、姚崇新、林佩瑩譯：《觀音——菩薩中國化的演變》（台北：法鼓文化事業股份有限公司，2009年），初版。

〔註16〕于君方著，陳懷宇、姚崇新、林佩瑩譯：《觀音——菩薩中國化的演變》（台北：法鼓文化事業股份有限公司，2009年），初版，頁176。

〔註17〕于君方著，陳懷宇、姚崇新、林佩瑩譯：《觀音——菩薩中國化的演變》（台北：法鼓文化事業股份有限公司，2009年），初版同上注，頁187。

〔註18〕于君方著，陳懷宇、姚崇新、林佩瑩譯：《觀音——菩薩中國化的演變》（台北：法鼓文化事業股份有限公司，2009年），初版同上注，頁221。

教信仰則主要以探討觀音信仰之成因、類型爲主。

### 1. 文學

謝明勳的〈從佛經到志怪——以六朝志怪觀世音應驗故事爲例〉〔註19〕以六朝時期（時間）和「志怪小說」（文學）之觀點，兼攝佛經和文學（具宗教色彩之文類）做統整性的解釋。他認爲觀音應驗記是宣教者探文學形式的宗教產物，流通方式有書面亦有口語傳播，內容則以敘事性的故事詮說經文，使抽象的經文內容具體得現，在其故事題材之轉化中恰巧呼應世俗冀盼，以通俗化的想法與做法，來紓解人心日趨嚴重的心靈焦慮〔註20〕，內容展現了疑信相參到篤信不疑的經過，但易讓讀者流於作者成見而不自知；此類觀世音應驗故事所強調之「立即性」效應，顛覆了傳統中國之社會價值與秩序，以時人生活切身之例發揮「徵實」功能，而更能增添共鳴與感染力。

### 2. 宗教信仰

研究六朝觀音信仰的單篇期刊論文有孫昌武的〈六朝小說中的觀音信仰〉〔註21〕，該書以六朝的《觀世音應驗記》爲材料，分析這些感應記背後的觀音信仰，並且探討其在文學史及佛學史上的重要性。這些觀音感應故事是以實際見聞在流傳中形成，表明了當時信仰者信心的牢固，並且熱衷於宣揚這些信仰，亦即以「起信」的宣傳爲目的，但是這些信仰也反映了不同於「義學佛教」，更具實踐性格，表現了大乘佛教的精神本質。〔註22〕在文學表現上這些作品雖囿於時代的藝術水平，語言表達粗陋，教條化的表達宣教目的，但作者發現宗教的背景卻賦與它們特殊的力量，例如人物心理的描寫，對人物直接描寫其心理變化的過程〔註23〕，在該文中因礙於篇幅只概略提及人物心理。

〔註19〕 謝明勳：〈從佛經到志怪——以六朝觀世音故事爲例〉，《魏晉六朝學術研討會論文集》（台北：東吳大學中國文學系，2005年9月），頁177～199。

〔註20〕 謝明勳：〈從佛經到志怪——以六朝觀世音故事爲例〉，《魏晉六朝學術研討會論文集》（台北：東吳大學中國文學系，2005年9月），頁193。

〔註21〕 孫昌武，〈六朝小說中的觀音信仰〉，收於李志夫主編《佛學與文學——佛教文學與藝術學術研討會論文集（文學部份）》，（台北：法鼓文化，1998），頁201到228。

〔註22〕 孫昌武，〈六朝小說中的觀音信仰〉，收於李志夫主編《佛學與文學——佛教文學與藝術學術研討會論文集（文學部份）》，（台北：法鼓文化，1998），頁227。

〔註23〕 由於宗教信仰是建立在信仰者的內心中，因而「起信」即心理變化的過程，這些感應故事發展心理描寫的技法和宗教思維的特殊規律直接相關。引自孫昌武，〈六朝小說中的觀音信仰〉，（台北：法鼓文化，1998）。

　　黃東陽的〈六朝觀世音信仰之原理及其特徵——以三種《觀世音應驗記》為線索〉〔註24〕將六朝的三種《觀世音應驗記》當作考察範本，分析當時觀音信仰的原理及特徵。他發現觀音信仰乃建立在神靈崇拜的模式上，只要呼名便能得觀音顯聖，親身解難，觀音之救度能力是凌駕於漢地諸神之上的，此種稱名得度的方式也反映了當時人們關注現世利益的面向，具有實用層面，進一步排斥了要經歷死亡的淨土觀音，因而救苦的觀音形象深植人心。

　　從上述的期刊論文可以發現六朝的觀音感應故事，主要在發揮「徵實」的效果，以達對觀音「起信」為目的，觀音神通能力也大大超越了原本的中國諸神，另外這些文章也注意到了未來可以就感應記的人物心理表現做探討。

## （三）學位論文

　　觀音多應化群倫，關於觀音信仰的學位論文如星河浩瀚各放光芒，因而概將之以文學、宗教信仰、藝術、思想、社會做分類，可參見附錄（頁155）。從分類可窺知目前臺灣觀音信仰之研究方向有不少地方鄉土之觀音信仰狀況，及為數不少的觀音信仰圖像、圖騰、雕塑及梵唄等藝術美學的探討，還有觀音信仰對歷代文學之互涉研究。

### 1. 宗教信仰

　　單以探究歷朝觀音信仰之論文而言，六朝觀音信仰是中國最早觀音信仰的起源，目前尚未有完整六朝觀音信仰之研究論文出現，而其他相關的觀音信仰探討有陳秀蓮的《敦煌《觀音經》文獻及其相關信仰之研究》〔註25〕，主要利用傳世典籍與敦煌文獻實地考察敦煌壁畫，透過佛教文獻、歷史、義理與藝術等研究方法，詳細勾勒出中國唐五代觀音信仰的多元面貌與發展脈絡，並彌補現存史料的不足，其發現《觀音經》廣為上至最高統治者，下至廣大庶民及少數民族所共同接受，後再經過儒釋道三教交涉而產生信仰衍變。邱光輝的《古代印度觀音信仰之探討》〔註26〕，藉資料的整理與分析探討古代印度觀音信仰的起源、發展、變革及其在民間流行的特徵，發現古印

---

〔註24〕黃東陽：〈六朝觀世音信仰之原理及其特徵——以三種《觀世音應驗記》為線索〉，《新世紀宗教研究第三卷第四期》，2005年6月，頁87～114。

〔註25〕陳秀蓮：《敦煌《觀音經》文獻及其相關信仰之研究》，華梵大學東方人文思想研究所博士論文，2008年。

〔註26〕邱光輝：《古代印度觀音信仰之探討》，玄奘大學宗教學系碩士在職專班碩士論文，2007年。

度佛教經典所述觀音信仰重內在自我修持，而社會中流行的觀音信仰是世俗化、生活化、功利化，簡易化且多樣，既是宗教實踐中的觀音信仰，亦是社會世俗生活中的觀音信仰。徐一智的《明代觀音信仰之研究》〔註 27〕以文獻整理分析的方式發現信奉觀音者已從六朝原本集中在中、下級官吏（縣令、庫吏等）和僧人，往上擴及至皇室，往下普遍到一般百姓間，明代觀音信仰普及的原因，不再只是因為救度的緣故，菩薩更成為一種思想哲理的象徵——在不同人的眼中，有著不同的重要性。而明代觀音信仰的義涵存在著「佛教哲理化」的一個面向。呂和美的《漢傳觀音信仰之形成及其對唐、宋佛教婦女生活的影響》〔註 28〕，發現觀音信仰能在中國廣受歡迎與其形象的轉變沒有絕對的關聯，是源於觀音的特質對信仰者一直沒有任何性別、身分、階級、或善惡的限制，另外她提出要視一切眾生都是觀音菩薩的化身，而不是一昧的祈求。紀志昌的《兩晉佛教居士研究》〔註 29〕以合理的互證、資料的相互比對來勾勒兩晉居士佛教信仰的概貌，並稍提及觀音救度的信仰觀點。近來則有曾德清之《魏晉南北朝觀音信仰研究》〔註 30〕其考察六朝之觀音信仰，認為觀音之大悲救度力，可以使人們轉危而安，在時代之下人們祈求的是現實的平安脫險與福祉，長生不老則太不切實際。

### 2. 文學

在觀音感應記方面之研究有已出書之《慈航普渡——觀音感應故事敘事模式及其宗教意涵》，及謝宜君的《比較《觀世音應驗記》與《地藏菩薩像靈驗記》的說服策略》〔註 31〕，該研究發現「利誘與威嚇」分別是貫穿《觀世音應驗記》和《地藏菩薩像靈驗記》的勸信策略，前書利用慈悲的菩薩形象，顯現大慈大悲的情懷，俾使更多人加入信仰行列；後書的地藏菩薩形象亦是慈悲為懷，其威嚇意味來自死亡的恐懼，反向勸人不得不信仰地藏菩薩，筆

〔註27〕 徐一智：《明代觀音信仰之研究》，國立中正大學歷史所博士論文，2006 年。
〔註28〕 呂和美：《漢傳觀音信仰之形成及其對唐、宋佛教婦女生活的影響》，玄奘大學宗教學系碩士論文，2007 年。
〔註29〕 紀志昌：《兩晉佛教居士研究》，國立台灣大學中國文學研究所博士論文，2003 年。
〔註30〕 曾德清：《魏晉南北朝觀音信仰之研究》，國立台灣師範大學國文學系碩士專班論文，2011 年。
〔註31〕 謝宜君：《比較《觀世音應驗記》與《地藏菩薩像靈驗記》的說服策略》，國立清華大學中國文學系碩士論文，2007 年。

者以爲不論威脅或利誘皆乃救度之一種手段，背後有更深沉之宗教意涵。另外陸春雄的《《觀音慈林集》研究》〔註32〕以《觀音慈林集》爲研究材料，探文獻分析法闡述觀音菩薩能給予人民現實之利益，並以觀音感應故事以驗證其慈力「大慈爲眾生依歸，大悲度脫眾生」。

觀音信仰自印度傳入後，經過各朝代之轉化，除了信仰者不分階級廣爲信受外，並且與中國各宗教、思想交涉，觀音信仰不僅具有形而上之哲理性，也具有具體實踐之功能。而傳播觀音信仰之感應書籍，除了以宗教觀點印證觀音大慈大悲外，在說服眾人信仰的策略上則以利誘爲方法鼓吹人民一心稱念觀音。

## 二、中國大陸

### （一）專書

在中國大陸專書的分類上亦分成宗教信仰類與文學類，宗教信仰類探討整體觀音信仰從印度開始到中國傳播之發展、演變做考察；文學類則探討觀音與中國文學之聯繫關係與俗文學表現。

#### 1. 宗教信仰

李利安的《觀音信仰的淵源與傳播》〔註33〕改編其博士論文而來，透過經典和史料的分析，對整體觀音信仰從印度開始到中國傳播之發展、演變做考察，他發現印度觀音信仰在六朝時期出現了空前的規模，當時人們對觀音的解釋是從救難角度出發，信仰者遍布各階層，並析出史書與感應故事一百零二條，探討信仰者的時間、身分、地域、背景、災難的類型、觀音救難之實際體現、信仰實踐之效果，呈現了社會苦難數超越了自然苦難的狀況，因而觀音救苦之信仰便乘勢而起。

#### 2. 文學

孫昌武的《中國文學中的維摩與觀音》〔註34〕從維摩詰及觀音兩位菩薩探源，並分別析探其與中國文學流變的關係。他以爲六朝觀音感應故事在當時時代中有特定作用與意義，在藝術上也有它的特點，尤其感應故事已注意到了細節的描寫；但感應故事也有它的限制，情節往往被限定在「災難——

---

〔註32〕陸春雄：《《觀音慈林集》研究》，國立中山大學中國語文學系碩士論文，2002 年。
〔註33〕李利安：《觀音信仰的淵源與傳播》（北京：宗教文化出版社，2008 年 6 月）。
〔註34〕孫昌武：《中國文學中的維摩與觀音》（天津：天津教育出版社，2005 年 1 月）。

歸心——得救」的框架裡〔註 35〕，有些故事顯得平版、陳舊且形式化，今日看來反而反映了民間的愚執的迷信！

周秋良的《觀音故事與觀音信仰研究：以俗文學為中心》〔註 36〕，改編其博士論文而來，主要探討觀音信仰與本生故事對整個戲曲及俗文學的影響。在觀音本生故事中的妙善故事，經各朝不斷的潤飾與整理，主題逐漸豐富，妙善公主的形象也邁向圓滿，反映了觀音世俗化的改變。觀音形象中的魚籃觀音，則表現以色設緣的佛教和中國傳統文化之結合；送子觀音則是有求必應與中國生育文化結合之產物；南海觀音信仰源於印度海上救難神話，隨著觀音信仰的傳播，南海觀音信仰也不斷的世俗化並帶道家的文化意涵。最後就戲曲史而言，觀音在戲曲出現的頻率是較高的，舞台上觀音戲的不同表演型態體現出民間觀音信仰的變化。〔註 37〕六朝的觀音信仰藉著觀音本質的苦難救度因而興起，而此時的感應故事除了可以反應時代意義外，藝術上也能注意到人物內心的描寫，但情節則被限定在遇到苦難稱念觀音，再由稱念觀音得到救度的窠臼中。

### （二）期刊

中國大陸期刊共分成宗教信仰類與文學類，宗教信仰類以各面向探討觀音信仰以及它與中國文化之對應；另文學類則以感應故事文本出發，探討觀音之文學形式表現。

### 1. 宗教信仰

大陸學者孫昌武的〈中國漢地信仰與文學中的觀音〉〔註 38〕提出觀音信仰體現了他力救濟的重心，對文學作品的影響則出現宣揚救主式的人物、好人有好報、讚美慈悲心腸等主題。段友文的〈觀音信仰成因論〉〔註 39〕提出觀音信仰造成豐富的文化內涵，在信仰的積極面上使精神世界得到慰藉，消

---

〔註35〕 孫昌武：《中國文學中的維摩與觀音》（天津：天津教育出版社，2005 年 1 月），頁 133。

〔註36〕 周秋良：《觀音故事與觀音信仰研究：以俗文學為中心》（廣東：廣東高等教育出版社，2009 年 6 月）。

〔註37〕 周秋良：《觀音故事與觀音信仰研究：以俗文學為中心》（廣東：廣東高等教育出版社，2009 年 6 月），頁 11。

〔註38〕 孫昌武：〈中國漢地信仰與文學中的觀音〉，載《傳統文化與現代化》第 3 期，1995 年，頁 38～48。

〔註39〕 段友文：〈觀音信仰成因論〉，載《山西師大學報》第 2 期，1998 年，頁 14～18。

極面上表現人類因爲能力的低下而對外在產生了依戀。鄭筱筠的〈觀音信仰原因考〉〔註40〕認爲觀音信仰盛行有其佛教系統內部本身的原因外，更重要的是因爲它契合了中土以儒家文化爲主要支柱的傳統文化主張。李利安另篇〈觀音信仰的中國化〉〔註41〕認爲觀音信仰的中國化是所有外來文化在中國走向的一個縮影，是印度佛教文化與中國固有文化不斷交往的結晶，也是適應中國社會與文化而發生的嬗變。馮玉慶的〈淺述晉東南地區的觀音信仰〉〔註42〕探討東晉時東南地區對觀音的喜愛基於，一是有求必應；二是一稱其名，即可解脫；三是隨類化現，慈航普度。張二平的〈東晉淨土及觀音信仰的地域流布〉〔註43〕提出東晉會稽地區盛行觀音信仰，這些民俗信仰具有一定的地域性和流動性，另外彌勒信仰作爲菩薩的身份及未來佛下生人間的一面漸被觀音菩薩現世救濟之角色所取代。

## 2. 文學

宋道發的〈清淨爲心皆補怛，慈悲濟物即觀音——觀音感應初探〉〔註44〕從歷朝各感應故事出發提出一心稱名、勿存功利觀念、勿臨時抱佛腳等獲得感應的方法，觀音拔救眾生之苦難雖近乎怪異，但也滿足了中國民眾的功利需求。李利安的〈中國觀音文化基本結構解析〉〔註45〕指出觀音文化的核心是觀音信仰，而觀音思想的特點有因地、果地與救世信仰，在觀音世俗化中的文學內容概有具文學色彩的各觀音經典、觀音感應故事、觀音偈、各類文學作品中有關觀音的角色、較成熟的觀音文學等。吳勇的〈觀世音名號與六朝志怪小說〉〔註46〕整理了觀音的名稱，並概析了六朝觀音感應故事的稱名

〔註40〕趙筱筠：〈觀音信仰原因考〉，載《學術探索》第 s1 期，2001 年 5 月，頁 124 ～127。

〔註41〕李利安：〈觀音信仰的中國化〉，載《山東大學學報》第 4 期，2006 年，頁 62 ～68。

〔註42〕馮玉慶：〈淺述晉東南地區的觀音信仰〉，載《法音》第 9 期，2008 年，頁 48 ～49。

〔註43〕張二平：〈東晉淨土及觀音信仰的地域流布〉，載《五臺山研究》第 1 期，2010 年，頁 39～43。

〔註44〕宋道發：〈清淨爲心皆補怛，慈悲濟物即觀音——觀音感應初探〉，載《法音》第 12 期，1997 年，頁 7～12。

〔註45〕李利安：〈中國觀音文化基本結構解析〉，載《哲學研究》第 4 期，2000 年，頁 44～51。

〔註46〕吳勇：〈觀世音名號與六朝志怪小說〉，載《江漢論壇》第 8 期，2007 年，頁 123～127。

得度情形，從而提出稱名觀音名號的重要性。

從上期刊論文可知觀音信仰包含傳統儒家的兼濟精神，並具有慰人心理的積極功能，能夠因時地而制宜，而觀音感應故事就是觀音信仰之彰顯，一方面也滿足了祈求者的欲望。

### （三）學位論文

徐哲超的《六朝觀音應驗故事研究》〔註47〕以六朝的三種《觀世音應驗記》為主要研究對象，並從文學視野的角度發現這些故事具有注重徵實、故事主角走向平民、開始心理描寫、誇張手法運用等特點。王建的《兩晉南北朝時期觀世音靈驗故事探析》〔註48〕也以六朝的三種《觀世音應驗記》為考察對象，並著重於將文本對照《觀世音菩薩普門品》中的七難二求分析〔註49〕，歸納感應故事具有堅實信仰、補充史實、文學上也成功塑造出觀音的「救世主」的形象。

耙梳兩岸觀音信仰之研究後發現多如繁花，不同的領域各有不同的詮釋與研究，在本論文之研究基礎上可以得知：其一，從宗教學觀察，不少探索觀音信仰起源者，從最初的印度觀音信仰一直到今天的地方觀音信仰，另外不少宗教學者或研究者將觀音信仰的意義分析得極透徹，並將觀音信仰中觀音經典與相關文學作品做了互文性的對照，以此驗證觀音救度之神通廣大與全能。

其二，從藝術觀察，每個人對觀音信仰體會的展現不同故有不同之結晶產生，因而有關觀音的雕塑、圖像、書畫、造型、形象等研究有許多不同角度闡述之研究或專書。

其三，從文學研究觀察，隨著經典的翻譯與流通，還有觀音形象的多重變化與後人詮釋，探討觀音與文學作品交涉的研究不在少數。關於觀音信仰

---

〔註47〕 徐哲超：《六朝觀音應驗故事研究》，四川大學文學與新聞學院碩士論文，2007年。

〔註48〕 王建：《兩晉南北朝時期觀世音靈驗故事探析》，華東師範大學人文社會科學學院歷史系碩士論文，2009年。

〔註49〕 七難二求主要依《觀世音菩薩普門品》中菩薩能施救度之災難及滿足眾生之需求歸納。七難說法各異，《佛光大辭典》認為有：火難、水難、鬼難、刀杖難、羅剎難、枷鎖難、怨賊難；（日）小南一郎認為有：火難、水難、風難、被害難、羅剎難、杻械難、急賊難；（美）于君方認為有火、水、風或羅剎、刀杖、鬼、枷鎖、怨賊等難。二求則為求男得男，求女得女。

文類的探討，多以感應故事爲主，探討之手法有以信仰者之角度述說觀音信仰的無遠弗屆，任何苦難者只要稱名皆能得救，得出觀音普度慈航的意義，並成功塑造出觀音無所不能之形象；另有以敘事觀點專文探討感應故事中敘事情節、人物、結構、時間等議題，得出不脫故事主角遇到苦難稱名得救的僵化敘事模式，以及感應故事具讓人對被信仰者有信心、重下層人民生活的描寫特點。

　　但觀音救度之空間及其空間的展演仍未被提及，故本研究盼能上溯最早之六朝觀音信仰——感應故事爲考察對象，關注前人尚未探究之空間面向，以空間的視角補充六朝觀音感應故事的各種面向，建立完整感應故事之空間風貌。因爲空間是人類賴以生存的象限〔註50〕，且任何敘事一定會包含一定的空間，事件必定會包含在某個地方，透過人物在視覺、聽覺、觸覺等知覺會建構出空間的感知，並藉著個人的感知以及時代之特性會賦予它不同之意義。空間可以說是歷史形象的再現，同時也是一種歸屬感，一種認同。〔註51〕而許多敘事正是以（眞實存在或想像的）地理、方位、景觀、建物來命名，空間的重要可見一斑。〔註52〕因而從整體空間之角度探究六朝觀音感應故事有其重要性，且能具現時代脈絡、個人感受相互呼應之價值。

## 第三節　研究範圍、材料與研究進路

　　本研究期望能以空間分析的角度，探討六朝時期觀音信仰在感應故事的空間表現，除了表面的人文空間和自然空間外，亦探及感應故事中空間所呈現的各種意義，續接過去還沒有人發現之敘事相關議題，並與前人之相關研究呼應。

### 一、研究範圍

　　本研究之時間範圍以六朝（西元220～589年）爲主，起至東漢建安二十五年獻帝遜位，直到陳後主降隋，計有三六九年。由於六朝是一個分裂的朝

〔註50〕林淑貞：〈地景臨現——六朝志怪「地誌書寫」範式與文化意蘊〉，載《政大中文學報》第12期，2009年12月，頁179。
〔註51〕林淑貞：〈地景臨現——六朝志怪「地誌書寫」範式與文化意蘊〉，載《政大中文學報》第12期，2009年12月，頁161。
〔註52〕翁振盛：《敘事學》（台北：行政院文化建設委員會，2010年），頁192。

代，本研究以廣義角度來看之，以廣義角度包含之，地域範圍包含除了三國的吳、東晉、宋、齊、梁、陳外的南方政權，也包含北方政權的五胡十六國及北朝。而六朝時期兵荒馬亂、戰爭頻仍，國土危脆、朝代更易頻繁，而人心更顯茫茫無依，故「觀音信仰」之出現恍如浮木讓民心得以所託，讓人民期待能在現實中離苦。

　　探討之文本以六朝時的觀音感應作品為主，佛教從東漢傳入後，除了宗教上的心靈寄託外，也對文學產生了許多影響。就表現的主體精神而言，在中國，詩歌的內容主要是史官文化的範疇，而小說則是巫文化的產物。但在表達時，則正好相反，詩往往重巫文化的方式，而巫文化的產物的小說，則往往要貼上史的標籤。〔註53〕正如劉熙載所言：「文章蹊徑好尚，自莊、列出而一變，佛書入中國又一變。」〔註54〕六朝時，為了宣教以及加強民眾信仰之心，出現不少感應故事，其流傳作品據魯迅所言：

> 釋氏輔教之書，《隋志》著錄九家，在子部及史部，今唯顏之推《冤魂志》存，引經文以證報應，已開混合儒、道之端矣，而餘則俱佚。遺文之可考見者，有宋劉義慶《宣驗記》、齊王琰《冥祥記》、隋顏之推《集靈記》、侯白《旌異記》四種，大抵記經像之顯效，明應驗之實有，以震聳世俗，使生敬信之心，故後世則或視為小說。〔註55〕

揭示六朝時期的感應故事乃深受佛教所影響。這些功德記、感應記、靈驗記、冥報記等這一類作品，乃指向佛、菩薩、祈禱、懺悔；或念佛、誦經、造經、造像之後，出現感通、靈異等神異經驗的記敘。〔註56〕意即由許多相類之「神異」、「靈驗」故事，以「徵驗」、「應驗」的表現方式，來傳達某種信念〔註57〕。釋與道自古而今一直與巫術關係密切，關於佛教的小說，列仙之類，也是志

---

〔註53〕 葉桂桐著：《中國古代小說概論》（台北：文津出版社，1998年10月）頁182～183。

〔註54〕 （清）劉熙載：《藝概》卷一（上海：上海古籍出版社，1978年），頁9。

〔註55〕 魯迅：《中國小說史略》（上海：上海古籍出版社，1998年），頁32。

〔註56〕 鄭阿財：〈敦煌佛教靈應故事綜論〉，收於李志夫主編《佛學與文學——佛教文學與藝術學術研討會論文集（文學部份）》，（台北：法鼓文化，1998），頁121到152。

〔註57〕 孫昌武，〈六朝小說中的觀音信仰〉，收於李志夫主編《佛學與文學——佛教文學與藝術學術研討會論文集（文學部份）》，（台北：法鼓文化，1998），頁178。

怪的範圍。〔註58〕

　　在危難之際誦《觀世音經》或稱觀世音菩薩名號，便能立即化險爲夷，這是典型的宗教信仰現象。〔註59〕觀音感應故事即宣達六朝時觀音有感眾生「禱」而於眾生有「驗」之種種宗教顯聖事跡，它也具有史實參考之價值，並反映了整個時代及地域所處空間之苦難混亂，此外宗教的目的本在此人民心靈有所依歸，能找到寄託之方向，因而此類感應故事呈現故事人物心理關係外，也展現了信仰者內心的信仰空間，以及內在環境和外在時代環境的對比性。換言之，同時有空間的一般性和地方的特殊性，彼此互爲面向，或者，它們都是構成人文化地表整體的面向。〔註60〕

## 二、研究材料

　　本研究之文本以六朝時的觀音感應故事爲主，包含（宋）傅亮撰寫之《觀世音應驗記》〔註61〕、（宋）張演撰寫之《續光世音應驗記》〔註62〕、（齊）陸杲撰寫之《繫觀世音應驗記》〔註63〕，《隋書·經籍志》和《唐書·經籍志》皆曾提及（宋）傅亮撰之《光世音應驗記》和（齊）陸杲撰之《繫觀世音應驗記》〔註64〕，《續光世音應驗記》則未見史志任何著錄，學者王國良爲之做了詳盡之版本考（如表一）〔註65〕。不過以上三書在中國已經遺佚，目前所見爲日本在京都天台宗青蓮院所發現之古抄本，一九五四年時塚本善隆公佈傅亮的《光世音應驗記》原文，一九七〇年，牧田諦亮將《觀世音應驗記》

〔註58〕葉桂桐著：《中國古代小說概論》（台北：文津出版社，1998 年 10 月）頁 66。
〔註59〕劉亞丁著：《佛教靈驗記研究──以晉唐爲中心》（四川：巴蜀書社，2006 年 7 月），頁 197
〔註60〕王志弘等合譯：《現代地理思想》（台北：群學出版，2005 年 4 月），頁 4。
〔註61〕（宋）傅亮撰：《觀世音應驗記》，輯入《觀世音應驗記三種》譯注，（南京：江蘇古籍出版社，2002 年）。
〔註62〕（宋）張演撰：《續光世音應驗記》，輯入《觀世音應驗記三種》譯注，（南京：江蘇古籍出版社，2002 年）。
〔註63〕（齊）陸杲撰：《繫觀世音應驗記》，輯入《觀世音應驗記三種》譯注，（南京：江蘇古籍出版社，2002 年）。
〔註64〕（唐）魏徵等撰，《隋書·經籍志》：「應驗記一卷宋光祿大夫傅亮撰」（點校本，北京：中華書局，1997 年 9 月），頁 980。（宋）歐陽修、（宋）宋祁同撰：「繫應驗記一卷陸杲撰」，《新唐書》（點校本，北京：中華書局，1997 年 9 月），頁 2005。
〔註65〕整理自王國良：《魏晉南北朝志怪小說研究》（台北：文史哲出版社，1984 年 7 月），頁 302～304

加以整理校注，從新排版印刷。中譯本則是孫昌武在一九八四到一九八六年日本講學時，在日本發現此感應記三書，並在一九八六年出版《觀世音應驗記》中文版。二○○二年董志翹根據語言、聲韻學相關資料點校《觀世音應驗記》，做了完整的資料比對、校正和補充，因而本文採用董志翹書作爲研究底本。另外六朝時的《宣驗記》〔註66〕、《冥祥記》〔註67〕、《旌異記》〔註68〕三書亦收有收錄觀音感應之相關故事可資考察，但是其雜錄了佛教各種靈驗故事，並不像觀音感應故事乃以觀音信仰爲主，呈現出統一且清晰的面貌，可以引出當時供養觀音之進路，是故本論文所探討之文本單純以（宋）傅亮撰寫之《觀世音應驗記》、（宋）張演撰寫之《續光世音應驗記》、（齊）陸杲撰寫之《繫觀世音應驗記》爲主。

**表一：六朝觀音感應故事版本考（整理自王國良：《魏晉南北朝志怪小說研究》）**

| 考據　　　書名 | 作者考 | 卷本考 | 內容考 |
|---|---|---|---|
| 《觀世音應驗記》一卷（簡稱《應驗記》） | 宋傅亮撰。亮，字季友，北地靈州人。晉傅咸之玄孫也，博涉經史，歷仕晉、宋，官至左光祿大夫，後爲宋文帝所誅。 | 隋志、通志，並著錄一卷。原書國內久無傳本，日本京都天台宗青蓮院有鎌倉時期古抄卷子本，現已由牧田諦亮加以整理校注，重新排印出版。 | 全書共七則，記竺長舒、帛法橋、鄴西寺三胡道人、竇傳、呂竦、徐榮、竺法義等人稱念觀音獲致靈異之事跡。 |
| 《續觀世音應驗記》一卷 | 宋張演撰。字景玄，吳郡吳人。宋會稽太守張裕之子，有盛名，官至太子中舍人，早卒。 | 未見史志著錄，國內久失傳，日本京都天台宗青蓮院有鎌倉時期古抄卷子本，現已由牧田諦亮加以整理校注，重新排印出版。 | 全書共十則，記徐義、張展、惠簡道人、孫恩亂後臨刑二人、道泰道人、釋僧融、江陵一婦人、毛德祖、義熙中士人、韓當等人稱念觀音獲致靈異之事跡。 |

〔註66〕（宋）劉義慶撰：《宣驗記》，輯入魯迅之《古小說鉤沉》，（台北：盤庚出版社，1978年）。
〔註67〕（齊）王琰撰：《冥祥記》，輯入魯迅之《古小說鉤沉》，（台北：盤庚出版社，1978年）。
〔註68〕（隋）侯白撰：《旌異記》，輯入魯迅之《古小說鉤沉》，（台北：盤庚出版社，1978年）。

| 《繫觀世音應驗記》一卷（簡稱《繫應驗記》） | 齊陸杲撰。字明霞，吳郡吳人。少好學，工書畫。齊末爲司徒從事中郎，入梁，官至金紫光祿大夫。 | 新舊唐志並著錄一卷。原書國內久失傳，日本京都天台宗青蓮院有鎌倉時期古抄卷子本，現已由牧田諦亮加以整理校注，重新排印出版。 | 全書依法華經觀世音菩薩普門品及請觀世音菩薩消伏毒害陀羅尼經做十一項靈驗分類。 |
|---|---|---|---|

## 三、研究方法

在過去傳統的社會學方法，所討論的皆是時間和歷史的議題，主要以「歷史決定論」爲主，每個人都是透過自己所在的歷史位置理解個人經驗；但是此種歷史想像原則便會排擠了空間發揮的作用，直到後來有許多學者對空間做了相關闡釋，例如傅科（Michel Foucault）（1926～1984）提出了「異位」的概念，認爲異位是現代社會的典型空間，並將注意力移動到「外部空間」，這種空間是人們實際使用的（而且是由社會生產的）場域空間以及場域之間的諸種關係，〔註69〕另外他也強調空間在任何的權力運作中非常重要。約翰・伯杰（John Berger）則認爲我們必須考慮諸種事件和諸種可能性的同存性和延伸性，因而對事物的預知牽涉到地理的投射，而非歷史的投射；藏匿各種結果使我們無法看見的是空間，而不是時間。〔註70〕其將過往重視時間性、歷史決定論拉到空間的視線上。之後許多馬克思主義的學者投身空間理論的建置與分析，其理論才算奠定。

不同學門，不同學者對空間各有其詮釋和定義的方法，例如法國都市理論家列斐伏爾（Lefebvre）提出一種比較精密的空間解釋，他區分了比較抽象的空間（絕對空間），以及生活和有意義的空間（社會空間）（Lefebvre，1991）。〔註71〕另外他也提出了三元空間分析架構，空間實踐——爲人所知覺的空間、空間的再現——每個人心中的概念空間、以及再現的空間——一種難以界定卻又有自己生命意義的空間。〔註72〕另外，索雅也闡述了列斐伏爾

〔註69〕（美）艾德華・蘇賈著，王文斌譯：《後現代地理學——重申批判社會理論中的空間》（北京：商務印書館，2004 年），頁 25。
〔註70〕（美）艾德華・蘇賈著，王文斌譯：《後現代地理學——重申批判社會理論中的空間》（北京：商務印書館，2004 年），整理自頁 35～36。
〔註71〕 Tim Cresswell 著，王志弘、徐苔玲譯：《地方——記憶、想像與認同》（台北：群學出版社，2006 年），頁 22。
〔註72〕 Henri Lefebvre: The Production of Space. Oxford: Basil Blackwell，1991，p.33-39。

（Lefebvre）的概念發展出「空間性的三元辯證」，目的是爲了批判二元性空間概念爲主，其第一空間描述在經驗上可以測量的結果，強調物質性和客觀性；第二空間是主觀和想像的空間，是由構想的地理投射到經驗世界所構成，呼應了許多人的地方觀念；第三空間是爲人實踐及生活的空間，並思考前人所未及之可能性，活化空間知識。〔註73〕從上理論中可發現空間與個人感知有關，並由實踐創造出來。而小說中即使是想像的或是眞實的地方，也具有政治地理學家阿格紐（John Agnew）提出「有意義區位」的「場所」〔註74〕，因其有定位、物質視覺方式，地方以及人，還有人的互動，其空間必有探討處，換言之感應故事也必然，有其空間可深究處。畢竟它們都是人類創造的有意義空間，它們都是人以某種方式而依附其中的空間。〔註75〕

　　回到文學所建構的空間，他不僅單單反應外面的世界，它也提供了認識不同世界的方法，及作品和作品之間的關連性，和其他有關的議題。作品中的不同觀點組成了一個相互關聯的格局，通過它可以瞭解世界。〔註76〕如同邁克‧克朗引述達比（1948）關於哈代筆下的西撒克斯評論：

> 作爲一種文學形式，小說具有內在的地理屬性。小說的世界由位置和背景、場所與邊界、視野與地平線組成。小說裡的角色、敘述者、以及朗讀時的聽眾佔據著不同的地點和空間。任何一部小說均可能提供形式不同、甚至很有價值的地理知識，從對一個地區的感性認識到對某一地區和某一國家的地理知識的系統了解。〔註77〕

文學反映了人在空間中流動、人在空間與空間流動的關係，並且標示了地點和空間的社會意義以及實踐意義，從中也可以看到地理體驗和作者自我之間的緊密關係，揭示著複雜的空間議題。而空間的書寫，往往結合時間與記憶，

〔註73〕整理自 Edward W. Soja 著，王志弘、張華蓀與王玥民等譯：《第三空間》（台北：桂冠出版社，2004），頁80～106。
〔註74〕John Agnew 提出地方成爲「有意義區位」的面向有區位、場所、和地方感。John Agnew：The United States in the World—Economy：a regional geography，New York：Cambridge University Press，1987。
〔註75〕Tim Cresswell 著，王志弘、徐苔玲譯：《地方──記憶、想像與認同》（台北：群學出版社，2006 年），頁14。
〔註76〕（英）邁克‧朗克（Mike Crang）著，楊淑華、宋慧敏譯：《文化地理學》（南京：南京大學出版社，2003 年），頁73。
〔註77〕（英）邁克‧朗克（Mike Crang）著，楊淑華、宋慧敏譯：《文化地理學》（南京：南京大學出版社，2003 年），頁55。

空間和時間在個人經驗中共存、互成網絡、並且彼此界定。〔註78〕

　　空間絕不是一個價值中立的存在或是人們活動的背景，它一方面滿足人類遮蔽、安全與舒適的需求，一方面更展現人們在某時某地的社會文化價值與心理認同。〔註79〕而文學空間的研究，重視作品的內在因素：作家情感空間、作品的心理空間、社會文化環境、人文空間投射了人物的行為與思考。〔註80〕各種行為在不同的時間裡被允許，而不同的行為又被不同的空間所規定，因此，從具體的空間行為可以了解到空間的秩序感，以法國作家 Rabelais 的作品 Gargantua 裡，他對於嘉年華會、商品展及無秩序市集等空間的詮釋，是一種社會規範被顛倒的、低層文化比高層文化佔優勢、是失序的、有類似過節感的特徵的一種空間。〔註81〕在本研究中將探討六朝觀音感應故事內在所建構的文學空間，跳脫和經典互文印證之觀點探討其空間書寫的情形加以分析和詮釋，主要的理論主要採邁克‧朗克（Mike Crang）著的《文化地理學》〔註82〕為綱領，「文學空間」本身是屬於一種「人文性」的建構，這種建構是有其目的性，主要是在自然地理、物理形式，或是人為所建構的人文環境中，建構出「人文空間」而進行各種儀式與心理活動。〔註83〕因此本文將從六朝感應故事的地理現實空間出發，兼及有形肉身所占據的物理空間（space of action）與心理狀態或心靈居留的心理空間，進而擴及人文與地理之互動，再探討感應故事中的宗教呈現與靈異空間，即以「單純物理空間」、「單純人文景觀」、「人地互動與人文闡釋之主觀空間」、「神聖和靈異之幻想空間」為尺度，建立立體空間形象來詮釋感應故事中的空間內涵（如表二），畢竟空間也與人們的詮釋以及生活經驗穿透交織在一起，而展現不同的意義〔註84〕，所以各種空間經由人們的詮釋和想像，甚至再解讀之後，有其重要性展現。

〔註78〕段義孚（Yi-Fu Tuan）著，潘桂成譯：《經驗透視中的空間與地方》（台北：國立編譯館，1998 年 3 月），頁 123。
〔註79〕畢恆達：《空間就是權力》（台北：心靈工坊，2001 年 6 月初版），頁 2。
〔註80〕金明求：《虛實空間的移轉與流動：宋元話本小說的空間探討》，國立台灣師範大學國文研究所博士論文，2002 年，頁 13〜138。
〔註81〕林怡蕙：《小說中文本的地理論述──以鹽田兒女小說為例》，國立高雄師範大學地理研究所碩士論文，2002 年，頁 20。
〔註82〕（英）邁克‧朗克（Mike Crang）著，楊淑華、宋慧敏譯：《文化地理學》（南京：南京大學出版社，2003 年）。
〔註83〕金明求，《虛實空間的移轉與流動：宋元話本小說的空間探討》，國立台灣師範大學國文研究所博士論文，2002 年，頁 2。
〔註84〕畢恆達：《空間就是權力》（台北：心靈工坊出版社，2003 年 1 月），頁 6。

另外在分析文本上兼採胡亞敏的《敘事學》〔註85〕，該書敘事理論紮實深厚，其將敘事空間稱為環境，並將其分為三要素：自然現象、社會背景、物質產品，環境的呈現方式又有支配與從屬、清晰與模糊、靜態與動態，環境的類型則有象徵性環境、中立型環境、反諷型環境，足以去探析感應故事背後的空間敘寫模式。另外輔以翁振盛的《敘事學》〔註86〕、米克·巴爾的《敘事學：敘事理論導論》〔註87〕二書，互補其有無之處。

## 四、研究進路

本研究主要以文獻分析、歸納及詮釋方法為主，進路以蒐集感應故事文本，進而對感應故事中的空間加以分析，最後對感應故事文本所建構之空間加以詮釋。在空間有關之理論中，列斐伏爾（Lefebvre）他區分了比較抽象的空間（絕對空間），以及生活和有意義的空間（社會空間），他也提出了三元空間分析架構，空間實踐——為人所知覺的空間、空間的再現——每個人心中的概念空間、以及再現的空間——一種難以界定卻又有自己生命意義的空間。而索雅也闡述了列斐伏爾（Lefebvre）的概念發展出「空間性的三元辯證」，目的是為了批判二元性空間概念為主。而本研究之參照大綱以《文化地理學》所對空間之界定為準，加以細分，因為「文學空間」本身是屬於一種「人文性」的建構，這種建構是有其目的性，主要是在自然地理、物理形式，或是人為所建構的人文環境中，建構出「人文空間」而進行各種儀式與心理活動。〔註88〕並且再依照敘事學中的空間敘事來分析六朝觀音感應故事中的空間關係，參酌的文本以胡亞敏的《敘事學》為主，以之探析感應故事中所敘寫的內外在空間在文本以及讀者接受的敘事意義。

歷來西方學者有關空間觀念的討論甚多，擇要言之：亞里斯多德認為空間即為容納物體的容器，康德認為空間乃對外在現象一種先驗的直覺形式。顯然前者側重客體，後者側重主觀。西方另有一種空間觀念，認為空間乃是讓人把內在的經驗外化，並進而與他人的經驗交會之場所，所以空間可以說

---

〔註85〕 胡亞敏：《敘事學》（湖北：華中師範大學出版社，2004 年）。

〔註86〕 盛治仁主編，溫振盛、葉偉忠著：《敘事學·風格學》（台北：行政院文化建設委員會，2010 年）。

〔註87〕 （荷）米克·巴爾著，譚君強譯：《敘事學：敘事理論導論》（北京：中國社會科學出版社，2003 年）。

〔註88〕 金明求，《虛實空間的移轉與流動：宋元話本小說的空間探討》，國立台灣師範大學國文研究所博士論文，2002 年，頁 2。

是主客交流的實體。〔註89〕而以空間與人物塑造作爲探討問題之一，因爲小說中人物所處的空間，絕對不只是背景的意義，而是與人物形象的塑造息息相關，因爲人類的存在，並非一無依傍的，他是和周圍的世界形成一種關係而生存的〔註90〕，因而在敘事中透過人和空間或環境的互動，會使得空間具有生命力和流動性，可以從中展現人物的際遇、形象、身分特徵或是性格：

> 所謂的「存在空間」須由「內在」的「主體性」來肯定、展顯，所
> 以此空間的內蘊，不是幾何的點、線、面之「外在性」就可涵括。
> 當然，此亦非指謂「存在空間」無幾何之點、線、面構成。乃是說
> 「存在空間」是依此空間內「主體人」之意義活動和創造而形塑建
> 構，若抽離掉人之意義活動創造，則外緣的幾何性將無「存有性」
> 價值可言。〔註91〕

再以感應故事中的環境作爲探討面向〔註92〕，是因爲歷來在探討觀音感應故事者皆未曾提及環境之面向，但環境的推動具有讓情節得以進行的功用。不管是眞實的地理環境或是虛構的環境，在故事文本中，有其流轉之必要性，甚至寄託作者的情感和心靈。畢竟空間的命運取決於權力，在某種意義上，權力反過來說總是在空間的競技中流通和表現，空間是權力的逞能場所，是權力的流通媒介。〔註93〕

　　另外探空間敘事與信仰空間之展現爲主題，是因爲感應故事不脫宗教宣教之色彩，以讓人起信爲主。故事中的信仰和儀式也保存著特定的社會文化內容，因而把不同時代甚至地域中許多禱求觀音的共同行爲，視爲一種複雜的、互動的、長期的歷史過程。如民間信仰和社會空間一書所述：

〔註89〕 周英雄：《小説・歴史・心理・人物》，（台北：東大圖書股份有限公司，1989年），頁263。

〔註90〕 Tim Cresswell 著，王志弘、徐苔玲譯：《地方——記憶、想像與認同》（台北：群學出版社，2006年），頁99。

〔註91〕 參見潘朝陽：〈現象學地理學——存在空間的一個詮釋〉，《中國地理學會刊》第19期，1991年7月，頁74。

〔註92〕 胡亞敏稱環境是構成人物活動的客體和關係，它是故事中絕對不可或缺的因素。且它是一個時空綜合體，隨著情節的發展、人物的行動形成連續活動體。因而環境報僅包含空間因素，也包含時間因素。整理自胡亞敏：《敘事學》（湖北：華中師範大學出版社，2004年），頁159。

〔註93〕 汪民安著：《身體、空間與後現代性》（江蘇：江蘇人民出版社，2006年1月），頁110。

> 通過民間信仰所反映的社會空間，實際上「全息」地反映了多重疊
> 合的動態的社會演變的時間歷程。〔註94〕

通過民間信仰所表達的社會空間，其空間展示不僅可對時代脈絡有所理解，也可理解背後意識及相關地理意涵的問題，以及這些信仰在時代中流動之方向爲什麼，探討時代下各空間的存在意義。是故本論文將以虛、實空間爲綱作分類，將故事中呈現的空間加以細分並闡述，而觀音救度之神聖空間則無時無刻不盈滿，下表二爲本研究之空間架構：

### 表二：本研究空間架構圖

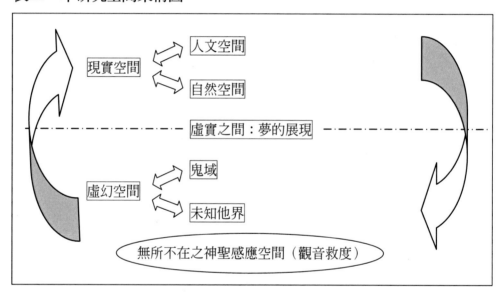

最後本研究之安排，第二章先對觀音菩薩的本生及其形象做探討，還有觀音靈感救厄之形像以及感應故事之來源及流傳稍作溯源；第三章接著拉回空間的主題，首先探討文本故事中的動、靜態景觀，以及析證觀音感應故事中空間移動之典型，來呼應觀音信仰之救度力是貫穿各空間全面向的；第四章則回到地景凝視，對眾生匯聚之圖像地景加以分析並反映地理知覺與記憶之問題，接著凝視人文景觀，感應故事文本中的生活圖像與人文流動作詮釋；最後第五章進行與宗教本身有關之觀音救度與靈異空間來思維探討，透過靈異空間甚至空間之轉換，以達觀音順利度脫苦難之果。

---

〔註94〕鄭振滿、陳春聲主編：《民間信仰與社會空間》（福建：福建人民出版社，2003年），頁2。

　　另外在談論到「空間」之移動與展演中，在佛教中原本有六神通之觀念，神通者即「神爲不測之義，通爲無礙之義，不可測又無礙之爲用，謂之神通或通力」〔註95〕，如神足通、天眼通、天耳通、他心通、宿命通、漏盡通等，而其中至關於空間者莫乎神足通，可跨越任何空間隨意進出，意即「自身變化隨意，遠近飛行自在」〔註96〕，在感應故事中無不可看出觀音神足通之實施展現，如同佛教時空觀之時間加空間也同樣構成了四維空間，這種開放式的、高維空間的時空觀念輸入中國後，大大啓發了人的思維，〔註97〕也因此感應故事具有時空觀之高度敘寫，神通之描寫也在所必然，畢竟暗示著「凡是可能的就會存在」這樣的信念；另外一神通故事從文學的角度來看，其神奇魔術的語言新開展出的神奇幻妙的虛構空間，足以使人的想像力馳騁，〔註98〕因此讓讀者除了起信之外，更有一種瑰麗的幻想，於此空間外能突破種種限制。而本論文在探討感應故事背後之神通力展現時，而是直接開展於各空間之特質，神通力的確具發動各空間之樞紐，透過神通才能實施救度，但其後之空間實乃本文所研究之核心，故並非單就神通來闡釋。

---

〔註95〕李炳南老居士原著：《佛學常識課本教學指引》（台中：台中蓮社，1996 年），頁 117。

〔註96〕李炳南老居士原著：《佛學常識課本教學指引》（台中：台中蓮社，1996 年），頁 116。

〔註97〕普慧：《南朝佛教與文學》（北京：中華書店，2002 年 2 月），頁 239。

〔註98〕丁敏：〈佛教經典中神通故事的作用及其語言特色〉，載於李志夫主編《佛學與文學——佛教文學與藝術學術研討會論文集（文學部份）》，台北：法鼓文化，1998 年，頁 55。

# 第二章 探源：普渡慈航的觀音信仰

　　觀音以其悲願度脫眾生，是故本章節將對觀音之本生因緣作一探討與追溯，理解在過去觀音是否已有救度苦厄、滿足眾生願望之本質；接著論述觀音在佛典中的形象與特質如何，最後探討觀音信仰在中國的傳播，特別進行與論文相關的感應故事探討。

## 第一節　觀音的本源說

　　佛教從印度傳入，探源觀音來歷勢必從印度論起。觀音或稱觀世音者，是從其梵文名「阿縛盧枳多伊濕伐羅」（Avalokiteśvara）《大正藏（50）（卷2）》意譯而來，其原為古代印度阿利安（Arya）〔註1〕民族流傳使用之「聖語」，即梵語稱號，具意義性。但關於其信仰之產生時間，莫衷一是，有說是在西元前，或是西元1、2世紀左右，或認為是5世紀左右；產生之地點來源亦有東方、南方、東南方之說；而觀音之來源，有說以為是來自古代伊朗神靈之信仰，或承繼婆羅門教而來，或從佛教開始才有其發展，以下茲將整理觀音之原始本生起源。

### 一、來自古代伊朗之說

　　日本著名的佛像畫家西上青曜在《觀世音菩薩圖像寶典》中指出，觀世音菩薩像於西元後不久，才出現於印度犍陀羅石窟（Gandhara 及干達拉石窟），由此推論住在該地區的人，早有觀音的信仰。而犍陀羅位處現今巴基斯

---

〔註1〕阿利安民族，傳說於西元前三千年左右居住在中亞細亞，於西元前一千五百年左右移居印度五河地方。參見（日）後藤大用著，黃佳馨譯：《觀世音菩薩本事》（台北：天華出版公司，1982年），頁1。

坦與阿富汗等地，乃東西方文化的中繼站，當時不論是波斯或是希臘文明，都是從此地傳入印度。〔註2〕另外 Chutiwongs 認為觀音信仰最早形成於西北印度的楗陀羅和靠近西北印度的秣菟羅地區，因在西元一到二世紀時期，在印度犍陀羅和秣菟羅地區出現了許多和後來風格不同的觀音造像。〔註3〕另外有學者認為，觀音的原形與伊朗女神 Nanania 及該女神在坎達拉的變形 Ardoso 有關聯，或認為它受到流行在以波斯為中心的地區的米托拉神的影響。〔註4〕

## 二、婆羅門教之說

有一說觀音源自婆羅門教的雙馬童神（神馬駒）。〔註5〕據印度婆羅門教的古經典《梨俱吠陀》〔註6〕記載，早在菩薩尚未產生的公元前七世紀，天竺（今印度）已有了「觀世音」。不過那時的觀世音並是可愛的孿生小馬駒，源於大梵天有一個兒子蘇裏耶，由於長相怪異，於是被哥哥們變成凡人，成為人類的始祖，而蘇裏耶的妻子撒拉尼尤不願意跟變成凡人的他共同生活，於是變成一隻母馬消失在茫茫的草原，後來蘇裏耶為了尋找妻子變成一隻公馬，撒拉尼尤感動之餘，兩人從此以後便以馬身生活，之後生下了一對孿生子名為阿濕波，意思便是「雙馬童」，它作為婆羅門教中的善神，象徵著慈悲和善，神力宏廣，它能使盲者雙目復明，恙疾纏身者康復，肢軀殘缺者健全，不育女性能生子，公牛能產乳，朽木能開花。這對「觀世音」在當時受到天竺國民的普遍信仰和崇奉，在整個社會的影響是十分的巨大和深遠。另外上海復旦大學教授徐靜波在〈觀音菩薩考述〉中就指出：

> 早在佛教尚未產生的西元前七世紀，天竺已經有了觀世音，不過那時的觀世音並非丈夫身，也非女兒身，而是一對可愛的孿生小馬駒。

〔註2〕 西上青曜：《觀世音菩薩圖像寶典》（台北：唵阿吽出版社，1998 年），頁 21～22。

〔註3〕 Nandana Chutiwongs："Avalokitesvara in Indian Art"，"The Iconography of Avalokitesvara in Mainland South Asia"，Ph. D. Dissertation , Rijksuniversiteit, leiden，1984，P27-28。

〔註4〕 韓秉傑：〈婆羅門教神話和佛教神話的比較研究〉，載《世界宗教研究》第 1 期，1994 年，頁 66～71。

〔註5〕 邢莉：《觀音——神聖與世俗》（北京：學苑出版社，2001 年 5 月），頁 7。

〔註6〕 《梨俱吠陀》：梨俱為光輝之意，譯作《贊誦明論》，凡十卷，為印度最古之典籍，婆羅門教根本聖典四吠陀之一。內含有一千零一十七篇長短不一的祭祀詩歌，此依吠陀乃為考察雅利安人最古狀態的唯一資料。參見湯用彤：《理學、佛學、印度學》（臺北：佛光文化事業，2001 年 4 月），初版，頁 518。以及聖嚴法師：《印度佛教史》（臺北：法鼓文化事業，1999 年 12 月），頁 17。

> 祂作爲婆羅門教的善神，象徵著慈悲和善，神通廣大……，西元前
> 五世紀釋迦牟尼創建了佛教，……改信佛教後的婆羅門教徒，便把
> 原是婆羅門教的觀世音帶到了佛教。西元前三世紀大乘佛教產生，
> 佛教徒考慮到佛教也需要一位慈悲的菩薩以安撫眾生之心，便將婆
> 羅門教的善神吸收過來成爲佛教中的一位慈悲菩薩，名叫『馬頭觀
> 世音』。那時的觀音形象仍舊是可愛的小馬駒，到了西元前後，佛教
> 徒考慮到諸菩薩都是人身，於是觀世音菩薩的形象又轉成一位偉丈
> 夫。〔註7〕

由上論述以爲觀音早在佛教前出現，擁有安慰人心神通廣大之特質，且爲婆
羅門教之善神，後由佛教加以吸收後轉化成爲大菩薩，另《宗教詞典》「雙馬
童」條在介紹了雙馬童的特徵之後說：「大乘佛教受其影響，塑造了大慈大悲
的觀世音菩薩形象。」〔註8〕但持平以論此是否爲觀音之起源應有待更詳述之
考證。

## 三、太陽神之說

關於觀音之來歷亦有學者認爲與太陽神有關。Mallmann 認爲，早期觀音
信仰非常重要的一部《無量壽經》〔註9〕中描寫阿彌陀佛是「無量光」，作爲
該佛脅侍的觀音菩薩也被描寫成充滿光芒，所以，Mallmann 認爲，觀音菩薩
是從伊朗祆教中衍生出來的一位太陽之神。Mallmann 認爲觀音與太陽神
（Mithra）阿波羅（Apollo）、赫利俄斯（Helios）以及赫密斯（Hermes）非常
相似。〔註10〕Alexander C. Soper 也根據佛陀與彌勒的光的象徵這一點出發，
認爲西北印度的貴霜藝術同伊朗的宗教觀念之間有密切的聯繫〔註11〕。他舉

---

〔註7〕 徐靜波：《觀世音菩薩全書·觀世音菩薩考述》（遼寧：春風藝文出版社，1987
年），頁229～230。

〔註8〕 任繼愈主編：《宗教詞典》（上海：上海辭書出版社，1981年12月），頁228。

〔註9〕 《無量壽經》又稱《大阿彌陀經》，除了宣揚阿彌陀佛的殊勝功德和極樂世界
的妙項莊嚴之外，亦宣講阿彌陀佛於過去爲「法藏比丘」時所發的四十八願。
引自郭朋：《中國佛教史》（台北：文津出版社，1993年7月），初版，頁210。

〔註10〕 Mallmann, Marie-Therese De.：Introduction to L'Etude d'Avalokitesvara. Paris:
Annales Du Musee Guimet, 1984, P.82。

〔註11〕 Soper, Alexander C. 1949-1950."Aspects of Light Symbolism in Gandharan
sculpture,"Artibus Asiae.轉引：Chun-fang Yu（Professor of Rutgers University）：
"Kuan-yin: The Chinese Transformation of Avalokitesvara", New York：Columbia
University Press, 2001, p13.

例說：「相較之下，樸素的印度頭巾加入象徵日月的裝飾，轉變成複雜且獨特的宗教性頭飾，這種象徵看起來是從薩珊王朝的皇冠那裏借來的。」〔註 12〕此外我國之印順法師也在《印度大乘佛教之起源與開展》一書中提到：「觀音的來源，有人以為和波斯的女性水神 Anahita 有關，或有人認為是希臘的阿波羅神 Apollo 度溼婆神 Isvara 的混合。但從佛教的立場來說，不外乎是佛陀大悲救世信仰在世俗社會的適應。」〔註 13〕

　　以上三說為各學者以不同方式做不同之考述，但觀音之起源仍應以佛教經典為圭臬。

## 四、佛經中的觀音的本生因緣

　　觀音之來歷散見於各佛說典籍中，各研究者有其不同之見解，如陸宗雄在其《觀音慈林集研究》中以《悲華經》為其本生譚〔註 14〕，而刑莉亦贊同《悲華經》為觀音之來歷之一，觀音為彌陀之子。〔註 15〕而在佛教中，菩薩通稱為大士或以名聲聞，其分因地菩薩和果地菩薩，「因地菩薩」是從初地菩薩行菩薩道，經過十信、十住、十行、十迴向、四加行、十地等覺之次第，並經三大阿僧祇劫，覺行圓滿最後成佛〔註 16〕。而「果地菩薩」則是已成佛者因為悲願不捨眾生，所以倒駕慈航再做菩薩如觀音菩薩。而觀音不但是古佛再來號「正法明如來」，未來也已被授記成佛名「普光功德山王如來」、「遍出一切光明功德山王如來」。

---

〔註 12〕Soper, Alexander C. 1949-1950."Aspects of Light Symbolism in Gandharan sculpture,"Artibus Asiae. vol. 7, no.3: 264. 轉引自 Chun-fang Yu (Professor of Rutgers University),"Kuan-yin: The Chinese Transformation of Avalokitesvara", Columbia University Press, New York, 2001. P514, p13。

〔註 13〕印順：《印度大乘佛教之起源與開展》（台北：正聞出版社，1994 年 7 月），頁483～490。

〔註 14〕陸宗雄：《觀音慈林集研究》，國立中山大學中國文學系碩士在職專班碩士論文，2003 年，頁 7。

〔註 15〕邢莉：《觀音——神聖與世俗》（北京：學苑出版社，2001 年 5 月），二版，頁 3。

〔註 16〕阿僧祇劫 Asamkhyeyakalpa 譯言無數長時，薩之階位有五十位，以之區別為三期之無數長時。十信十住十行十迴向之四十位，為第一阿僧祇劫，十地之中，自初地至第七地，為第二阿僧祇劫，自八地至十地為第三阿僧祇劫。第十地卒。即佛果也。《起信論》曰：「而實菩薩種性根等，發心則等，所證亦等。此有超過之法，以一切菩薩皆經三阿僧祇劫故。」劫有大中小三者，此劫為大劫，故曰三大阿僧祇劫。此三大劫中釋迦佛值遇於數萬之佛。丁福保編纂：《佛學大辭典下冊》（台北：和裕出版社，1996 年），頁 376、頁 1451、頁 2115。

### （一）過去佛與未來佛

《千手千眼觀世音菩薩廣大圓滿無礙大悲心陀羅尼經》中記載觀音爲古佛再來：「此菩薩名觀世音自在，亦名撚索，亦名千光眼。善男子！此觀世音菩薩，不可思議威神之力，已於過去無量劫中，已作佛竟，號正法明如來，大悲願力，爲欲發起一切菩薩，安樂成熟諸眾生故，現作菩薩。汝等大眾、諸菩薩摩訶薩、梵、釋、龍神，皆應恭敬，莫生輕慢，一切人天常須供養，專稱名號，得無量福，滅無量罪，命終往生阿彌陀佛國。」〔註17〕此外於此經中也述及稱念觀音名號得往生阿彌陀佛極樂國土，並提及阿彌陀佛爲其本師，可知其與阿彌陀佛有一定的關連性：「發是願已，至心稱念，我之名字，亦應專念，我本師阿彌陀如來，然後即當誦此陀羅尼神呪。一宿誦滿五遍，除滅身中，百千萬億劫生死重罪。」〔註18〕而在《佛說決定總持經》中寫到「佛告無怯行菩薩。此族姓子等類十人。過去世時。違犯諸佛誹謗經典。何謂違犯諸佛之法。乃往過去久遠世時。更歷三十二劫焰棄世界。有佛名日光世音如來至眞等正覺明行成爲善逝世間解無上士道法御天人師爲佛世尊。是族姓子等類十人。在於彼世。爲大豪貴長者作子。佛滅度後處於末學。爲其世尊興立功德。五百塔寺講堂精舍。以若干種供養之具。而用給足諸比丘僧。一一塔寺所有精舍。百千比丘遊居其中。」〔註19〕

未來授記成佛之說有《觀世音菩薩授記經》：「佛言：『善男子！阿彌陀佛壽命無量百千億劫，當有終極。善男子！當來廣遠不可計劫，阿彌陀佛當般涅槃。般涅槃後，正法住世等佛壽命。在世滅後，所度眾生悉皆同等。佛涅槃後，或有眾生不見佛者，有諸菩薩，得念佛三昧，常見阿彌陀佛。復次，善男子！彼佛滅後，一切寶物浴池蓮花眾寶行樹，常演法音與佛無異。善男子！阿彌陀佛正法滅後，過中夜分明相出時，觀世音菩薩，於七寶菩提樹下，結跏趺坐，成等正覺，號普光功德山王如來・應供、正遍知、明行足、善逝、世間解、無上士、調御丈夫、天人師、佛、世尊。其佛國土自然七寶，眾妙合成莊嚴之事。諸佛世尊，於恒沙劫說不能盡。善男子！我於今者爲汝說譬，

〔註17〕　（唐）伽梵達摩譯：《千手千眼觀世音菩薩廣大圓滿無礙大悲心陀羅尼經》，《大正新脩大藏經》第二十冊NO.1060，頁0110a09（06）～頁0110a14。

〔註18〕　（唐）伽梵達摩譯：《千手千眼觀世音菩薩廣大圓滿無礙大悲心陀羅尼經》，《大正新脩大藏經》第二十冊NO.1060，頁0107a04。

〔註19〕　（西晉）竺法護譯：《佛說決定總持經》，《大正新脩大藏經》第十七冊No.0811，頁0771a24。

彼金光師子遊戲如來國土莊嚴之事，方於普光功德山王如來國土，百萬千倍
億倍，億兆載倍，乃至算數所不能及。其佛國土無有聲聞、緣覺之名，純諸
菩薩，充滿其國。」〔註20〕由上說可知觀音為阿彌陀佛後繼位之佛，引領眾
生說微妙法，國中莊嚴之事千倍億倍，並充滿諸大善人；而在觀音成佛號普
光功德山王如來滅度後，得大勢菩薩繼補其位：「善男子！其佛國土號曰眾寶
普集莊嚴。善男子！普光功德山王如來，隨其壽命。得大勢菩薩，親覲供養，
至于涅槃。般涅槃後，奉持正法，乃至滅盡。法滅盡已，即於其國，成阿耨
多羅三藐三菩提，號曰善住功德寶王如來、應供、正遍知、明行足、善逝、
世間解、無上士、調御丈夫、天人師、佛、世尊。如普光功德山王如來國土，
光明壽命菩薩眾，乃至法住等無有異。若善男子、善女人，聞善住功德寶王
如來名者，皆得不退於阿耨多羅三藐三菩提。又善男子！若有女人，得聞過
去金光師子遊戲如來、善住功德寶王如來名者，皆轉女身，卻四十億劫生死
之罪，皆不退轉於阿耨多羅三藐三菩提，常得見佛，聞受正法，供養眾僧；
捨此身已，出家成無礙辯，速得總持。」〔註21〕

另外在《悲華經》〈諸菩薩本授記品第四之一〉，寶藏佛為太子授記字汝
為觀世音：「善男子！汝觀天人及三惡道一切眾生，生大悲心，欲斷眾生諸苦
惱故，欲令眾生住安樂故。善男子！今當字汝為觀世音。善男子！汝行菩薩
道時，已有百千無量億那由他眾生得離苦惱，汝為菩薩時，已能大作佛事。
善男子！無量壽佛般涅槃已，第二恒河沙等阿僧祇劫後分，初夜分中，正法
滅盡，夜後分中，彼土轉名一切珍寶所成就世界，所有種種莊嚴無量無邊，
安樂世界所不及也。善男子！汝於後夜種種莊嚴，在菩提樹下坐金剛座，於
一念中間成阿耨多羅三藐三菩提，號遍出一切光明功德山王如來・應供・正
遍知・明行足・善逝・世間解・無上士・調御丈夫・天人師・佛・世尊，其
佛壽命九十六億那由他百千劫，般涅槃已，正法住世六十三億劫。」〔註22〕
而在此經中也指出觀音未來當得作佛，號「遍出一切光明功德山王如來」：『散
提嵐界善持劫中，人壽八萬歲，時有佛出世，號曰寶藏，有轉輪聖王名無量

---

〔註20〕 （宋）曇無竭譯，《觀世音菩薩授記經》，大正新脩《大藏經》第十二冊 No.0371，
頁 0357a05。

〔註21〕 （宋）曇無竭譯，《觀世音菩薩授記經》，大正新脩《大藏經》第十二冊 No.0371，
頁 0357a24。

〔註22〕 （北涼）曇無讖譯，《悲華經》，《大正藏》第三冊 No.0157，頁 0186a08。

淨，主四天下，其王太子名觀世音。三月供養寶藏如來及比丘僧，以是善根故，於第二恒河沙等阿僧祇劫後分之中，當得作佛，號遍出一切光明功德山王如來，世界名曰一切珍寶所成就也。』〔註23〕

### （二）與阿彌陀佛之關係

在淨土信仰中，觀音常是阿彌陀佛的脅侍與補處菩薩，因此是未來佛。〔註24〕而在阿彌陀佛為核心之經典中，觀音菩薩和大勢至菩薩成了極樂淨土中最重要的兩位菩薩。佛教的淨土是現實世界之外的一個理想世界，是幻想的解脫之地，它所體現的是與現世救濟不同的對來世或永生的嚮往。〔註25〕

觀音與彌陀之關係有說是父子，據《悲華經》〈大施品第三之一〉：「我於往昔過恆河沙等阿僧祇劫，此佛世界名刪提嵐，是時大劫名曰善持，於彼劫中有轉輪聖王名無諍念（即阿彌陀佛的過去）』……『善男子，時王千子第一太子名曰不眴（觀音的過去），終竟三月供養如來及比丘僧，奉諸所安一如聖王。時轉輪王日至佛所，瞻覩尊顏及比丘僧，聽受妙法。』」〔註26〕；也有母子一說，據《觀世音菩薩往生淨土本緣經》：「不可說阿僧祇劫前。當於南閻天竺。有一國。名摩涅婆吒。其國有一梵士。名曰長那。居家豐饒。有妻名摩那斯羅。未有子息。夫婦常歎恨。我等財產雖豐足。亦無餘念。未有子息。是為遺恨。祈禱天神。慇重求子。其妻未久之間。有身月滿。生男子。端正無比。至有三歲。復生男子。梵士得二子。歡喜踊躍。招占相使見二子。相者見而不悅。良久告言。此兒雖端正。別離父母不久。兄號早離。弟名速離。雖聞此言。夫妻相共愛養無厭。早離年至七歲。速離年至五歲。……爾時梵士長那者。今釋迦牟尼如來是也。母摩那斯羅者。西方阿彌陀如來是也。兄早離者。我身是也。弟速離者。大勢至菩薩是也。朋友者。總持自在菩薩是也。昔檀那羅山者。今靈山是也。昔絕島者。今補陀落山是也。」〔註27〕

---

〔註23〕（北涼）曇無讖譯，《悲華經》，《大正藏》第三冊 No.0157，頁 0186a25。

〔註24〕于君方著，陳懷宇、姚崇新、林佩瑩譯：《觀音——菩薩中國化的演變》（台北：法鼓文化事業股份有限公司，2009年），初版，頁 52。

〔註25〕孫昌武：《中國文學中的維摩與觀音》（天津：天津教育出版社，2006年1月），再版，頁 73。

〔註26〕（北涼）曇無讖譯，《悲華經》〈大施品第三之一〉，《大正藏》第三冊 No.0157，頁 0174c17～0176a04。

〔註27〕失譯者，《觀世音菩薩往生淨土本緣經》，《卍新纂大日本續藏經》第一冊 No.0012，頁 0362a12。

不論父子或母子均有可能，應可能爲不同劫或不同世之因緣；可知彌陀觀音勢至本有宿世因緣；脅侍說則以輔佐阿彌陀佛拔濟眾生爲主，如《佛說觀無量壽佛經》中提到：「阿彌陀佛神通如意，於十方國變現自在。或現大身滿虛空中；或現小身丈六八尺。所現之形皆眞金色，圓光化佛及寶蓮花，如上所說。觀世音菩薩及大勢至，於一切處身同眾生，但觀首相，知是觀世音，知是大勢至，此二菩薩助阿彌陀佛，普化一切。」〔註28〕補處則是嗣前佛而成佛之菩薩也，隔一生而成佛，而依《觀世音菩薩往生淨土本緣經》之說法當阿彌陀佛完成救度眾生悲願後，觀世音菩薩將成爲補位佛〔註29〕；甚或有說觀音與彌陀實爲一體，依眾生所處之世界不同而有不同救渡：「時婆伽梵者如前所釋。得自性清淨法性如來者。是觀自在王如來異名。則此佛名無量壽。如來若於淨妙佛國土。現成佛身。住雜染五濁世界。則爲觀自在菩薩。復說者。則其毘盧遮那佛爲觀自在菩薩。說一切法平等觀自在智印出生般若理趣。」〔註30〕

　　觀音與彌陀之關係爲何，從經典中則可以反應觀音實爲引導眾生到極樂邦之重要角色，再依據不同之因緣作化現。

　　無論觀音之起源有各種說法，或太陽神說或婆羅門教說或來自伊朗說，筆者認爲應秉持客觀態度，觀音之名源於佛經，觀音之源起於釋迦牟尼佛所說之經典，在不同之經典各有不同之觀音本生因緣、神通考釋，幾分證據下說幾分話，應以佛說之經典爲依歸，可得較詳實之論證。且從從印度佛教思想發展歷史的角度來看，不論是原始佛教時期還是部派佛教時期，都尚未出現後來大乘佛教所宣揚的那種超越釋迦牟尼之前身的菩薩神通信仰。〔註31〕故下節將述佛典中的觀音起源考述與神通功能。

---

〔註28〕（劉宋）彊良耶舍譯：《佛說觀無量壽佛經》，《大正藏》第十二冊 No.0365，頁 0344b25。

〔註29〕「佛告總持自在菩薩。善哉善哉。汝等諦聽。從此西方。過二十恒河沙佛土。有世界。名曰極樂。其土眾生無有眾苦。但受諸樂。其國有佛。號阿彌陀。三乘聖眾充滿。其中有一生補處大士。名觀世音自在。久植善根。成就大悲行願。」同 138 注，頁 0362a12。

〔註30〕（唐）不空譯：《大樂金剛不空眞實三昧耶經般若波羅蜜多理趣釋》，《大正藏》第十九冊 No.1003，頁 0612a10。

〔註31〕邱光輝：《古代印度觀音信仰之探討》，玄奘大學宗教學系碩士在職專班碩士論文，2007 年，頁 26。

# 第二節　佛教經典中的觀音

中國最早有關觀音之譯經，始於三國吳五鳳 2 年（西元 255 年）支疆梁接譯《法華三昧經》六卷（已佚）。而在東漢（西元 25～220）末年，安息國騎都尉安玄翻譯的《法鏡經》〔註 32〕和天竺三藏支曜所譯的《佛說成具光明定意經》〔註 33〕已提到「闚音」和「觀音」的名號，但尚未引起明顯的注意。至西晉月氏國三藏竺法護於太康 7 年（西元 286 年）譯出《正法華經》後，我國的觀音信仰才正式開始並流傳淵遠。後來鳩摩羅什於姚秦弘始八年（406）譯出《妙法蓮華經觀世音菩薩普門品》，此經出後廣為人當作觀音經持誦；隋代仁壽元年（601），闍那崛多、達摩笈多共譯《添品法華經普門品之偈頌》；劉宋時曇無竭譯《觀世音菩薩授記經》。隨著廣說觀音功德之《法華經》信仰的普及，觀音信仰亦深入民間。東晉竺難提譯《請觀世音菩薩消伏毒害陀羅尼咒經》；北周耶舍崛多譯《十一面觀世音神咒經》等等，這些譯經除了闡揚頌念觀世音菩薩號的福德與靈驗外，也帶動觀世音信仰之疑偽經典大量產生，如《高王觀世音經》、《觀世音菩薩救苦經》、《觀世音三昧經》等。〔註 34〕

今日佛教僧侶聖嚴法師在其《聖嚴法師教觀音法門中》雖未確述觀音於經典中的展演，但是他提出因《法華經》稱讚觀音智慧福德、《千手千眼觀世音菩薩大圓滿無礙大悲心陀羅尼經》鼓勵持誦觀音聖號、《楞嚴經》言說觀音聞聲化現，使之具有獨樹一幟的地位。〔註 35〕另外他也提出了持誦觀音名號、咒語等自利利他的七種法門：《楞嚴經》的耳根圓通法門、《心經》的五蘊皆空法門、《法華經・普門品》的耳根圓通法門、《六字大明咒》、《白衣大士神咒》、《延命十句觀音經》、《大悲心陀羅尼經》等。〔註 36〕以期能藉此法門以耳根傾聽，不生種種煩惱，並由持誦能圓滿所願、成就佛道。

---

〔註 32〕（後漢）安玄譯：《法鏡經》，《大正新修大藏經》第 12 冊 No.322。
〔註 33〕（東漢）支曜譯：《佛說成具光明定意經》，《大正新脩大正藏》第 15 冊 No.0630。
〔註 34〕整理自佛光大辭典編修委員會編：《佛光大辭典》，（高雄：佛光出版社，2009 年 8 月），頁 6951。
〔註 35〕聖嚴法師：《聖嚴法師教觀音法門》（臺北：法鼓文化出版社，2005 年 7 月），頁 7～8。
〔註 36〕聖嚴法師：《聖嚴法師教觀音法門》（臺北：法鼓文化出版社，2005 年 7 月），頁 25。

　　另外不少學者對觀音之經論有不少分類，後藤大用認為若單以觀世音菩薩為信仰中心，論說之經典亦多達八十餘種，尤其密部所屬經論，縱論橫說，到處都說觀世音菩薩，真令人有如「觀音宗教」之感。〔註37〕張總在《說不盡的觀音》提出中國觀音的信仰，首先得力於《法華經・普門品》、《華嚴經・入法界品》和《觀無量壽經》，之後隨著唐代譯出的《楞嚴經・耳根圓通章》、《千手千眼大悲心陀羅尼經》奠定了觀音三十二應身、所求如意的形象，一舉成為中國信仰之主流。〔註38〕而中國學者孫昌武在探討觀音信仰之弘持時，主要以《妙法蓮華經觀世音菩薩普門品》、《華嚴經・入法界品》、阿彌陀佛信仰、中國人所做的偽經信仰來做探討。〔註39〕美國學者于君方則提出觀音可能反應三種明確獨立的信仰，一者是《法華經》刻畫的周遍法界大悲救世怙主；二者是以淨土經典為主出現的以阿彌陀佛脅侍形象為主；三者是以《華嚴經》中普陀洛迦島聖地的尊者為信仰對象。〔註40〕

## 一、觀音的信仰起源年代

　　整述完觀音之本生說後，接著探討觀音信仰之起源年代，觀音之信仰源於印度，龍樹菩薩是大乘思想產生的主要人物，史家推斷龍樹菩薩的出生，約於西元 150 至 250 間，在其所著的《大智度論》〔註41〕中已有「觀音」名號出現，如其中段落所述：有「多供養諸佛者，遍吉、觀世音、得大勢菩薩、文殊師利、彌勒菩薩等。四種聲聞聖人義，如先說。辟支佛不樂說法故，不說。諸佛等聖人皆因無所有故有是分別。聖人雖有禪定等諸功德，皆為涅槃故。「涅槃」即是寂滅相、無所有法，是故說「諸聖人，皆因涅槃有是差別」。」〔註42〕因此觀音信仰可能早於龍樹出生之前，且若由「大智度論」證明龍樹

---

〔註37〕　後藤大用：《觀世音菩薩本事》（臺北：天華出版社，1987 年 7 月），再版，頁 227～232。

〔註38〕　張總：《說不盡的觀音：引經、據典、圖說》（上海：上海辭書出版社，2002 年 4 月），再版，頁 3～4。

〔註39〕　孫昌武：《中國文學中的維摩與觀音》（天津：天津教育出版社，2006 年 1 月），再版，頁 64～80。

〔註40〕　于君方著，陳懷宇、姚崇新、林佩瑩譯：《觀音──菩薩中國化的演變》（台北：法鼓文化事業股份有限公司，2009 年），初版，頁 52。

〔註41〕　（後秦）鳩摩羅什譯：《大智度論》卷 87，《大正新脩大正藏》第 25 冊 NO.1509，頁 668b。

〔註42〕　（後秦）鳩摩羅什譯：《大智度論》卷 87，《大正新脩大正藏》第 25 冊 NO.1509，頁 668b。

在世當時，已存有觀世音菩薩信仰。〔註43〕另外大乘經典成立後，觀音信仰的思想就隨處可見。

東晉時，西遊僧法顯大師前往印度遊學，約在西元400年代時，從其記錄歷遊天竺的《高僧法顯傳》，可看出觀音信仰的歷史痕跡：

> 諸比丘尼多供養阿難塔。以阿難請世尊聽女人出家故。諸沙彌多供養羅云。阿毘曇師者供養阿毘曇。律師者供養律。年年一供養。各自有日。摩訶衍人則供養般若波羅蜜文殊師利觀世音等。〔註44〕

唐三藏玄奘大師《大唐西域記》中記載：佛滅度後四百年時，北印度迦濕彌羅迦膩色迦王召集五百賢聖，在健馱邏國建立伽藍，結集經律論三藏，即有名的《大毘婆沙論》〔註45〕，對大乘佛教產生極大影響。據此時不但已有了觀音信仰，且已有觀音聖像的雕塑與觀音顯聖之跡：

> 昔健馱邏國迦膩色迦王威被鄰國，化洽遠方，治兵廣地，至蔥嶺東，河西蕃維畏威送質。迦膩色迦王既得質子，特加禮命，寒暑改館，冬居印度諸國，夏還迦畢試國，春、秋止健馱邏國。故質子三時住處，各建伽藍；今此伽藍即夏居之所建也。故諸屋壁，圖畫質子，容貌服飾，頗同中夏。其後得還本國，心存故居，雖阻山川，不替供養。故今僧眾，每至入安居、解安居，大興法會，為諸質子祈福樹善，相繼不絕，以至于今。〔註46〕石室西二三里大山嶺上有觀自在菩薩像，有人至誠願見者，菩薩從其像中出妙色身，安慰行者。
> 〔註47〕

此時塔像中已可見觀音之蹤跡，亦即菩薩之身像，若至誠懇求則能感應道交，端見觀音顯聖之跡，放光色身，攝受信者，凸顯出此時已有觀音信仰。

---

〔註43〕 後藤大用：《觀世音菩薩本事》（臺北：天華出版社，1987年7月），再版，頁254。
〔註44〕 （東晉）釋法顯：《高僧法顯傳》，《大正新脩大正藏》第51冊No.2085，頁0858a11。
〔註45〕 乃阿毘達磨大毘婆沙論之略名。凡二百卷，唐玄奘譯，本論乃注釋印度迦多衍尼之子阿毘達磨發智論，廣明法義，備列諸種異說。引自丁福保編纂：《佛學大辭典下冊》（台北：和裕出版社，1996年），頁1436。
〔註46〕 （唐）釋玄奘譯：《大唐西域記》，《大正新修大藏經》第51冊No.2087，頁0873c23。
〔註47〕 （唐）釋玄奘譯：《大唐西域記》，《大正新修大藏經》第51冊No.2087，頁0874a16。

## 二、觀音的稱名因緣

### （一）耳根圓通

《楞嚴經》中，觀音以修持耳根圓通法門所成就，是透過耳根成佛的境界，也是修持的至高法門。而其中它包含了兩種層次，一種是觀無聲之聲，另一種是聞所聞盡，盡聞不住。〔註 48〕如同經中所述，觀音曾於佛前發菩提心，比佛教之「從聞思修入三摩地」。而在修證過程中「初於聞中入流亡所，所入既寂，動靜二相了然不生，如是漸增，聞、所聞盡，盡聞不住，覺、所覺空，空覺極圓，空、所空滅，生滅既滅寂滅現前，忽然超越世出世間，十方圓明獲二殊勝」，隨著境界之開闊最後以達「一者上合十方諸佛本妙覺心，與佛如來同一慈力；二者下合十方一切六道眾生，與諸眾生同一悲仰。」〔註 49〕進而能以十四無畏，四不思議，施於眾生，並依各眾生契機現身說法，令聞名見形、稱念聖號者均可離苦得樂。

### （二）稱名解脫

在《法華經·普門品》中記述：「爾時無盡意菩薩即從座起。偏袒右肩合掌向佛而作是言。世尊。觀世音菩薩。以何因緣名觀世音。佛告無盡意菩薩。善男子若有無量百千萬億眾生受諸苦惱。聞是觀世音菩薩。一心稱名。觀世音菩薩即時觀其音聲皆得解脫。」〔註 50〕其中反映了若眾生有種種的苦惱，則一心至誠的懇求觀音之名，則諸苦惱便能得解脫。於是觀音具備了救濟一切災難苦痛，滿足所有願望希求，並除去當前人間的苦惱憂患，尋求真正安樂的日常生活。〔註 51〕

## 三、觀音的神職功能——以〈觀世音菩薩普門品〉為例

在有關觀音的經典中，影響最廣的首推《妙法蓮華經·觀世音普門品》〔註 52〕。《法華經》現存之全譯本有三，一者是西晉竺法護於太康七年（西元 286

---

〔註 48〕 聖嚴法師：《聖嚴法師教觀音法門》（臺北：法鼓文化出版社，2005 年 7 月），頁 40～41。

〔註 49〕 整理自（唐）般剌蜜帝譯：《大佛頂如來密因修證了義諸菩薩萬行首楞嚴經》卷六，《大正藏》第十九冊 No.0945，頁 0128b15。

〔註 50〕 （後秦）鳩摩羅什譯：《法華經·普門品》，全名為《妙法蓮華經》第二十五品之〈觀世音菩薩普門品〉，《大正藏》第九冊 No.0262，頁 005605。

〔註 51〕 張火慶：《觀世音普門品》（臺北：金楓出版社，1987 年 1 月），頁 11。

〔註 52〕 另于君方以為三種譯本中以鳩摩羅什所譯流傳最廣。于君方著，陳懷宇、姚崇新、林佩瑩譯：《觀音——菩薩中國化的演變》（台北：法鼓文化事業股份有限公司，2009 年），初版，頁 59。

年）所譯的《正法華經》〔註53〕，此經所據底本爲「胡本」，出自西域；二者是姚秦鳩摩羅什於後秦弘始八年（西元 406 年）於長安大寺所譯的《妙法蓮華經》〔註54〕，其原僅有 7 卷 27 品，且其《普門品》並無重誦偈，後人將南齊法獻于高昌所得《提婆達多品》、前賢所譯《普門品偈》與玄奘所譯《藥王菩薩咒》一起編入，成爲現行流通本 7 卷 28 品的內容；三者是隋闍那崛多共笈多所譯的《添品妙法蓮華經》〔註55〕，此經序文中提到羅什譯本，缺少《藥草喻品》前半、《法師品》最初部份，及《提婆品》、《普門品》之偈頌，因此闍那崛多依據新得貝葉梵本加以增補。

依流通最廣的羅什《妙法蓮華經》爲據，〈觀世音菩薩普門品〉一文中提及觀音尋聲救苦，普門示現化眾生之慈悲，這品經文可說是觀音信仰之基，是對眾生苦難生活的救濟。孫昌武認爲〈觀世音菩薩普門品〉展現了觀音信仰的三方面內容，一是普門救濟即普遍的救濟，二是拔苦濟難的簡易與方便，三是化身示現即觀音廣施方便，以三十三化身爲眾生說法。〔註56〕從〈觀世音普門品〉來分析，觀音的悲願有「拔苦救難」及「化身示現」。觀音所救拔的項目包括「七難」、「三毒」、「二求」。

（一）解脫七難：包括水、火、羅剎、刀杖、惡鬼、枷鎖、怨賊等危難。（或加上風爲八難）

（二）拔除三毒：滅除人性中的的貪、嗔、癡。

（三）滿足二求：求男得男、求女得女。

若就七難、三毒、二求而言，可說已滿足了人生中最基本的生存問題，使生命得以延續，使福慧得以開展。在化身示現上，〈普門品〉中提到了觀音的三十三種應化身示現，即該眾生應以何身得度者，觀音即現何身而爲之說法！這三十三應化身包括了：佛、辟支佛、執金剛神、聲聞、比丘、比丘尼、優婆塞、優婆夷、居士、居士婦女、長者、長者婦女、宰官、宰官婦女、小王、童男、童女、婆羅門、婆羅門婦女、梵王、帝釋、自在天、大自在天、天大將軍、毗沙門、天、龍、夜叉、乾闥婆、阿修羅、迦樓羅、緊那羅、摩

---

〔註53〕　（西晉）月氏國三藏竺法護譯：《正法華經》，《大正藏》第 9 冊 No.0263。
〔註54〕　（後秦）鳩摩羅什譯：《妙法蓮華經》，《大正藏》第九冊 No.0262。
〔註55〕　（隋）天竺三藏闍那崛多共笈多譯：《添品妙法蓮華經》，大正新脩《大藏經》第九冊 No.0264。
〔註56〕　孫昌武：《中國文學中的維摩與觀音》（天津：天津教育出版社，2006 年 1 月），再版，頁 65～66。

瞬羅伽。因此本經典揭示了觀音爲了利益眾生而行種種悲願，尋聲救苦，只要受苦難者虔誠禱求觀音便能與之感應道交，自利而利人。

## 第三節　觀音信仰入中國——以感應故事爲例

觀音信仰自從隨著有關經典的譯出之後，除了僧侶之提倡、帝王之推崇，再加上時代戰亂之推波助瀾下，信仰者自然日眾，而其也漸漸融入中國之新面貌：

> 當觀音信仰在中國紮根時，信徒們以更適合中國人的新方式來了解與呈現觀音。他們不只是以新方式描繪觀音，同時也賦予觀音新的特徵與稱號。虔誠的信徒們撰寫本土經典，並規劃新的禮拜儀式，來敬誦與頂禮觀音，他們述說關於觀音靈驗與化身的故事，也創造出新的本土圖像，這是非常自然的。〔註57〕

此時的觀音已然有了中國人所勾勒的形象。更進一步在持誦觀音的經典或名號中，彼此互相感應，發生了許多感應事蹟，且非現實常理所能加以界定，如救水難、救火難、求子、解脫牢獄之災……等，因而在世稱《感應錄》等收錄成專書。而在觀音本土化的過程中反映了中國民眾對觀音的偏愛，另外以慈悲與靈感爲特性，約化了觀音「普門示現神通力」的觀念〔註58〕，此種廣大無私的救援可說是無極限性的，感應故事的出現也可以說是觀音信仰中國化的重要指標之一。

探析中國對感應之說法，許慎《說文解字》說道：「感，動人心也；從心咸聲。」清‧段玉裁對這段的解釋是：「許書有感無憾，《漢書》憾多作感。蓋憾淺於怨怒，才有動於心而已。」〔註59〕由此可知「感」字心有所感，因而動於心。至於應字則依許慎《說文解字》說道：「當也。從心應聲。」清‧段玉裁的解釋是：「當，田相值也。引伸爲凡相對之稱，凡言語應對之字皆當此。」〔註60〕有相對之值義。「感應」二字最早連用，可見於解釋周代《易‧

---

〔註57〕 于君方：〈中國的慈悲女神觀音〉，載於《香光莊嚴》第 61 期，2000 年，頁 17。

〔註58〕 張火慶：《觀世音普門品》（臺北：金楓出版社，1987 年 1 月），頁 16。

〔註59〕 （漢）許慎著、（清）段玉裁注：《說文解字注》（上海：上海古籍出版社，1981 年），頁 513。

〔註60〕 （漢）許慎著、（清）段玉裁注：《說文解字注》（上海：上海古籍出版社，1981 年），頁 502。

咸卦》的〈彖辭〉：「咸亨利貞，取女貞吉。」〈彖辭〉文云：

> 咸感也，柔上而剛下，二氣感應以相與。止而說，男下女，是以亨
> 利貞取女吉也。天地感而萬物化生，聖人感人心而天下和平，觀其
> 所感而天地萬物之情可見矣。〔註61〕

根據林淑媛的研究：「亨，通也，咸感也。合而言指的是感通」；而「感應」
一詞主要是指：陰陽天地二氣相感通，因而萬物化生之義，有自然界陰陽相
合之義；或指聖人設教使百姓止惡行善，然後天下和平，因而百姓心有感而
動，而非再只單純的化育萬物說。

　　如以董仲舒之天人感應說為喻，其以陰陽五行之說為基礎，建立以天人
感應為基礎之天人關係，由於天無固定之形體所以才能創生萬物，是故「天
德施，地德化，人德義。……故莫精於氣，莫富於地，莫神於天。」〔註62〕
人生於天地之間應當法天順地，天有意志、人天相感，尤以人君為天之化身
不可不慎，當然其對君權之制衡有其效用，而「天地之符，陰陽之副，常設
於身。身猶天也，數與之相差，故命與之相連也」〔註63〕說名人天相符、人
天同類，彼此可以互相感應。而在感應故事中或可見之眾生心中有觀音，觀
音心中有眾生，彼此因而交相應。

　　約翰‧斯科塔斯其認為神是萬有的起點，中間與止點，萬有由神而來，
由神而存在，並存在於神中，終乃返歸於神；神他依照他的心中計畫或典型，
創造世界，這是他的本質之表現。〔註64〕而人與神──「觀音」的交互亦可
說是實現其本質，用慈悲喜捨化眾，令眾生離苦，不違背其救渡眾生之悲願，
因而互相指涉，如同 5 世紀法國學者克拉提烏斯（Lactantius）將宗教定義為
「宗教乃是指以信心為條件的神與人的結合」，說明宗教乃是由「信者」與「所
信者」二者而成〔註65〕，並形成一種「與神聖共融交往」的體悟，即神聖向

---

〔註61〕南懷瑾、徐芹庭註譯：《周易今註今譯》（台灣：商務印書館修訂版，1997 年），
　　　　頁 205。參閱：林淑媛，《慈航普度──觀音感應故事敘事模式及其宗教義涵》，
　　　　國立中央大學中國文學研究所，博士論文，2000 年，頁 20。

〔註62〕（漢）董仲舒：《春秋繁露》（臺北：台灣商務印書館出版，影印上海涵芬樓
　　　　武英殿聚珍本），頁 70。

〔註63〕（漢）董仲舒：《春秋繁露》（臺北：台灣商務印書館出版，影印上海涵芬樓
　　　　武英殿聚珍本），頁 71。

〔註64〕梯利：《西洋哲學史》（臺北：商務書局，1987 年 2 月），頁 184。

〔註65〕梯利：《西洋哲學史》（臺北：商務書局，1987 年 2 月），初版，頁 27。

我們顯示出他自己。〔註66〕

　　此外依日本之菅野博史的研究，竺道生〔註67〕的「感應說」是屬於聖人與凡夫的感應思想，這一點可以從竺道生的《妙法蓮華經疏》中對於「機」和「感應」來探討：其將「機」與「聖」相對地來使用，其中「機」是指「眾生」，「聖」是指「聖者」，因而兩者之「機應」關係，是指聖人對凡夫的教化與凡夫求度於聖者的雙向關係，眾生皆能得到適時的救度。〔註68〕

　　因此觀音信仰隨著經典出現之後，除了有關之觀音經典不斷譯出、廣爲奉持之外，也出現了不少「宣教」之作，感應故事自然爲一例。提及我國最早之觀音感應故事，源於東晉謝敷（活動於 371～396）輯錄我國佛教史上現存最早的觀音靈驗記——《光世音應驗傳》，但因孫恩叛亂而亡佚，後來（宋）傅亮（374～426）得謝敷傳七條而成《觀世音應驗記》，同朝（宋）張演又別記十條，合傅之作共十七條爲《續光世音應驗記》，南朝（齊）陸杲繼傅亮與張演於中興元年（501）集了六十九條觀音感應事蹟，名爲《繫觀世音應驗記》，這些故事主要都記觀音顯聖之說，以起信爲目的，使眾人能廣爲信奉。而兩晉南朝輯觀音感應記專書者多爲平素信佛之世族，因平日與僧人交往、學佛，聽聞觀音感應故事，於是蒐集後輯成書，宣揚佛說。依據孫昌武研究全部有八十六條故事：

> 在全部八十六條故事中，以僧侶爲主人公的佔二十八條，其他五十八條都是平人爲主人公。那些僧侶中有竺法義、竺法純、道汪之類的名僧，但大部分都是一般僧侶甚至是無名道人。平人中有大臣、將軍、官僚、士人，而更多的是小吏、平民，包括飢民、商販、漁夫、獵師、俘虜、罪因、劫賊、寡婦等等。就是說，困苦無告的一

---

〔註66〕伊利亞德著，《聖與俗——宗教的本質》（台北：桂冠出版社，2000 年），頁62。

〔註67〕因竺道生將小乘說一切有部、大乘中觀理論和涅槃學說結合在一起，他在《妙法蓮華經疏》中將佛說法分爲四法輪：一「善淨法輪」指《阿含經》，因爲該經主張淨心行善；二「方便法輪」指《般若經》，因該經主張一切皆空；第三「真實法輪」指《妙法蓮華經》，因該經主張「會三歸一」；四「無餘法輪」指《涅槃經》，因修行的目的是涅槃。參閱韓廷傑，《三論宗通論》（台北：文津出版社，1997 年），頁38～39。

〔註68〕參閱菅野博史：〈第三節：道生たおける機と感應〉，收錄於《中國法華思想の研究》（一），（日本：春秋社刊，1994 年），頁82、以及85 頁中註釋5。

般百姓是這些故事的主要主人公。〔註69〕

在這些統計中可知觀音之普施救濟是無身分之別的，其由己身的宗教體驗來對待這種信仰。且從中可以看出信仰階層更多是各行業的平民老百姓，因而觀音感應故事具有一般平民的色彩，反應廣大民眾生活之真實。

藉由觀音感應故事有利的提供證據，證實觀音在中國一向受到僧俗二眾與善男信女的信奉，事實上，觀音信仰的影響遍及所有的社會階層。〔註70〕如同哲學化神學家田立克（PaulTillich）所言「宗教是人終極的關懷」以及神學家士萊馬赫（Schleiermacher）所言「宗教是人絕對依賴的感情」，由佛說法之佛教而來，來自印度的觀音到了中國有了不同之轉變，在中國背景影響下自成一格，並徹底地走向中國化。因而觀音「信仰」成了人們社會生活下的精神體系與價值觀念，讓人們獲得了生活支柱與行動指南〔註71〕，特別是觀音聞苦難救度、眾生遇難稱名之方式發展出中國獨有的特質和風貌，並詳實的的被記錄下去。

## 本章小結

觀音，或後世有稱稱觀世音者，是從其梵文名「阿縛盧枳多伊濕伐羅」（Avalokiteśvara）而來，而其起源有來自古代伊朗之說、婆羅門教之說或太陽神之說，但觀音之說源起於釋迦牟尼佛所說之經典，在不同之經典各有不同之觀音本生因緣、神通考釋，應以佛說之經典為依歸，可得較詳實之論證，而此觀音信仰可能早於龍樹出生之前，且若由「大智度論」證明龍樹在世當時，已存有觀世音菩薩信仰。

在佛教經典中常記載觀音為古佛再來或是即將補位成為未來佛，在淨土信仰中，觀音常是阿彌陀佛的脅侍與補處菩薩。而在阿彌陀佛為核心之經典中，觀音菩薩和大勢至菩薩成了極樂淨土中最重要的兩位菩薩。佛教的淨土是現實世界之外的一個理想世界，是幻想的解脫之地，它所體現的是與現世救濟不同的對來是或永生的嚮往。

〔註69〕孫昌武：《中國文學中的維摩與觀音》（天津：天津教育出版社，2006年1月），頁123。

〔註70〕于君方著，陳懷宇、姚崇新、林佩瑩譯：《觀音——菩薩中國化的演變》（台北：法鼓文化事業股份有限公司，2009年），初版，頁221。

〔註71〕鄭志明：《神明的由來‧台灣篇》，（嘉義：南華管理學院出版，1998年），頁2。

　　當觀音信仰在中國紮根時，信徒們以更適合中國人的新方式來了解與呈現觀音，所以有了感應故事之出現。他們不只是以新方式描繪觀音，同時也賦予觀音新的特徵與稱號。在感應故事中可以看出信仰階層更多是各行業的平民老百姓，因而觀音感應故事具有一般平民的色彩，反應廣大民眾生活之真實。

# 第三章　觀看：衆庶凝聚的地景空間

　　地景可以指我們可以從某個地點觀看的局部地球表面，或者更可以廣泛意指我們身處的地方空間與從中延伸的各種概念，透過感應故事內容的舉述，可以從中發現當時的自然、人文空間狀況，主要呈現一種地景概念，並且發現經由神聖力量之空間移動，以及動態與靜態景觀呈現之情狀。

## 第一節　圖像地景之臨現

　　在「觀看」之議題上，佛教之六神通中有所謂的「天眼通」者，具有此神通者能遠近晝夜都可看到，一切物體無阻，[註1] 也就是經典所述之「天眼通者過人眼見」[註2]，是故具有此能力者能觀照各種空間無所阻攔，而於感應故事中故事的主角並不具有無所觀照的天眼神通，主角們大多聚焦於地景空間中苦難無依，而實施救度者觀音才具有此一天眼通之神力，度一切苦厄如所見，化空間爲所臨之地，是故本章之聚焦並不在觀音所具有之天眼通上，而在於集中觀看苦難者所聚集之場域。

　　天地玄黃，古往今來，人們來往穿梭、居住、移動、存歿於這世界，人與地間不斷互動，或共處、或合作或征服，人們對土地的情感——苦樂悲喜均在其所存之地理空間做最直接的展演，如同劉克襄所述：

---

〔註 1〕　李炳南老居士原著：《佛學常識課本教學指引》（台中：台中蓮社，1996 年），
　　　　　頁 118。
〔註 2〕　（梁）扶南三藏僧伽婆羅譯：《解脫道論》卷九，《大正藏》第 32 冊 NO.1648，
　　　　　頁 0441a26。

作家在長年的生活歲月裡，以家園山川做為背景，展開生命悸動的書寫，描繪自己的成長，往往是一塊土地，最深沉感人的文字記錄和生活刻劃。以山川地理和風物文化為素材的文學地誌，經由作家的文字詮釋，每個時代也都會呈現不同的美學符號和標誌。土地會變遷，但他們以文字做為見證，展現地理景觀另一面的心靈風景，跟土地做微妙互動。

    劉克襄‧〈打開地誌文學的窗口〉〔註3〕

因此任何文學作品皆有其時代之存在意義與可資探討的課題，它記錄著被敘寫當下的山川文化以及文學標誌。

  談到地景之概念：地景（landscape）是一個具有多種意義的術語，常指一個地區的外貌、產生外貌的物質組合以及這個地區本身。〔註4〕因而地景常和地方的概念一起聯想，最直接的詮釋便是地方上的景觀，如自然景觀（例如：山川、湖泊、河流）或人文景觀（例如：人群聚落、房舍、廟宇、建築）等。若從藝術角度切入可以由「主體／客體」二元論所帶來的客觀性觀察目光，並伴隨強烈的掌控意願中發現，以及，或者當身體感受沉浸入這個世界所產生的看法中得到。〔註5〕因而地景之考察會以人為推展中心，參酌自身的情感與經歷，或是歷史、文化之事實，交織出對地方景觀之建構。因而這些不同的地理景觀與位置會造就不同之情感衍伸與解讀。順勢涵構主體在特殊的地點和時間中，生活特質的感覺以及特殊活動的感覺所結合而成的思考和生活方式。〔註6〕因而景觀若被視為文本（text）來解讀，通過景觀人們能夠理解人與地理空間的各種關係。

  景觀是由人們根據他們想像與自然的關係，他們的社會角色以及他們對

---

〔註3〕劉克襄：《閱讀文學地景‧小說卷》（台北：聯合文學出版社，2008），頁9。

〔註4〕R. J. Johnston 主編，柴彥威等譯：《人文地理學詞典》（北京：商務印書館，2004），頁367。

〔註5〕在思考地景上，可由主觀（當事人心理、思考與感覺）以及客觀（歷史、文化）等為之考察。參考自 Catherine Grout 著：黃金菊譯，《重返風景：當代藝術的地景再現》（台北：遠流，2009），頁111。

〔註6〕Pred, Allan 著，許坤榮譯：〈結構歷程和地方──地方感和感覺結構的形成過程〉（Structuration and Place: On the Becoming of Sense of Place and Structure of Feeling），收錄於夏鑄九、王志弘編譯：空間的文化形式與社會理論讀本》（Reading in social theories and the cultural form of space），（台北市：明文書局，1994 年 6 月），頁92。

他人與自然關係的解釋，來創造和解釋的。〔註7〕在文學中，文學具有含載、形塑背後價值與意向之空間，文學中的地景空間亦復如是，地理學家克朗（Crang, Mike）在《文化地理學》（Cultural Geography）一書中，談到人文地理學作為地理學核心關懷的人類的地方經驗時，指出文學作品不只是簡單的對地理景觀進行深情的描寫，也提供了認識世界的不同方法，揭示了一個包含地理意義、地理經歷和地理知識的廣泛領域。〔註8〕因而文學和地理並非兩者截然不同之概念，兩者可以互相借鏡，反應想像與真實。而米勒認為文學地景，即包含了自然地理、生活風俗、人為建築等事物，小說能夠把外在的一切轉化成文學空間，共同形成一種根植在土地上的文化，小說即是一種「形象化繪圖」（figurative mapping）。〔註9〕若要探討文學中的地景，或可以劉克襄之觀點參酌之：

> 「文學地景」廣義的概念則指山川、河流、鄉鎮、建築與景觀等具體事物，亦可擴及地方上的人物、鳥獸花草以及深具人文地理特色的環境氛圍等。以往對於文學地景的基礎概念通常為台灣八景或十景等著名之具象地景，現代則將文學地景的詮釋範圍擴大為布袋戲、歌仔戲，乃至現今流行歌曲、歌謠等文化風物。然而文學地景的涵括範圍，取決於詮釋者的主觀想法，須避免過度詮釋。〔註10〕

因而文學之地景涵蓋範圍廣大，舉凡具體或抽象皆可包含在內，解讀時則依詮釋者之主觀想法來詮釋，唯要注意是否會有過之或不及之問題，最終仍以文本為主。

　　六朝時期政權更動頻仍、戰亂頻繁、民族互動劇烈，激盪了各種歷史書、志怪小說之書寫。因而魏、晉、南北朝志怪小說之產生，既受神話、傳說等歷史性淵源之影響，復與時代環境息息相關，密不可分。〔註11〕中國的地理

---

〔註7〕 Johnston：Philosophy and Human Geography, Edward Arnold, Baltimore.，1986，p.87。

〔註8〕 （英）邁克‧朗克（Mike Crang）著，楊淑華、宋慧敏譯：《文化地理學》（南京：南京大學出版社，2003 年），頁 72。

〔註9〕 Miller, J. Hillis.："Philosophy, Literature, Topography: Heidegger and Hardy" Topographies. California: Stanford University Press, 1995，p19。

〔註10〕 文建會：〈長期關注台灣地誌風土──作家劉克襄〉，http://www.cca.gov.tw/images/epaper/20081017/p02.html，2011.10.22 下載。

〔註11〕 王國良：《魏晉南北朝志怪小說研究》（台北：文史哲出版社，1984 年），頁 13。

中心觀念，早在先秦時代的地理神話、制度文化中既已完成，如《尙書》〈梓材〉云：「皇天既付中國民，越厥疆土，于先王肆。」〔註12〕。再來《山海經》由於寫作形式上的關係，常被視爲遠古中國的地理書，如其整理者劉秀曾載錄了：「《山海經》者，出於唐虞之際。昔洪水洋溢，漫衍中國，……禹乘四載，隨山刊木，定高山大川。益與伯翳主驅禽獸，命山川，類草木，別水土。……禹別九州，任土作貢；而益等類物善惡，著《山海經》。」〔註13〕故胡遠鵬認爲《山海經》不僅是一部記述中國上古時代歷史地理各方面情況的事，而且是一部記載世界上古時代歷史地理各方面情況的著作。〔註14〕此外《神異經》舊題爲西漢東方朔撰，有漢末或六朝人僞託之說，其也多記荒外、異國、海中之地理博物、神話傳說。

六朝時張華的《博物志》一書搜羅廣雜，舉凡山川地理知識、歷史人物傳說、神仙方伎之故事，草木鳥獸之特色，皆有記述〔註15〕，其一小序曰：「余視《山海經》及《禹貢》、《爾雅》、《說文》、地志，雖曰悉備，各有所不載者，作略說。出所不見，粗言遠方，陳山川位象，吉凶有徵。諸國境界，犬牙相入。春秋之後，並相侵伐。其土地不可具詳，其山川地澤，略而言之，正國十二。博物之士，覽而鑒焉。」〔註16〕從中以統一之觀點作考察，揭示了博物思維和地誌之關係。

一如《隋書·經籍志》言：「昔者先王之化民也，以五方土地，風氣所生，剛柔輕重，飲食衣服，各有其性，不可遷變。是故疆理天下，物其土宜，知其利害，達其志而通其欲，齊其政而修其教。故曰廣谷大川異制，人居其間異俗。《書》錄禹別九州，定其山川，分其圻界，條其物產，辨其貢賦，斯之謂也。周則夏官司險，掌建九州之圖，周知山林川澤之阻，達其道路。地官誦訓，掌方志以詔觀事，以知地俗。春官保章，以星土辨九州之地，所封之域，以觀祅祥。夏官職方，掌天下之圖地，辨四夷八蠻九貉五戎六狄之人，

〔註12〕（漢）鄭玄著，（唐）孔穎達疏，（清）阮元校勘：〈梓材〉，《尚書正義》（台北：藝文印書館，1981年），卷14，頁213a。

〔註13〕袁珂注：《山海經校注》，上海：上海古籍出版社，1996年，頁477。

〔註14〕胡遠鵬：〈《山海經》研究的世紀回顧〉，《中國文化月刊》305期，2006年，頁26。

〔註15〕王國良：《魏晉南北朝志怪小說研究》（台北：文史哲出版社，1984年），頁302。

〔註16〕（晉）張華撰，范寧校證：《博物志校證》（臺北：明文書局，1984年7月），頁7。

與其財用九穀六畜之數，周知利害，辨九州之國，使同其貫。」〔註 17〕地理書之山川、疆界、風俗等考察莫不闡明天下之界，詳述殆盡，便於天下一統所記，傳之所聞，亦可使後人有所騁思。

林淑貞從西方地誌書寫的考察中，觀察六朝志怪，記錄許多歷史典故、神話傳說、風土民俗等項，實際上即是一種整體文化地誌的書寫，人文關懷的表現。〔註 18〕綜上所述，因而觀音感應故事除了載明宗教顯異之本質，也透露了人們生存於這片土地的真實情形，或呼應史實，並敘述了人們和土地互動之關係，故而整理文本所呈現之地景勢有助於文化地景之圖像顯現。

而地景結合了局部陸地的有形地勢（可以觀看的事物）和視野觀念（觀看的方式）。地景是個強烈的視覺觀念。……地景指涉一塊土地的形狀（有形的地勢）。這可能是看似自然的地景，或是顯然為人類或文化的城市地景。我們不住在地景裡─我們觀看地景。〔註 19〕因而在地景中或處於至高點在地景外，它提供了一種讓我們觀看朝代、整體空間、以及世界的意義，進而從中體會眾人的心聲與流動。在本節結構分析上將依胡亞敏的《敘事學》為主，其將靜態空間定義為故事範圍基本固定的空間，人物在此範圍內活動；而動態環境則指故事環境不斷處於變動中。〔註 20〕循此脈絡，先將六朝觀音感應故事的地景空間分為靜態景觀與動態景觀，再依序分析文本中的地景內容。

## 一、靜態景觀之臨現

在文學的空間中，生活空間必須轉化成文學空間才能實現由此岸世界向彼岸世界的過度〔註 21〕，其是一個無時無刻卻重要的存在，而在故事敘述中的空間，是可以靜態地或動態地起作用。靜態空間是一個主題化或非主題化的固定的結構，事件在其中發生；一個起動態作用的空間是一個容許人物行

〔註 17〕　（唐）魏徵等撰：《隋書》（點校本，北京：中華書局，1997 年 9 月），頁 987〜988。
〔註 18〕　林淑貞：〈地景臨現──六朝志怪「地誌書寫」範式與文化意蘊〉，載《政大中文學報》第 12 期，2009 年 12 月，頁 163。
〔註 19〕　Tim Cresswell 著，王志弘、徐苔玲譯：《地方：記憶、想像與認同》（台北：群學，2006），頁 19〜21。
〔註 20〕　胡亞敏：《敘事學》（湖北：華中師範大學出版社，2004 年），頁 163。
〔註 21〕　張鵬：〈從生活空間到文學空間──空間理論作為批評方法〉，鹽城師範學院學報第 28 卷第 2 期，2008 年 4 月，頁 11。

動的要素。〔註 22〕循此脈落靜態空間則爲故事中基本固定的空間，故事中之主角從始至終故事情節皆在此間流轉，未從一環境再至另一環境，下表三將分別整理出六朝時的觀音感應故事中的靜態景觀。在考察六朝觀音感應故事的靜態景觀呈現時，跳脫出對經典的互文性觀照，可見眾生之「遇到苦難──稱念觀音──得解」之過程均在同一地景發生，其中時間之流動或有當下、數日、多則數月得解，均在此間流轉。

　　眾生之苦厄有來自自然環境之危害，也有社會背景下小人物求生的虔誠祈念，個人慾望之追求，並皆從稱念觀音中獲得滿足個人所願。另外從中可以發現在靜態景觀中的地景類別以社會背景爲多，分析出之四十八則故事占四十五則，純以解脫自然現象帶來之災禍爲少，僅占三則（見表三），在社會背景中則以牢獄、刑場、戰場之災佔多數〔註 23〕，越過宗教感應不論，可見「人禍」是六朝人民最大苦難之來源，苦難哀號不絕，顯示了六朝是個兵馬倥傯、政治不靖之時代。

　　從三國到隋，三個半世紀社會陷入分裂混亂的狀態，三十個朝代和小國走馬燈似地交相更替，各統治集團的爭權奪利，使人民蒙受兵荒馬亂的巨大災難。〔註 24〕人民生於其中，往往朝不慮夕，企盼現下稱念觀音解脫其難。

　　靜態景觀之呈現亦有和史實相呼應之特色，如續光世音應驗記四之孫恩亂後臨刑四人〔註 25〕，「昔孫賊擾亂海隄，士庶多離其災。有十數人臨刑東市……」，敘寫孫賊擾亂海隄一帶，造成了世人百姓多災、離別之難，各式背景就發生在被叛賊拚了死罪的不具名人士身上，因爲稱念觀音致判決文書找不到他們的名字，因此得免一場死罪。此內容對照《魏書》卷九十六列傳第八十四，其中所載孫恩之亂與其背景和事件發生之地域是相吻合的：

> 初，孫恩聞八郡響應也，告諸官屬曰：「天下無復事矣，當與諸君朝
> 服而至建業。」既聞牢之臨江，復曰：「我割據浙江，不失作勾踐也。」

---

〔註 22〕（荷）米克·巴爾著，譚君強譯：《敘事學：敘事理論導論》（北京：中國社會科學出版社，2003 年），頁 161。

〔註 23〕由表三可知，靜態景觀中主要呈現之場域以牢獄、刑場、戰場爲多，分占十六則、六則、二則。

〔註 24〕李劍國：《唐前志怪小說史》（天津：天津教育出版社，2005 年），頁 232。

〔註 25〕（宋）張演撰：《續光世音應驗記》，輯入《觀世音應驗記三種》譯注，（南京：江蘇古籍出版社，2002 年），頁 39。

尋知牢之已濟，乃曰：「孤不恥走。」於是乃走。緣道多遺珍寶，牢
之將士爭取之，不得窮追。恩復入於海。初，三吳困於虐亂，皆企
望牢之、高素等。既至，放肆抄暴，百姓咸怨毒失望焉。孫恩在海，
妖眾轉復從之。既破永嘉、臨海，復入山陰。謝琰戰歿。於是建業
大震，遣冠軍將軍、東海太守桓不才，輔國將軍孫無終，廣陵相高
雅之等東討恩。吳興太守庾恒慮妖黨復發，大行誅戮，殺男女數千
人。孫恩 復破高雅之於餘姚，雅之走還山陰。元顯自爲後將軍、開
府儀同三司、都督十六州，本官悉如故；封子彥章爲東海王，食吳
興四萬餘户，清選文學臣僚，吏兵一同宗國。孫恩浮海奄至京口，
戰士十萬，劉牢之隔在山陰，眾軍懼不敢旋，恩遂徑向建業。德宗
惶駭，遽召豫州刺史司馬尚之。于時中外驚擾，而元顯置酒高會，
道子唯日祈于鍾山。恩來漸近，百姓恟懼。尚之率精銳馳至，徑屯
積弩堂。恩時沂風，不得疾行，數日乃至白石。恩本以諸軍分散，
欲掩不備，知尚之尚在建業，復聞牢之不還，不敢上，乃走向郁洲。
恩別帥盧循攻沒廣陵，虜掠而去。〔註26〕

文中足可見孫恩之眾擾人甚鉅，抄暴擄掠無所不行，致以民生聊苦，南方
沿海生活之百姓可謂有苦難言，因而轉向求助宗教之救苦觀音勢不得不爲
之。

　　綜上所言，整體靜態景觀之呈現由人們對空間記憶之再展現，浮諸文字
之上，來自人們和環境作互動。空間的意象在文本中透過語言文字的再現之
後，明顯展現出不同空間、不同主體的屬性認同，〔註27〕因此將以表三整理
六朝觀音感應故事中的靜態景觀，取材含《光世音應驗記》、《繫觀世音應驗
記》與《續觀世音應驗記》，空間類別將區分爲故事主體出現的人間、夢中或
是鬼域，地理景觀將以故事發生的主要場景是社會或自然背景做一區分，藉
此顯現整個社會背景、自然景象之圖像，藉由讀者閱讀後拼湊或接受文字背
後的靜態場域。

---

〔註26〕 （北齊）魏收撰：《魏書》（點校本，北京：中華書局，1997 年 9 月），頁 2107
　　　　～2108。
〔註27〕 開一心：〈空間、記憶與屬性認同：《論偶然生爲亞裔人》〉，中外文學第 33 卷
　　　　第 12 期，2005 年 5 月，頁 155。

## 表三：六朝觀音感應故事中的靜態景觀一覽表

| 空間類別 | 地景類別〔註28〕 | 原文 | 靜態景觀呈現 | 出處〔註29〕 |
|---|---|---|---|---|
| 人間 | 社會背景 | ……內徙洛陽。……其後鄰比有火，長舒家是草屋，又正在下風，自計火已逼近，政復出物，所全無幾。…… | 洛陽家居 | 光一、竺長舒 |
| 人間 | 社會背景 | 不知寺中是何異音，皆奔騰來觀。 | 某佛寺 | 光二、沙門帛法橋 |
| 人間 | 社會背景 | 時鄴西寺有三胡道人。 | 鄴西寺 | 光三、鄴西寺三胡道人 |
| 人間 | 社會背景 | 沙門竺法義者，山居好學。 | 山居 | 光七、沙門竺法義 |
| 人間 | 社會背景 | 時司刑者乘馬奏事，展奏當人，仍獨思念歸誠觀音。 | 刑場 | 續二、張展 |
| 人間、幽冥界 | 社會背景 | 荊州聽事東有別齋三間，由來多鬼，恆惱人。 | 荊州聽事別齋三間 | 續三、惠簡道人 |
| 人間 | 社會背景 | 有十數人臨刑東市。 | 刑場 | 續四、孫安亂後臨刑二人 |
| 人間 | 社會背景 | 道泰道人，住常山衡唐經舍。 | 常山衡唐經舍 | 續五、道泰道人 |
| 人間 | 社會背景 | 義熙中，有一士人遇事被繫。 | 牢獄 | 續九、義熙中士人 |
| 人間 | 自然背景 | ……載行空澤，遂遇野火。 | 沼澤地 | 繫一、釋法力道人 |
| 人間 | 自然背景 | 嘗獨行大澤，忽遇野火，四面俱有。 | 沼澤地 | 繫二、釋法智道人 |
| 人間 | 社會背景 | 吳興郭嘗大火……。唯一家是草屋，在火腹，獨在。 | 吳興城 | 繫三、吳興郡吏 |

〔註28〕 在地景類別之分類中，參見胡亞敏之《敘事學》為主，一者自然現象指的是天氣、風景、地域等非人工因素，但在敘事文本中難免包含人對自然的看法或涉入；二者社會背景指由人際關係構成的社會活動，包含人物活動的時代背景、風俗人情，並也包含人和人間鬥爭、聯合、分離等關係。胡亞敏：《敘事學》（湖北：華中師範大學出版社，2004 年），頁 160。

〔註29〕 光一指的是出自《光世音應驗記》第一篇，繫一指的是出自《繫觀世音應驗記》第一篇，續一指的是出自《續觀世音應驗記》第一篇，以下均以此類推。文本整理自董志翹：《觀世音應驗記三種》譯注，（南京：江蘇古籍出版社，2002 年）。

| 人間、鬼域 | 自然背景 | 外國有百餘人，從獅子國泛海向浮南。（稱念觀音免羅刹尋） | 船上 | 繫十、外國百餘人 |
|---|---|---|---|---|
| 人間 | 社會背景 | 北有一道人，於壽陽西山中行。 | 壽陽的西山 | 繫十一、北有一道人 |
| 人間 | 社會背景 | 關中道人法禪等五人，當姚家時，山行逢賊。 | 山中 | 繫十二、關中道人法禪等五人 |
| 人間 | 社會背景 | 後出受刑，愈亦存念。 | 刑場 | 繫十三、北彭城有一人 |
| 人間 | 社會背景 | 值姚萇寇蜀，此人身在陳。 | 戰場 | 繫十四、蜀有一白衣 |
| 人間 | 社會背景 | 至後日，出市殺之，都不見有枷鎖。 | 刑場 | 繫十五、高荀 |
| 人間 | 社會背景 | 其妻姓司馬，為諸明所值錄。伺杜來戰，送出城上斬之。 | 戰場 | 繫十六、杜賀敕婦 |
| 人間 | 社會背景 | 及至交刀見斫而誤，自不中人。行刑人忽自睡熟，便不能舉手。 | 刑場 | 繫十七、南公子敖 |
| 人間 | 社會背景 | 被捉，便欲斫頭。 | 刑場 | 繫十八、慧和道人 |
| 人間、夢中 | 社會背景 | 坐遭賊失守，繫江陵獄。 | 牢獄 | 繫二十三、王球 |
| 人間、夢中 | 社會背景 | 孜敬以輒殺人十一，以此得罪。事逮宣、處茂，並繫荊州獄。 | 牢獄 | 繫二十四、郭宣 |
| 人間 | 社會空間 | 魏虜主常疑沙門作賊，有數百道人悉被收。 | 牢獄 | 繫二十六、虜中寺主 |
| 人間 | 社會背景 | 魏虜當欲殺之，鎖械內土硎裡。 | 土牢 | 繫二十七、王葵 |
| 人間 | 社會背景 | 于闐王女婿，名天忍，為徒弟所鎖繫，送往何覺國殺之。 | 牢獄 | 繫二十九、于闐王女婿 |
| 人間 | 社會背景 | 非意遭事，郡吏懸錄送。吏至客舍住食，罪人置在車上。 | 囚車 | 繫三十、關中人。 |
| 人間 | 社會背景 | 時有道人釋惠難與齡石有舊，乃往告，入獄看之。 | 牢獄 | 繫三十二、朱齡石。 |
| 人間 | 社會背景 | 儒忽非意被繫，唯存念觀世音。 | 牢獄 | 繫三十三、山陽一人名僧儒。 |
| 人間、夢中 | 社會背景 | 及至丞相伏誅，使君亦繫在廷尉。（親人親身經歷） | 牢獄 | 繫三十四、張會稽使君 |
| 人間 | 社會背景 | 張達者，曾繫獄應死。 | 牢獄 | 繫三十五、張達 |
| 人間 | 社會背景 | 得千遍，身上鎖械悉斷絕。 | 牢獄 | 繫三十六、王穀 |

| 人間 | 社會背景 | 鎖械自寬，隨意得脫。 | 牢獄 | 繫三十七、孫欽 |
|---|---|---|---|---|
| 人間 | 社會背景 | 唐永祖，建康人也，宋孝武時作大市令，為藏盜被收。 | 牢獄 | 繫三十八、唐永祖 |
| 人間 | 社會背景 | 收徽，付長沙獄，重鎖械，又將殺之。 | 牢獄 | 繫三十九、幼宗兄子 |
| 人間 | 社會背景 | 作本郡主簿，觸忤太守沈文龍，見執付獄，欲遂殺之。 | 牢獄 | 繫四十、彭子喬 |
| 人間 | 社會背景 | 益州有一道人，從來山居。 | 住屋 | 繫四十一、益州一道人 |
| 人間 | 社會背景 | 河北有老尼，薄有資財，為賊所掠。 | 河北某地 | 繫四十二、河北一老尼 |
| 人間 | 社會背景 | 此縣嘗有逃叛，虜主木末大怒，盡欲殺一城。 | 平原聊城 | 繫四十三、劉度 |
| 人間 | 社會背景 | 釋慧標，長安人，十八出家，隨師在冀州遊學。值佛佛虜後破州境…… | 冀州城 | 繫四十四、釋慧標 |
| 人間 | 社會背景 | 開達為羌所得，閉置柵裡，以擇食等伴肥者，次當見之。 | 柵籠牢獄 | 繫四十六、釋開達 |
| 人間 | 社會背景 | 法智因隱溝邊荊叢，唯得障頭。 | 荊叢中 | 繫五十一、法智道人 |
| 人間 | 社會背景 | 曾商行，道經武原水。 | 江流中 | 繫五十四、釋道明道人 |
| 人間 | 社會背景 | 於是就觀世音求子，在眾僧前誓曰……。 | 寺中（求子得子） | 繫五十五、有人姓臺。 |
| 人間 | 社會背景 | 道豫道人說，有一癩病人，其家欲遠徙之。 | 自宅中 | 繫六十五、道豫道人說癩人 |
| 人間 | 社會背景 | 月氏國有人得白癩病，百種治不差。 | 月氏國中 | 繫六十六、月氏國人 |
| 人間 | 社會背景 | 宋元嘉廿六年，青州白苟寺道人釋惠緣，忽病聾盲，頓失耳聰。 | 青州白苟寺 | 繫六十七、釋惠緣道人 |
| 人間 | 社會背景 | 年造卅，復於林中結罟傷鹿。 | 樹林中（避虎難） | 繫六八、王桃 |

　　在觀看感應故事中的靜態景觀時，可以發現靜態場域常以社會危難為主，多出現在社會背景中，或如枷鎖、或如監獄、或如戰場、甚至或如佛寺、或如家中，分析出之四十八則故事裡佔了四十五例，少部分則是發生在自然景觀中，四十八例中僅佔了三例，或許可以呼應時代離亂、動盪不安之苦。

　　另外在看到社會背景中，有些人文聚落，如佛寺或是個人之家，這些空

間原本具有中立甚至安全溫暖之性質，但在故事中則成了負向、危險發生之場所，是故靜態景觀之性質雖含情節在此中流轉，但此環境性質並非單一不變。另外在這些靜態景觀中，牢獄之災佔有多數，四十八則故事中佔有十七則；刑場其次佔有六則；戰場亦有二則。這些危難的空間給人一種在同一環境反復苦痛而不得出之感，但也因其越苦痛，觀音呈現救度之力道亦會越強大，所以此靜態環境有與觀音之神聖性對比存在之必要。

## 二、動態景觀之流動

　　龔鵬程說：「地域，是我們用以理解文學現象的一種線索、一種觀看事務的思維框架。」〔註 30〕再從地方出發，主體性的人，故事的主角，而賦予了空間各種意義並展現了地方上的歷史，從其在各種地域的流動中，順著時間的進行，一場景更換到另一場景，構成了動態景觀之呈現，下表四整理自六朝時的觀音感應故事中的動態景觀。

　　六朝觀音感應故事之動態景觀，可以發現在自然背景與社會背景均屬之，自然現象在三十七則中占十則，社會背景則占了二十七則〔註 31〕，足見在文本中主要重心還是在整個朝代社會背景造成之危難與解脫，故事情節發生的主場景還是以牢獄為多，計有十則。或許正好可以呼應宗白華在〈論世說新語和晉人的美〉所言：「漢末魏晉六朝是中國政治上最混亂，社會最痛苦的時代。」

　　為呈現逃離種種束縛之危難，景觀具有促進人物從危轉安之重要作用，因而使觀音顯聖救渡之機得以成立。隨著旅程的推進，人事景物的遷移，逐漸加深，而再回憶中造成一腫曲折回環，沉鬱頓挫的情感表現與審美特質。〔註 32〕並從中顯出解脫生命困境、抗斥殘暴現實、批判社會等背後嚴肅的生命課題與自我宗教歸屬之價值。茲以自然現象中的〈繫七‧伏萬壽〉〔註 33〕為例，

---

〔註 30〕龔鵬程：〈台灣區域文學史的寫作與傳統〉，《文訊》174 期，2000 年 4 月，頁 39。
〔註 31〕自然與社會背景之分析乃以 Schluter 將所謂的景觀也區分為自然景觀和人文景觀。
〔註 32〕劉苑如，〈涉遠與歸返——法顯求法的行旅敘述研究〉，輯於黃應貴總主編（《空間與文化場域：空間移動之文化詮釋》，台北：漢學研究中心，2009 年 10 月），頁 323。
〔註 33〕繫七指的是出自《繫觀世音應驗記》第七篇，之後出現此種用法均以此類推。（齊）陸杲撰：《繫觀世音應驗記》，輯入《觀世音應驗記三種》譯注，（南京：江蘇古籍出版社，2002 年），頁 73。

故事主角伏萬壽是平昌郡人，有一天要回廣陵，船行江中在途中突遭遇大風，茫然不知所依，在稱念觀音後，突見岸上有光順利抵岸，故事從一開始的「半江，忽遭大風，船便遇覆」的急危，到稱念觀音後「見北岸有光，如村中燃火」指引迷津，最後「直往就之，未曙而至」順利抵岸，環境之變動牽繫著情節之發展。再如社會背景中的〈繫二十一·會稽庫吏姓賈〉〔註34〕，某賈姓庫吏因受司馬休之未繳回官庫二十萬之累，繫獄將死，得夢中僧人指引，逕自穿越牢房而走，後來至下駕山，但因其順利逃脫而走，看守牢房之小吏將被治罪，其不忍心便回去自首，最後順利得免並出家為僧。故事從「應死，明日見殺」的急迫，到在牢獄中「自覺無復鎖械，即穿出檻」，出了獄後「處處藏伏，暝投宿下駕山」之移藏之速，後來不忍他人受累「因首，出為秘書令吏」投歸，最後看破紅塵「入剡山學道」，每一個環境的變動皆有其存在的意義，除了注意到情節以順時推行外〔註35〕，也要注意空間是人物的居所，因而人物的塑造必定和其日常生活居住、行進移動和活動的地區、場所密不可分，行動的進展一定在特定空間，〔註36〕時間是當你從一個空間移到另一個空間，就產生；甚至你不動，時間也照樣無聲地消失，像流水一樣，一去不復返，所以等待也是一種時間感覺。〔註37〕因而空間環境促進了故事的發展與時間之推進，具有不可忽略之意義。

此外在文本中也可以發現故事中的主角多並非出於自願性的移動，是在現實生活環境迫於無奈才離開原本安全的場域，途經種種危險，但因稱念觀音一路又可以化險為夷；或者故事主角原本就身處危險之環境，一心渴求出

〔註34〕（齊）陸杲撰：《繫觀世音應驗記》，輯入《觀世音應驗記三種》譯注，（南京：江蘇古籍出版社，2002年），頁104～105。

〔註35〕學者林淑媛在其博士論文《慈航普渡——觀音感應故事敘事模式及其宗教意涵》中，多注意敘事情節和時間發展為主，感應故事便是這種因果式的締造模式，將敘事人物、敘事視角、敘事結構、敘事時間加以組合，藉此傳達「靈驗」的主題。最後發現：一、以敘事情節為主。作者考慮結構時的中心在情節的安排，情節的安排以彰顯靈驗的效果為中心。二、人物只具敘事功能，人物性格不是敘事的重點三、敘事時間以順序法為主，呈現線性結構的方式。可見林淑媛：《慈航普渡——觀音感應故事敘事模式及其宗教意涵》（台北：大安出版社，2004年）。

〔註36〕整理自盛治仁主編，溫振盛、葉偉忠著：《敘事學·風格學》（台北：行政院文化建設委員會，2010年），頁62～63。

〔註37〕蔡文川：《地方感：環境空間的經驗、記憶和想像》（高雄：麗文文化事業股份有限公司，2009年），頁4。

脫。其中人物的移動也反應了權力和權力間不對等之關係：不同的社會群體與個人，以不一樣的方式，被擺放在與這些流動相互連結的關係裡。這個論點不僅是關切誰移動和誰不移動的議題。雖然這是重要因素，這也牽涉了與流動和移動相關的權力。不同的社會群體和這種無論如何都有所分化的移動能力，有不同的關係……。〔註 38〕大多被迫移動的是下層社會的老百姓。符號、象徵、想像的位置和範圍都可以移動，所以一個人所愛的地方也可以增加或移動，〔註 39〕反之勢也亦然。下表四將整理感應故事中的動態景觀，內含《光世音應驗記》、《繫觀世音應驗記》與《續觀世音應驗記》，空間類別將區分為故事主體出現的人間、夢中或是鬼域，地理景觀將以故事發生的主要場景是社會或自然背景做一區分，藉此顯現故事背後的動態場域之流轉。

**表四：六朝觀音感應故事中的動態景觀一覽表**

| 空間類別 | 地景類別 | 原文 | 動態景觀動線 | 出處 |
|---|---|---|---|---|
| 人間 | 社會背景 | 同伴六七人共繫一獄……遂開戶走出……共逃隱一蓁中。 | 牢獄—稱念觀音—出城—灌木叢—成功脫逃。 | 光四、寶傳 |
| 人間 | 自然背景 | 始豐南溪中，流急岸峭……自分覆溺……徑得歸家。 | 豐南溪—稱念觀音—火光引路—返家。 | 光五、呂竦 |
| 人間 | 社會背景 | 復連手髮於野樹，埋其兩足。……試自奮動，手髮拂然自解。……身猶倚樹。……隱道側聚草中。 | 被埋於土中—稱念觀音—逃跑—倚樹—藏匿草叢中—投奔佛寺。 | 續一、徐義 |
| 人間、鬼域、夢中 | 社會背景 | 勸江陵一家，令合門奉佛。……融後還廬山……，中夜始眠，忽見…… | 江陵—廬山—夢—稱念觀音—解危 | 續六、釋僧融 |
| 人間、夢中 | 社會背景 | 執婦繫獄……，後夜夢見沙門立其頸間……。既起，乃越人向門，門開得出。……時其夫亦依竄草野，晝伏夜行……。遂共投翼…… | 牢獄—稱念觀音—夢中—逃出獄中—隱身草野，夫婦相遇—投奔佛寺。 | 續七、江陵一婦人 |

〔註 38〕Tim Cresswell 著，王志弘、徐苔玲譯：《地方——記憶、想像與認同》（台北：群學出版社，2006 年），頁 107。
〔註 39〕蔡文川：《地方感：環境空間的經驗、記憶和想像》，（高雄：麗文文化事業股份有限公司，2009 年），頁 145。

| 人間 | 社會背景 | 毛德祖始歸江南，出關數里，虜便遣人騎追逐之。……便伏道側蓬萊之中，……。德祖遂合家免出。 | 始歸南朝─敵人來追─藏身草叢中─稱念觀音─雨至，追兵走─全家平安免難。 | 續八、毛德祖 |
|------|----------|------|------|------|
| 人間 | 自然背景 | 平原人韓當，嘗通呼池何。中流舟溺，……，俄而至岸……。 | 渡河─舟沉─稱念觀音─水中出現如龍形的白物─順利抵岸。 | 續十、 |
| 人間、夢中 | 自然背景 | 後入海遭敗，同舟盡死，唯此人不死，獨與沉浮。……，如夢非夢，見兩人乘一小船，喚其來入。……入便至岸……。 | 海上沉浮─稱念觀音─半夢半醒間遇人來救─抵岸上─出家為僧 | 繫四、海鹽一人 |
| 人間 | 自然背景 | 行至宮亭左里，忽逢大風。……見有兩人著黑衣……。風浪稍定，竟得安全。 | 舟中忽逢大風─稱念觀音─黑衣人來助─平安抵岸。 | 繫五、劉澄 |
| 人間 | 自然背景 | 以宋元嘉七年與同學四人過孟津河。……道冏亦俱在冰上，進退必死。……眼則見赤光在前，遂直進就之，徑得至岸，於是設會。 | 過孟津河，冰融人溺─稱念觀音─發誓願─赤光引入─抵岸。 | 繫六、釋道冏道人 |
| 人間 | 自然背景 | 半江，忽遭大風……。須臾，見北岸有光，如村中燃火……。直往就之，未曙而至。 | 江中遇大風─稱念觀音─見火光─抵岸。 | 繫七、伏萬壽 |
| 人間 | 自然背景 | 半漲，便遭狂風，船重欲覆。……尋有一空船，如人乘來……。 | 舟中遇風─稱念觀音─有舟漂至─順利抵岸。 | 繫八、釋法純道人 |
| 人間 | 自然背景 | 船覆落水。……忽然覺腳得躡地，便已在岸上。 | 船覆人溺─稱念觀音─腳如踏地─抵岸。 | 繫九、梁聲 |
| 人間 | 社會背景 | 蓋護，山陽人也，嘗繫獄應死。……枷鎖自脫，戶自開，光便引護出去，隨光而走，行得廿里地，於是光滅。 | 牢獄─稱念觀音─觀音放光引路─順利脫逃。 | 繫十九、蓋護 |
| 人間 | 社會背景 | 後忽有虜公主婦寄宿，……。既被錄付獄，……，於迳直歸家。 | 家─牢獄─稱念觀音─返家 | 繫二十、梁州婦人李氏 |

| 人間、夢中 | 社會背景 | 庫吏姓賈，應死，明日見殺。……比出獄……，暝投宿下駕山，……得免後，守人遇收，因首，出爲祕書令吏。……入剡山學道。 | 牢獄—未稱念，觀音自然相救—下駕山—回官府自首—剡山學道。 | 繫二十一、會稽庫吏姓賈 |
|---|---|---|---|---|
| 人間、夢中 | 社會背景 | 道人釋僧弘者，住都下瓦官寺。……繫在相府，判奸罪，入死。……後遂至出市見殺。……既出，破模看相，果胸前如夢。 | 瓦官寺—牢獄—稱念觀音—刑場顯異—得免。 | 繫二十二、釋僧弘道人 |
| 人間 | 社會背景 | 以車輪繫頸，嚴守防之。……因是走去。……一日住草中，至夜虜去，得脫。 | 牢獄—稱念觀音—順利離獄—遠離追兵—藏身草叢—得免。 | 繫二十五、超達道人 |
| 人間 | 社會背景 | 高度，渤海人也。……歲欲偷絹擬寺……，於是見閉，置大函中，……，因而自去，安徐得逸。 | 渤海—偷絹—入獄—稱念觀音—得免。 | 繫二十八、高度 |
| 人間 | 社會背景 | 僧苞道人說：昔嘗出行，見官司送六劫囚。……行從一市郭過，……。因取人襖官仗，著之而去。 | 僧苞道人遇劫犯—稱念觀音—行到酒館—枷鎖自脫，囚犯著官府衣而去。 | 繫三十一、僧苞道人所見劫 |
| 人間 | 社會背景 | 正在江漲，風浪大起，苟自分必死，猶念觀世音。……苟知是神人，即投水就之，……，更得見四人捧其入船。 | 渡江沉溺，追兵來襲—稱念觀音—水中出現異人，投水近之—莫名四人抬其抵岸，得免。 | 繫四十五、欒苟 |
| 人間 | 社會背景 | 從虜中叛歸，至河邊，不得過。……安起跳往抱之，狼一擲便過南岸。……追騎共在北岸，望之嘆惋無極。 | 追兵在後，欲渡江之南岸—稱念觀音—白狼攜之過江—追兵在北岸嘆惋。 | 繫四十七、裴安起 |
| 人間 | 社會背景 | 毛女，秦郡人也，少即出家。……便結十餘伴劫娶去。……，忽然山頭有小火光。追者疑異…… | 秦郡地—被劫持—稱念觀音—火光引領官兵追捕—得救。 | 繫四十八、毛氏女 |
| 人間 | 社會背景 | 崇與五伴並械手腳……，械忽自破，身得出土……，此時當破爲二。……崇遂至江東……。 | 被囚禁—稱念觀音—逃脫—立誓，石破—渡江。 | 繫四十九、張崇 |

| 人間 | 社會背景 | 嘗為虜所鈔得，縛胛埋腰……。虜不能出，……，不覺忽自得脫，……，而策馬終不能及，遂得脫去。 | 被虜所縛—稱念觀音—大雨—得解脫，逃跑—追兵不能及 | 繫五十、吳乾鍾 |
| --- | --- | --- | --- | --- |
| 人間 | 社會背景 | 儒夜緣成先叛。……儒因上樹，賊又直過不見。……有一叢，人中隱藏。 | 逃出城—稱念觀音—追兵追來，爬至樹上—躲於草叢—得免 | 繫五十二、李儒 |
| 人間 | 社會背景 | 道汪曾經從梁州回蜀。……道汪群伴亦多，復是不見之。 | 梁州—有羌亂—稱念觀音—蜀地。 | 繫五十三、釋道汪法師 |
| 人間 | 社會背景 | 北征沒虜。後單馬叛歸，虜追之垂急，……。因入山中，迷或失路。……遂得還路，安穩而歸。 | 北征—追兵追之—稱念觀音—得免—在山中迷路—稱念觀音—順利而歸。 | 繫五十六、畢覽 |
| 人間 | 社會背景 | 於是結伴叛歸。……信去，遂數日不還。後天暗欲雨，覘信還至。……相勗祈心，遂以得免也。 | 北伐叛逃—派探子探聽消息—稱念觀音—探子順利而歸—眾人免難。 | 繫五十七、刑懷明 |
| 人間 | 社會背景 | 夜落群巒深山之中，……，欻然便聞有鈴聲。……即便得出。 | 逃難—入深山，迷路—稱念觀音—找到出路。 | 繫五十八、符間敗時八人 |
| 人間 | 社會背景 | 宋元嘉時，魏虜攻涼，……。及虜軍北遁，半道，僧朗與一同學共伴逃。……，遂日出遍地，眼見棘刺，方便得下。……，虎向前行，兩人隨之。……至仇池，從梁、漢出荊州。 | 涼州—緣繩出逃—稱念觀音—順利出城—老虎引路—荊州 | 繫五十九、釋僧朗 |
| 人間 | 自然背景 | 為師道懿往河南霍山採鐘乳，……入洞三里許，有深水，橫木過之。……，忽見小光炯然，往就，稍從，隨光得出。 | 河南霍山採鐘乳—同伴溺水死—稱念觀音—見光，得出。 | 繫六十、釋道囧道人 |
| 人間、夢中 | 社會背景 | 傳數處作奴。既無歸緣，分死絕域，……。忽眼見觀世音真形放光，……。更就四望，便已還在鄉里。 | 被北虜俘—忽見觀音，禮拜之—速歸故鄉 | 繫六十一、潘道秀 |

| 人間 | 社會背景 | 韓睦之，彭城人。宋泰始初，彭城沒虜，睦之流亡。兒於亂為人所略，……。其兒定傳賣為益州人為奴，……。兒試之，便覺恍然如人掣去。須臾而住，倚一家門外……。 | 彭城—北虜作亂—骨肉離散—稱念觀音，內心導求—觀音現僧人像，攜子從益州而歸—骨肉團圓 | 繫六十二、韓睦之 |
|---|---|---|---|---|
| 人間、夢中 | 社會背景 | 彭城嫗者，家本事佛，……。兒於軍中出取獲，為虜所得。……忽見一燈，顯其百步。試往觀之，至徑失去。……輾轉數千里，遂還鄉。 | 彭城—兒出征，為虜所抓—母子均稱念觀音—燈光引路—母子團圓。 | 繫六十三、彭城嫗 |
| | | 彭城嫗……。虜以嫗子為奴，放牧草澤。當母祭祠之日，輒夢還臨饗。……逐之不已，得十日至家。 | 彭城—兒出征，為虜所抓—母稱念觀音，四時祭祀—兒夢中享祭祀品—燈光引路—母子團圓。 | 繫六十三、彭城嫗 |
| 人間 | 社會背景 | 年十八，為人所誘殺，棄屍空冢，……，見有一手，長丈餘，牽之得出。匍匐還家……。 | 遭人棄屍空冢—稱念觀音—大手牽之出空冢—返家。 | 繫六十四、池金罡 |
| 人間 | 自然背景 | 嘗從河內還襄垣，路徑中，忽遇雷雨大暗，虎狼亂走，……。曙乃覺故，在磐石上眠，但見空林而已。 | 河內—遇雷雨和猛獸—稱念觀音—借宿山中人家—山中人家消失—襄垣 | 繫六十九、法領道人 |

　　在此動態景觀中自然背景和社會背景各有包含，自然背景佔有十則，場域分布多以深山險難、遇水陷溺為主，深山險難者多以寫在山中遇賊或是迷路等，描寫水難者又較描寫山難者為多，其原因或有採鐘乳石不遇溺水、或是逃難溺水、或是返家溺水等等。社會背景者共佔有二十七則，和靜態景觀之社會背景描寫者為多相同，此間和反應時代困苦或有呼應，在描寫之場域中不出牢獄、戰場、刑場為大宗，故事中的主角大多為了逃難、避難、離苦得樂才呈現背景景觀之轉換。另外亦有骨肉離散、親人相離等，藉由觀音之力跳脫困苦、離散之場地，而得以歸鄉或是團圓之敘寫。

　　綜觀感應故事的動態景觀之呈現，也可以發現空間類別不只包含現實世界，遍佈了人間、鬼域與夢中，甚至一則故事就出現這三種場域的轉換，如〈續六、釋僧融〉，此空間跳接之描寫更增添故事的神奇性，讓人可以感受情

節之快速與轉變，當然故事空間出現最多的還是反映苦痛的人間，處處充滿現實之傷痛，且多以牢獄和戰爭爲主，更可以和時代之紛亂作一呼應，其中也不乏許多自然景觀者，而在自然景觀中特出者可發現出現神物以資空間之流轉、離苦之救度。

# 第二節　空間移動之典型析證

　　在感應故事中，每則故事以人爲中心點，透過觀音神聖力量的施展，使人能夠跨越空間的限制，亦即突破現實空間人所處的座標，達到空間移動之能力。而這種文本中的空間移動，C.L.Salter 和 W.J.Lloyd（1977）曾經描述過兩種在文學中描述景觀的方法，一種是以敏銳的觀察力爲出發點，強調以文學的推測能力來再生產景觀的客觀性質；另一種是以作者主觀所發動的敏銳洞察力以及能清楚表達人類經驗的能力爲出發點，強調的是景觀的主觀經驗，他們認爲這兩種景觀的描述是互補的，是對景觀事實的雙面陳述。〔註40〕因而文學家對現實的知覺處理以及空間的感知是個人對環境變化之知覺與人類情緒所混合。David Seamon（1976）曾說過：「藉由發現和了解其他人的環境經驗，可能是一些更敏銳、更具創造性的人，我們，能夠如同其他人一樣，對我們以前所不知道的自身經驗類型有所感覺，藉此對我們所處的地理處境更加敏銳。」〔註41〕

　　Kenneth Robert 則認爲相對於現實，地理學在知覺的描述上是十分強調眞實的，而在文學中的知覺則是從一種要成爲社會溝通的媒介的角色來思考，因此從這樣的出發點所描繪出的對現實的知覺是一種『應當有』的樣子，即所謂的『幻覺』而非其『原來』的樣子〔註42〕。所以感應故事的空間感覺，可以架構在虛實之間，距離遠近皆由祈願者心之所向透過觀音之感應力加以

---

〔註40〕C.L.Salter and W.J.Lloyd：‘Landscape in Literature’，Resoure Papers for College Geography（Association of American Geographers，Washington DC），No.76-3，1976，p7.

〔註41〕David Seamon：‘the phenomenological investigation of imaginative literature’in G.T.Moore and R.G.Golledge（eds.），Environmental Knowing：theories，Research and Mathods（Dowden，Hutchinson&Ross，Stroudsburg，Pa.），1976，p290。

〔註42〕Kenneth Robert Olwig ：‘Literature and Raelity’：The Transformation of the Jutland Heath’，HumanisticGeography and Literature，Totowa，N.J，1981，P47-64

實踐完成，所以空間場所不是某種外在於人的生活的環境場所，不是某種簡單地環繞於人類周圍的堅硬的實體，它不僅是一種我們置身於其中並行動於其中的場域，同時它也是我們行動的結果，即實踐生產創造的產物。〔註43〕

　　再回到感應故事中的宗教本質，透過宗教可以平穩六朝之下不安人們之心靈，予以寄託。宗教強化了人類應付人生問題的能力，這些問題即死亡、疾病、飢荒、洪水、失敗等等。在遭逢悲劇、焦慮和危機之時，宗教可以撫慰人類的心理，給予安全感和生命意義，因為這個世界從自然主義的立場而言，充滿了不可逆料、反覆無常和意外的悲劇。〔註44〕因而宗教賦予了故事中人物之移動實屬必然，再加上宗教奇蹟是以人的某種願望，某種需要為其前提〔註45〕，空間之移動也成了達成觀音顯聖之方式之一，圓滿所求者之願望，以求自我之較大的實現，因而對於自我之認識更為確實，對於各感覺更為靈敏〔註46〕，總之空間自身既是一種生產，通過各種範圍的社會過程以及人類的干涉而被塑造，同時又是一種力量，反過來影響、引導和限制活動的可能性以及人類存在的方式。〔註47〕透過空間移動可以知道人和自己在時空位置的對應，也展現了主體和客體世界的變化，故本節將析證感應故事中空間移動之典型與範例，共有三種，分別為由甲空間到乙空間、由甲空間到乙空間再回到甲空間，或是各人自身能力之綜向提升。

## 一、移動：由甲空間至乙空間

　　在觀音感應故事中，林淑媛歸納出其「遇難—祈求—結果」之表層敘事結構，達到靈驗的主旨。〔註48〕因此在故事中，常見主角原先處於困險之空間，後因稱念觀音，再由困險之空間移轉至安全之空間，藉由神聖的力量使得空間得以轉換，由甲地變換至乙地，也可以說是「神聖向我們顯示出他自己」〔註49〕。

〔註43〕 謝納：《空間生產與文化表徵——空間理論視域下的文學空間研究》，遼寧大學文藝學博士學位論文，2008年，頁49。
〔註44〕 羅傑·基辛著，北晨編譯：《當代文化人類學概要》，（浙江：浙江人民出版社，1986），頁215。
〔註45〕 呂大吉：《宗教學通論》，（北京：中國社科，1986），頁256。
〔註46〕 龔德義：《宗教心理學》，（上海：上海書店，1990），頁21。
〔註47〕 吳治平：《空間理論與文學的再現》，（甘肅：甘肅人民出版社，2008年），頁1。
〔註48〕 林淑媛：《慈航普渡——觀音感應故事敘事模式及其宗教意涵》（台北：大安出版社，2004年），頁78。
〔註49〕 伊利亞德著：《聖與俗——宗教的本質》，（台北：桂冠出版社，2001年），頁62。

例一：

> 徐榮者，瑯琊人。常至東陽，還經定山。舟人不貫，誤墮迴復中，旋舞濤波之間，垂欲沉沒。榮無復計。唯至心呼觀世音。斯須間，如有數十人齊力牽船者，湧出復中，還得平流，沿江還還下。日已向暮，天大陰暗，風雨甚駛，不知所向，而濤浪轉盛。榮誦經不輟口，有頃，望見山頭有火光赫然，回舵趣之，徑得還浦，舉船安穩。既至，亦不復見光。同旅異之，疑非人火。明旦，問浦中人：「昨夜山上是何火光？」眾皆愕然曰：「昨風雨如此，豈有火理？吾等並不見。」然後了其爲神光矣。〔註50〕

如此則故事所述，主角徐榮原先處於江中之危困空間，旋復爲江水吞沒，後因稱念觀音，得火光指引且江流頃刻平順，其便順利的渡至安全的村落空間。藉由甲地到乙地的移動，從中透露由危而安的空間轉換，也揭示觀音神聖力量之臨現。

例二：

> 費淹作廣州，是宋孝建時去。有沛國劉澄者，攜家隨之。行至宮亭五里，忽逢大風。澄母少事佛法，船中有兩尼，當急叫喚觀世音，聲聲不絕。俄頃，忽見有兩人著黑衣，捉烏信幡，在水上倚而挾其船邊。船雖低昂，而終不肯復。風浪稍定，竟得安全。澄妻在別船，及他船皆多不濟。〔註51〕

故事主角本由危險之場域江中，後經由觀音之空間救度而到達平安岸乙，此乃空間移動之甲至乙典型例證，另外最後還補述有稱念觀音之船隻才得免更顯出其信仰力之廣大，因而在變動的空間中，表達出多重意識的流動，或越界的想像。〔註52〕

因此歸納此類空間之移動方式主要爲移動型，即從甲空間到乙空間，如下表五所示：

---

〔註50〕（宋）傅亮撰：《觀世音應驗記》，輯入《觀世音應驗記三種》譯注，（南京：江蘇古籍出版社，2002年），頁21。

〔註51〕（齊）陸杲撰：《繫觀世音應驗記》，輯入《觀世音應驗記三種》譯注，（南京：江蘇古籍出版社，2002年），頁69。

〔註52〕黃應貴總主編，王瓊玲著：《空間與文化場域：空間移動之文化詮釋》〈導論：空間移動之文化詮釋〉，（台北：漢學研究中心，2009年），導論，頁4。

表五：移動型空間——由甲空間至乙空間

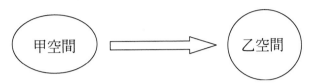

　　透過此種移動型空間，甲空間通常是充滿苦痛、災難或是困厄的環境，
經由觀音神聖力的救度，而使得故事主角所處之空間得以移動至安全的乙空
間。

## 二、回歸：由甲空間至乙空間，再回到甲空間

　　由於觀音感應故事反映六朝之時代概況，此時戰爭繁多，朝代更迭快速，
其中流離失所的人們不計其數，而透過稱念觀音之力，讓原本離散之人歸返
故鄉，藉由此種空間移動載明了觀音有求必應之宗教性質。而此種空間移動，
無論個人或群體，從自我到他者，從我群到彼群，從此界到他界，空間移動
背後的動機與動力，既複雜又弔詭，既是改變也是創造〔註 53〕，創造出了移
動之典範除了甲地到乙地之外，也可以是甲地至乙地，再復返到甲地，達成
一種歸屬。

　　例一，〈彭城嫗〉一故事：

> 彭城嫗者，家世事佛，嫗唯精進。親屬並亡，唯有一子，素能教訓。
> 兒甚有孝敬，母子慈愛，大至無倫。元嘉七年，兒隨到彥之伐虜。
> 嫗銜涕追送，唯屬戒歸依觀世音。家本極貧，無以設福，母但常在
> 觀世音像前然燈乞願。兒於軍中出取獲，為虜所得。慮其叛亡，遂
> 遠送北堺。及到軍復還，而嫗子不反，唯歸心燈像，猶欲一望感激。
> 兒在北亦恆長在念，日夜積心。後夜，忽見一燈，顯其百步。試往
> 觀之，至徑失去。因即更見在前，已復如向，疑是神異，為自走逐。……
> 輾轉數千里，遂還鄉。初至，正見母在像前，伏燈火下。因悟前所
> 見，燈即是像前燈也。〔註 54〕

故事中的主角彭城嫗，原先與子居於彭城，後因戰爭原因，其子流於北虜，

---

〔註 53〕 黃應貴總主編，王瓊玲著：《空間與文化場域：空間移動之文化詮釋》〈導論：
　　　　空間移動之文化詮釋〉，（台北：漢學研究中心，2009 年），導論，頁 1。
〔註 54〕 （齊）陸杲撰：《繫觀世音應驗記》，輯入《觀世音應驗記三種》譯注，（南京：
　　　　江蘇古籍出版社，2002 年），頁 194～195。

原先其子本不得返，後其稱念觀音，仰仗觀音之點燈指路，輾轉千里之後，終於返回彭城一地。整則故事由彭城甲地到北虜乙地，再拉回彭城甲地，途中有千里之遙竟未迷路也未遭他難所傷，整則故事籠罩在觀音之神力超越一切空間之阻隔上。

例二，〈潘道秀〉：

> 吳郡潘道秀，年廿餘，隊糾主。晉義熙中，從宋高祖征廣固，於道有勳，轉爲隊副。道秀在別軍經敗，星散各走，遂爲偷人所略賣，傳數處作奴。既無歸緣，分死絕域，本信佛法，後說別偈……。恆念觀世音，數夢想得見。後被使伐樹，獨在山中。忽眼見光士音眞形放光，竟山中爲金色。道秀驚懼作禮，下頭便見地無復光。仍即仰視，都非向處。更就四望，便已還在鄉里。〔註55〕

主角本由鄉里隨軍四征，但後離散，經觀音引度，過千里疆域直接反鄉，其空間場景具有中介，甚至過度、引度之特質。或許魏晉時期，時代紛亂，政權更迭，地理偏安，時空錯縮。諸多人事不順，使人在異化的世界中逐漸喪失了時間感、空間感、傳統性、權威性。〔註56〕所以神聖的降臨成爲常/非常之必須手段，空間移動、凡/聖之境便輕易展現。

是故歸納整理此類空間之移動方式主要爲回歸型，即從甲空間到乙空間再回到最初的甲空間，如下表六所示：

### 表六：回歸型空間──由甲空間至乙空間，再回到甲空間

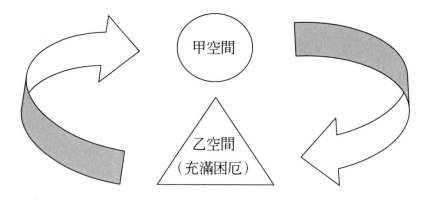

甲空間

乙空間
（充滿困厄）

---

〔註55〕（齊）陸杲撰：《繫觀世音應驗記》，輯入《觀世音應驗記三種》譯注，（南京：江蘇古籍出版社，2002 年），頁 187～188。

〔註56〕鄭文惠著：《文學與圖像的文化美學──想向共同體的樂園論述》（台北：里仁書局，2005 年 9 月），頁 206

經由這種回歸型空間，甲空間通常是回憶所在、家鄉所在，一種安樂之居所，但因他力逼迫而到充滿困厄與危險的乙空間，但經由觀音神聖力的救度，而使得故事主角能夠平安回歸到安全的甲空間。

## 三、提升：個人自身能力的縱向提升

人非生而完美，天生或多或少都帶有些缺陷，有些缺陷我們可以用努力彌補，有些缺陷則非努力可以補救的。若將個人身體視爲一種空間的存在，以地理學家尼爾·史密斯所言：「個人認同的主要物理尺度，即身體的尺度，乃是社會的建構。身體的地方標誌自我和他者的邊界，兼有社會和物理上的意義，而且除了照字面界定的生理空間外，還涉及個人空間的建構。」〔註57〕所以藉由個人身體空間之優劣、高下、得與不得，正可以明顯標示出自己和他人的不同，顯示出自底所在的空間意義。但藉由稱念觀音的神聖力量，卻可以超越個人身體空間的限制，個人能力、精神之有無，化無到有，將自身能力達到縱向之提升。

例一，〈沙門帛法橋〉之故事：

> 沙門帛法橋，中山人也。精勤有志行，常欲諷誦眾經，而爲人特乏精氣，每不稱意，意常憤然。謂同學曰：「光世音菩薩能令人現世得願，今當至心祈求。若微誠無感，宿罪難消，與其無聲久在，不若捨身更受。」言卒，閉心不食，唯專心至誠。三四日中，轉就羸頓。……至七日朝，曉然開目，如有悅色。謂弟子曰：「吾得善應。」索水盥洗，因抗聲作三偈，音氣激高，聞二三里外。村落士女，咸共驚駭，不知寺中是何異音，皆奔騰來觀，乃橋公之聲也。〔註58〕

故事中的主角沙門帛法橋本來唱誦經文聲氣不佳，但藉由持誦觀音名號並一心精進，後來使之聲氣有了極大之轉變，宛如獅子一吼，聲傳數里，引人來觀。顯現出至誠、感應等本土思想如何影響佛教的業報觀〔註59〕，改變了一個人天生就註定的色身稟賦，超脫身體空間之限制，將其個人天生能力化無

---

〔註57〕 Neil Smith 著，轉引自徐苔玲、王志弘合譯：《性別、認同與地方——女性主義地理學概說》，（台北：群學出版社，2006 年），頁 55。

〔註58〕 （宋）傅亮撰：《觀世音應驗記》，輯入《觀世音應驗記三種》譯注，（南京：江蘇古籍出版社，2002 年），頁 7。

〔註59〕 于君方著，陳懷宇、姚崇新、林佩瑩譯：《觀音——菩薩中國化的演變》（台北：法鼓文化事業股份有限公司，2009 年），頁 191。

到有。

又如人本生病，經由觀音治癒使病痊癒亦可視為一種身體空間之提升，由差到好、由病至康，如〈月氏國人〉：

> 月氏國有人得白癩病，百種治不差。乃至觀世音像前叩頭哀求，情甚苦至。像仍伸臂摩其瘡，即時便差。身體光飾，異本形。像手即時猶申不還。〔註60〕

原本其人百藥不治其身，但因觀音慈悲，經由經像顯異使其身體得以康復，甚至顯異後觀音像留下神聖空間移動之證據，而主角個人身體之變化乃得以提升。

藉著觀音之神聖力量，各種空間之阻隔便不成任何問題，只要索求者一心歸向，並與觀音達到感應道交，不管是脫離危難空間抵達安全的空間，或是由離散的空間復返原先團聚之空間，以及個人身體的限制空間，只要「有心」便能所求如願、心想事成，突破種種空間隔閡，它可以反映是一種理性、感覺、意志等所形成的實際態度；是行為方式也是信仰體系；是社會現象，也是個人的經驗。〔註61〕

因而此類空間之移動方式主要區分為提昇型，即個人自身能力之提升，個人身體空間之趨於完滿，如下表七所示：

## 表七：提昇型空間──個人自身能力的縱向提升

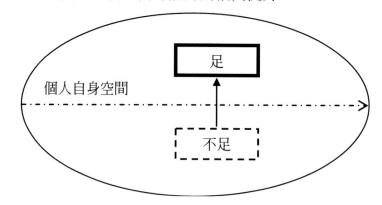

個人自身空間

足

不足

---

〔註60〕（齊）陸杲撰：《繫觀世音應驗記》，輯入《觀世音應驗記三種》譯注，（南京：江蘇古籍出版社，2002年），頁202。

〔註61〕馬凌諾斯基著，朱岑樓譯：《巫術、科學與宗教》（台北：協志工業叢書出版公司，1996年），頁8。

此種提升型空間主要發生在人身上，把人之身體視爲一種空間表現，從不足之空間到滿足之空間，經由觀音之神通而達到個人能力之提升。

# 本章小結

文學作品不只是簡單的對地理景觀進行深情的描寫，也提供了認識世界的不同方法，而觀音感應故事除了載明宗教顯異之本質，也透露了人們生存於這片土地的眞實情形。觀看感應故事內空間移動之情形，可以發現藉著觀音之神聖力量，各種空間之阻隔便不成任何問題，只要索求者一心歸向，便可以與觀音達到感應道交，只要「有心」便能所求如願、心想事成，突破種種空間隔閡，它可以反映是一種理性、感覺、意志等所形成的實際態度，而其空間移動之典型方式有：一、甲空間到乙空間，二、由甲空間至乙空間，再回到甲空間，三、個人自身能力的縱向提升。

若以胡亞敏之《敘事學》觀點分析故事內的空間景觀，則可以概分爲靜態或動態，靜態指的事故事從頭到尾皆在一地流轉，動態則牽涉許多場域之轉換，具有流動感。在其中可以發現靜態景觀中的地景類別以社會背景爲多，尤其是監獄爲多；而動態景觀，可以發現在自然背景與社會背景均屬之，但社會背景造成之苦難仍爲多，足見在文本中主要重心還是在整個朝代社會背景造成之危難與解脫，或許正好可以呼應宗白華在〈論世說新語和晉人的美〉所言：「漢末魏晉六朝是中國政治上最混亂，社會最痛苦的時代。」而且人民具有非自願性移動之特質。

# 第四章　流動：互爲主體的社會展演

在觀看感應故事中人與地景空間交織的各種演進中，本章將以故事中的角色——人爲主體，並置之社會與環境脈絡的社會環境客體中，以眞實世界爲主要場域，觀看人與人、人與環境、人與神聖共融互動後，經由此間主客體之眞實空間轉換與共構，可稍稍窺看其形體社會展演之空間狀況。

## 第一節　無常苦欲的生活世界

透過觀看我們可以發現地景、空間、各種世界呈現各種不同之樣貌，各有其可人之風貌，並將之構築爲我們的世界觀，透過不同角度的觀看，我們可以發現客觀世界的樣貌，也可以發現主觀世界中屬於人的展現，與之交構後，世界因此成爲我們所觀看的世界，也會成爲書寫者所描述出來的文本世界，因而羅蘭・巴特認爲「任何文本都只不過是一個撲天蓋地巨大意義網路上的一個扭結；它與四周牽連千絲萬縷，無一定向。」〔註1〕

透過感應故事所呈現出來的世界，是一種充滿困頓、災難、未知、與無所依向的建構。因而經由對觀音的信仰，成了一種仰望的重心，觀音也成了一種救世主的形象，因而災難與不安才得以化解。而感應故事中每個主角遭遇的困境與欲求，或許也是整個時代眾生的縮影，透過作者有意的收錄與編寫還原了六朝是多災多難的年代，因爲時代的煎熬造成人民心靈的苦楚與游移，卻也建立在多重意義的基礎上，可以窺見生命之隱微與時代之悠悠。畢

---

〔註1〕　（法）羅蘭・巴特著，汪躍進、伍佩榮譯：《一個解構主義的文本》（上海：人民出版社，2004 年 6 月），頁 7。

竟小說是文化的構成之一，但又受整個文化的制約，或者說小說不過是整個文化的一種表現形態，因此它必然與整個的文化有著內在的連繫。〔註2〕

　　許多研究觀音感應故事的文本，多著重在觀音救苦救難以及其與災厄之關係，這些早期觀音信仰者的信仰動機和目標主要體現為現實的功利性、實用性，這正好反映了中國社會的需要和中國人之所以選擇這種信仰的真實背景。〔註3〕尤其在社會動盪不安的六朝，如王培元在其書中曾言：「魏晉南北朝是一個極端混亂的大變革時期，戰亂、瘟疫、夭亡以及儒家道德價值體系的崩潰，使民眾感到人生無常，靈魂頓無所依，鬼神怪異隨而產生、傳播，一向被儒家排斥的怪、力、亂、神在這一時期泛濫成勢，『張皇鬼神，稱道靈異』的志怪小說也就長盛不衰。」〔註4〕因此轉而投向觀音信仰者勢而日眾，生活日苦，其情勢更盛而以此觀察志怪小說在內容上的遷變，頗能反映當時宗教信仰流衍的樣貌，能寄寓與表述文人對超乎智識所能解釋事物的特殊文類，於魏晉初肇後代有撰者，記錄下各時期流衍在社會上各類信仰的內容。〔註5〕因而也能以此窺底魏晉庶民之生活底蘊為無常苦聚之世界。顯現了面對人生頓躓，或是生死關頭，撫今追昔，在徬徨絕境中最易觸動人心深處的宗教情懷，〔註6〕使芸芸眾生能得所依。

　　在六朝觀音感應故事中，反映出的災難及生活世界多與解脫七難（包括水、火、羅剎、刀杖、惡鬼、枷鎖、怨賊等危難，或加上風為八難）、拔除貪、嗔、癡三毒，以及滿足世人求男得男、求女得女之需求為要。並且有了更多的世俗層面的救濟，這些靈驗故事充分發展佛教慈悲的理念，以民眾需求為出發點，把佛教從縹緲涅槃帶到世俗人間。〔註7〕且這些故事大都具有強烈的記實性，真實的反映了當時環境的險惡，而在所遭遇的困難中，又以社會險

---

〔註2〕葉桂桐著：《中國古代小說概論》（台北：文津出版社，1998年10月）頁64。
〔註3〕李利安：《觀音信仰的淵源與傳播》（北京：宗教文化出版社，2008年），頁210。
〔註4〕鄭訓佐、李劍鋒著：《中國文學精神‧魏晉南北朝卷》（濟南：山東教育，2003年），頁170。
〔註5〕黃東陽：〈生命的檢證──從《稽神錄》考述五代民間信仰中自我與神明之詮釋及份際〉，《東吳中文學報第二十二期，2011年11月》，頁99。
〔註6〕劉苑如：〈眾生入佛國‧神靈降人間──《冥祥記》的空間與欲望詮釋〉，《政大中文學報第二期，2004年12月》，頁18。
〔註7〕徐哲超：《六朝觀音應驗故事研究》，四川大學文學與新聞學院碩士論文，2007年，頁44。

惡居多。〔註8〕因此透過感應故事，把宗教的救贖性和現實生活的苦難連繫了起來，宗教不再是冰冷冷的宗教，而是與人有情感之聯繫，並且能給與人情感之支持，甚至解除困頓，讓人能由疑生信，進而使當朝代的生活充滿了觀音信仰的展現。

　　若感應故事呈現的眞實世界的空間展演來看，Schluter 將所謂的景觀也區分爲自然景觀和人文景觀，但重點卻是著重在一個區域如何經由文化的介入和影響下，逐漸從原來的自然景觀轉變成文化景觀〔註9〕，在自然和人文相互指涉下，本節將析論感應故事中的各種眞實空間，概分以自然景觀、人文景觀爲綱領，後分點敘述之。下表八將整理出本章節脈絡，蓋以感應世界中眞實世界的形體空間展演爲主，主要分爲眞實中的人文與自然空間，人文空間再區分爲群體之人文空間與個人欲望空間（亦含眾生之欲求）做演繹，自然空間則分爲故事中出現最多的山川流域，之後述之其背後的空間意義，以及與相關儒家精神之顯應。

### 表八：第四章真實空間之論述架構

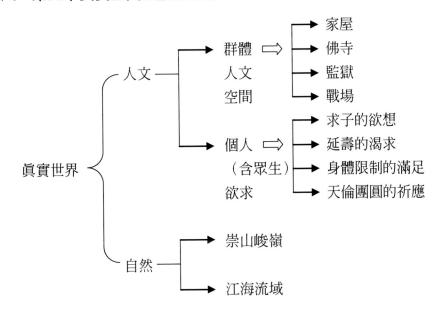

----

〔註8〕曾小霞：〈試論唐前觀音靈驗故事及其敘事特徵〉，載於《綏化學院學報》第二十八卷第三期，頁61。

〔註9〕潘朝陽：《心靈‧空間‧環境——人文主義的地理思想》（台北：五南圖書出版公司，2005 年），頁。

## 一、衆聲交迫之人文景觀

　　每一文本必然同他周邊的歷史的東西發生關係，這種關係對價值是帶有決定性的。〔註10〕人居於時間和空間之座標下，千百年來，隨時遞嬗，各有其不同之聚落與文化發展，反射於文本勢之亦然，藉由文本我們可以得知人文景觀之顯現，並推測前人之行動與演變。而我們從中觀看並撿選我們需要的意義部分，「我們只看見我們注視的東西，注視是一種選擇行爲。」〔註11〕，雖然文本突破了時空的再現限制，透過我們的心智去想像去拼湊，其再現仍可歸之爲一種創造和選擇的過程，因而被搜羅進文本，再由我們的認知去擴充，「因而我們的知識和信仰會影響我們觀看事物的方式」〔註12〕，通過文本之人爲景觀，人類所創造並置於地球之上的普通而平常的東西，爲我們說明在過去、現在和形成過程中是什麼樣的人提供了有力的證據。〔註13〕

　　米歇爾（Mitchell）指出「文化是空間的」，其將空間視爲文化構成的重要機制。因而空間的規劃與配置引領不同人民的參與，帶進了不同階層文化與日常生活習性，反映出了不同風格的文化景觀。地理學上的人文環境包含人口、文化、經濟、交通、聚落等，且亦包含社經條件在內的人文環境。康德（Immanul Kant，1728～1804）曾說過：「歷史是人類活動的紀錄、地理則爲人類活動空間的舞台」，因此本節之人文景觀定義概略爲「人類長時間活動或居住之場域、生活軌跡形成的一種文化地景」。

　　搜爾（Sauer，1925）曾說過在人文景觀中自然景觀是當然的重要基礎，作爲有機文化景觀中的支撐物質，然而這形塑的力量取決於文化本身。通過文本可以進而瞭解過去發生的種種文化與遺跡，並可以嗅出當時居民的某些集體記憶和集體情感，形成了我們所看見的印象。從此觀之地理景觀首先指的是不同時期地球形態的集合。地理景觀不是一種個體特徵，它們反映了一種社會的——或者說是一種文化的——信仰、實踐和技術。地理景觀就像文化一樣，是這些因素的集中體現。因爲文化也不是個體特徵，它們只能存在

---

〔註10〕伊戈頓：《文學理論導讀》，（台北：書林出版社，1993年），頁2。
〔註11〕約翰・柏格（John Berger）著，吳莉君譯，《觀看的方式》，（台北：麥田出版社，2005年），頁11。
〔註12〕約翰・柏格（John Berger）著，吳莉君譯，《觀看的方式》（台北：麥田出版社，2005年），頁11。
〔註13〕轉引自 Johnston, 1986, Philosophy and Human Geography, Edward Arnold, Baltimore.，p87。

於社會中。〔註 14〕我們與之投射其中，除非我們亦能從外來者的角度去觀察而由另類經驗反映出來。相對的，如果我們僅僅以漫遊者的眼光或由閱讀觀光指南來認識另一個地方，那將缺乏眞實感。〔註 15〕因而若把文本中的人文景觀加以解讀，並且加以分析之，這會是了解歷史空間的重要方法。

　　透過觀看再重塑六朝觀音感應故事中的人文景觀，可以看見故事中人物的經驗成爲建構人文景觀之重要要素，從中可以發現人和各種空間的回憶與生活，解構之下可以發現各空間文化的不同層次。畢竟景觀是由人們根據他們想像與自然的關係，他們的社會角色以及他們對他人與自然關係的解釋，來創造和解釋的。〔註 16〕本節人文景觀將以觀音感應故事中群體長時間聚集之所，最常從事活動之地由近及遠從家居、佛寺、監獄、戰場等面向談之，再回到個人欲望空間之禱求與實現，並從中可以體現當時人們的生活苦不堪言，動輒與刑罰牢獄或是戰爭殺戮有關，或是內心有太多的欲求不得而苦之，因而一刻也不得清靜安寧，只能輾轉奔走、內心鬱苦，進而禱求觀音能夠顯聖救度，使欲求得滿。

### （一）苦痛群體〔註17〕的人文空間

　　漢末桓靈帝時亂象已起，之後幾因戰爭爭雄，內外戰端頻仍，變亂互生，難得寧日，因著此種苦難之群體聚集，轉而成一種苦難之群體人文空間顯現，顯示著彼此俱有之共同社會記憶，由個人乃至累積於群體，彼得・帕克把社會記憶定義爲一個大我群體的全體成員的社會經驗的總和，其範疇包含口頭流傳實踐、常規歷史文獻、繪製或攝製圖片、集體紀念禮儀儀式以及地理和社會空間〔註 18〕，我們也透過文本建構著、還原著過去群體之苦難與現況。社會學者蕭阿勤認爲：「具有共同身分的人群的集體記憶、傳統、慶典、儀式、

---

〔註14〕　（英）邁克・朗克（Mike Crang）著，楊淑華、宋慧敏譯：《文化地理學》（南京：南京大學出版社，2003 年），頁 15。

〔註15〕　Space and Place: The Perspective of Experience, Edward Arnold, Londer.，p18。

〔註16〕　Johnston, 1986, Philosophy and Human Geography, Edward Arnold, Baltimore.，p87。

〔註17〕　團體（群體）是兩個人或兩個以上的人，經由社會互動而互相影響。它的特性有：互動、結構、目標、團體感、及動態的互賴關係。本結立論在群體賴觀音之神通力離苦得樂者也。丁興祥、李美枝、陳皎眉編著：《社會心理學》（台北：國立空中大學，1989 年），頁 370。

〔註18〕　（德）哈拉爾德・書爾策編，季斌、王立君、白錫堃譯：《社會記憶：歷史、回憶、傳承》（北京：北京大學出版社，2007 年），頁 6。

服飾、食品等象徵資源往往被用來象徵表達一種認同。」〔註19〕但還居於六朝觀音感應故事之文本空間，人居於此，不得已也只能順從、因應、與之互動，或這屆由稱念觀音與無法抗之的時代命運進行反動，並確認了群體認同的整體聯繫記憶關係和深厚的宗教認同感，解脫了既有宿命之框架，空間亦有其輔助或反面相成之意義，並促成了文化普同性的現象〔註20〕，其原因或許和人類環境的可用性及極限的影響，以及文化接觸或傳播等〔註21〕，根源著人類滿足趨樂避苦的群體滿足需要：集合在一個地方的許多人，其注意力若被某一事件吸引時（苦難），這些人就形成心理群眾，而產生一種集體形為（禱念觀音），能做出與其個人完全不同之行為（不同方式之離苦得樂）〔註22〕，以此窺知群體流動之空間，並能得相演之趣。

### 1. 安／不安的家屋之所

一般而言，家園應該是一種團聚、圓滿之歸向象徵，也可以是一種內心最終寄託之符碼。對於家園，我們有自己的嚮往與追求，每個人對於家都有自己的藍圖，對於家園內的成員也有一種情感之牽繫在。麥克‧克朗在《文化地理學》指出家園可以給人以歸屬和安全感，但同時也是一種囚禁人的封閉空間。關於家園，女人創造並維護它，男人卻常常選擇去離開家園，好證明自己。而「家」應是人安心的居所，是情感的最終依歸。家存在我們記憶深處也存處在我們周圍，並深印在我們的心靈中。因此家反映了親密、孤獨、情的意象，我們在家屋之內，家屋也在我們之內。我們詩意地建構家屋，家屋也靈性地結構我們。〔註23〕可是不管是房子也好，或是大至一般空間也好，劣根性往往促使人使用一切手段來占領空間，並進而控制他人。〔註24〕因而

---

〔註19〕 蕭阿勤：〈民族主義與台灣一九七零年代的「鄉土文學」〉，《台灣史研究》6卷 2 期，2000 年，頁 83。

〔註20〕 文化普同性是指世界上每一社會，都具有與其他社會相同的制度或行為模式。白秀雄、李興建、黃維憲、吳森源合著：《現代社會學》（台北：五南圖書出版公司，1981 年），頁 88。

〔註21〕 白秀雄、李興建、黃維憲、吳森源合著：《現代社會學》（台北：五南圖書出版公司，1981 年），頁 89。

〔註22〕 白秀雄、李興建、黃維憲、吳森源合著：《現代社會學》（台北：五南圖書出版公司，1981 年），頁 245。

〔註23〕 （法）巴舍拉（Gaston Bachelard），龔卓軍、王靜慧譯：《空間詩學》（台北：張老師文化出版社，2003 年），頁 13。

〔註24〕 周英雄：《小說‧歷史‧心理‧人物》，（台北：東大圖書股份有限公司，1989 年），頁 252。

家居之所也可能成爲危險的溫床，空間亦充滿眾多的不確定性，並且讓人無法得安，難尋庇護之所

在六朝觀音感應故事中，家居之地並非絕對安全之地，它亦可能遭受自然無情的災害，甚者或是有心人的刻意襲擊：

> 竺長舒者，其先西域人也。世有資貨爲富人。居晉元康中，內徙洛陽。長舒奉佛精進，尤好誦經《光世音經》。其後鄰比有火，長舒家是草屋，又正在下風，自計火已逼近，政復出物，所全無幾。《光世音經》云：「若遭火，當一心誦念。」乃敕家人不復輦物，亦無灌救者，唯至心誦念。有頃，火燒其臨屋，與長舒隔籬，而風忽自回，火亦際屋而止。於時咸以爲靈應。里中有凶險少年四五，共毀笑之云：「風偶自轉，此復何神？伺時燥夕，當蓺其屋，能令不燃者可也。」其後天甚旱燥，風起亦駛。少年輩密共束火炬，擲其屋上，三擲三滅，乃大驚懼，各走還家。明晨相率詣長舒家，自說昨事，稽顙辭謝。長舒答曰：「我了無神，政誦念觀世音，當是威靈所佑，諸君但當洗心信向耳。」鄰里鄉黨，咸敬異焉。〔註25〕〈光一・竺長舒〉

此則感應故事中，首先直接的反應家宅也並非完全的安全居所，不管是自然的大火或是人爲故意放的火都會讓人覆之一炬。而且人心叵測，人心亦如惡火，燒之難安。但此故事也間接的反應主角對觀音信仰之堅定，面對大火即將襲之而來竟放棄救火而全力稱念觀音；二方面也透露人心的卑劣處，因不信邪竟行放火燒人家宅等歹事，以人心之險對比著家宅之脆弱；最後也透露冥冥神力之奇，在危急之處突現轉機，讓人化解困頓。

此外家也可以有各種不同面向之展現，透過家內與家外的不同觀看角度，到進入其中形成不同之感受，也一方面凸顯了避風港之性質：

> 益州有一道人，後來山居。後忽遭賊，欲逃走，誓不得去，困還住坐，至心稱觀世音。賊向己見在屋裡，而入屋自迷或不見之，自相謂曰：「此是神，必能殺我！」各競走去，道人得全。〔註26〕〈繫四十一・益州一道人〉

---

〔註25〕（宋）傅亮撰：《觀世音應驗記》，輯入《觀世音應驗記三種》譯注，（南京：江蘇古籍出版社，2002年），頁3。

〔註26〕（齊）陸杲撰：《繫觀世音應驗記》，輯入《觀世音應驗記三種》譯注，（南京：江蘇古籍出版社，2002年），頁145。

我們的過去，位於他方，不論是在時間或空間中，都孕育著一種非現實感。〔註 27〕由此篇感應故事，顯示在家宅之內與外，由外觀之可能是可以打劫之好場所，但進入後卻仿如進入迷宮，家家宅內外形成強烈反差，也造成了一種非現實感。但卻也因為這種非現實感的對比，也強調了家的溫暖、安定、避風港之性質。因而只有當一個人界定出何者內部何者是外部時，我們才真能說他是「住居」了。通過這種聯繫，人門界定了他的經驗和記憶，而空間的內部就變成了個人內部的表示。〔註 28〕如同人文地理學家段義孚（Yi-Fu Tuan, 1977, 1974b）曾主張：「家是地方的典範，人們在此會有情感依附和根植的感覺，比起任何其他地方，家更被視為意義中心及觀照場域。」〔註 29〕

## 2. 安／危不定之佛寺

在供奉著佛法僧三寶的佛寺，總給人一種神聖莊嚴的感覺，其亦具有種種文化意涵，文化面向上可以是信仰中心、也是習俗儀式的展現場；美學面向上也在建築和雕塑上展現了種種巧思。隨著佛教的傳播，建塔造像的藝術亦隨之風行全國各地，現在我國古代建築保存最多的是佛教室塔，許多佛教建築已成為我國各地風景輪廓的標誌。〔註 30〕而在佛寺中人們最常做的是行香禮佛，以求庇佑，或參加法會、齋會，定期共修、從事放生活動等等，因而寺廟成為了祈禱和祭祀之場所，人在其中與神聖共融之，以《佛說施燈功德經》上說為證：「若有眾生於佛塔廟施燈明者，得於四種可樂之法，何等為四：一者色身、二者資財、三者大善、四者智慧。」〔註 31〕

而在探討感應故事的佛寺空間中，可以呼應時代之意義，如同嚴耀中在《江南佛教史》中提到：「宗教的型態和功能是在同整個社會緊密地聯繫起來的時候才會被充分顯示出來的，所以要較好地描繪出佛教在歷史上的區域型

---

〔註 27〕 高桂惠，《追蹤躡踪：中國小說的文化闡釋》（台北：大安出版社，2005 年 9月），頁 38。

〔註 28〕 Norberg-Schulz, Christian 著，王淳隆譯：《實存‧空間‧建築》（台北：台隆出版社，1984 年），頁 25。

〔註 29〕 徐苔玲、王志弘譯、科瑞斯威爾（Tim Cresswell）著：《地方：記憶‧想像與認同》。（台北：群學出版社，2006），頁 42。

〔註 30〕 文史知識編輯部編：《佛教與中國文化》（北京：中華文化出版社，1988 年），頁 8。

〔註 31〕 高齊‧那連提耶舍譯：《佛說施燈功德經》，《大正新修大藏經》第 16 冊 No.0702，0806b20。

態，就必須把佛教和當地政治、經濟、文化習俗等各方面聯繫起來看。」〔註32〕在佛寺的神聖空間中亦有可能遭受困境，可見其朝代之不安可見一隅。另程國賦指出：「我們通過小說作品，可以瞭解到當時的社會現實、文化思潮以及文士的生活狀況。小說作品中透射出強烈的史學意識與「實錄」精神，正可以把小說當作「補史之闕」的工具。」〔註33〕唐朝詩人杜牧曾云：「南朝四百八十寺，多少樓台煙雨中」，一切皆已隨著時間流逝，而感應故事中就算僧眾居處且給人寧靜淡泊、與世無爭的佛寺仍難得其安，以〈光三・鄴西寺三胡道人〉〔註34〕爲例：

> 石虎死後。冉閔殺胡。無少長，悉坑滅之。盡人之類胡者，往往濫死。時鄴西寺有三胡道人，共計議曰：「冉家法嚴，政復逃匿，同無免禮。光世音菩薩救人厄，今唯當至心自歸。」乃共誦經請乞，晝夜不懈。

在本則故事的背景中，正好呼應了冉閔坑殺胡人之史事：「穆帝永和四年五月，熒惑入婁，犯填星。占曰：『兵大起，有喪，災在趙。』其年石季龍死，來年冉閔殺石遵及諸胡十萬餘人，其後褚裒北伐，喪眾而薨。」〔註35〕因而情節在整體時代底下鋪展，還原了當時死亡慘重、極其殘忍的地理景觀。

> 數日後，收人來至，圍寺一匝。三人拔刀入戶，欲各殺之。一道士所住講堂壁下，先有積材。一人先來，舉刀擬之，而誅中積材，刃曲如鈎，不可得拔。次一人又前斫之，刀應手而中，即一段飛在空中，一段返還自向。後餘一人，見變如此，不敢復前，投刀謝之：「不審上人有何神術，乃今白刃不傷？」道士答曰：「我實無術。聞官殺胡，恐自不免，唯歸心觀世音。當是威神憐佑耳。」此人馳還白閔，具說事狀，閔即敕特原三道士。道壹在鄴親所聞見。

在此段故事中，佛寺成了靈異情節展示之空間，原先佛寺是中立的空間性質，卻因遭刀兵劫而成危難之所，最後因稱念觀音而致刀兵具滅，由危轉安。本故事之書寫亦饒具小說之效果，首先持刀欲殺害道人者拔刀不出，另一者卻

---

〔註32〕 嚴耀中：《江南佛教史》（上海：上海人民出版社，2000年），頁3。

〔註33〕 程國賦《唐代小說與中古文化》（臺北：文津出版社，2000年2月），頁2～6。

〔註34〕 （宋）傅亮撰：《觀世音應驗記》，輯入《觀世音應驗記三種》譯注，（南京：江蘇古籍出版社，2002年），頁12。

〔註35〕 （唐）房玄齡等撰：《晉書》第十二冊（點校本，北京：中華書局，1997年9月），頁353。

刀斷二段，一段飛空一段卻飛向了自己，此種情節超越了真實空間之想像，也成了與神聖共融之展現。

### 3. 難安的枷鎖之地——監獄與刑場

繫獄在身，難免出入不自由，動輒得咎，對於罪犯自身而言自是一片茫然，尤其在押復刑場過程中，其命蓋歸矣。在中國法律中，犯了什麼罪就會受到犯該樣罪應有之懲罰，展現了中國法律中的罪與罰意識，其中或許多少會受到世俗人情的壓力，但先姑且不論之，或許誠如安東尼·紀登斯（Athony Giddens）所述：「有了法律，就有了犯罪，因為任何違反法律的行為，幾乎都可以被定義為犯罪。」〔註 36〕再從傅柯的《規訓與懲罰——監獄的誕生》一書中談論組織權力如何透過各種管教達成各種符號、文字、各種有形或無形的警告進而限制著我們的身體，卻只為了導向功能性的社會。〔註 37〕可知監獄與刑場具有導正以及懲罰之效果，但其也成為統治者或統治階層的統治手段之一，只要觸怒法律或當權者隨時皆有可能入獄或命休矣。

在六朝觀音感應故事中亦發現故事主角或有罪或無罪而身陷縲絏中，故事背景發生在監獄與刑場之狀況極高，在八十六則感應故事中便占了三十五則，或可襯托出魏晉時期社會動亂，在殘酷的政治鬥爭中，一批批名士被送上刑場，何晏說：「常畏大羅網，憂禍一旦進。」百姓們更命如雞犬，在軍閥混亂和天災下，常死於非命〔註 38〕，這一整個動盪不安的時局趨勢，常見多人繫獄在身或臨行東市，在走投無路下只能祈求觀音救厄，如疑偽經《高王觀世音經》之產生，除了和《觀音經》多重交涉下，其背景更值留意：「昔元魏天平年中，定州募士孫敬德，在防造觀音像。年滿將還在家禮事，後為賊所引，不堪拷楚，遂妄承罪，明日將決，其夜禮懺流淚，忽如睡夢，見一沙門教誦《救生觀世音經》，經有諸佛名，令誦千遍得免苦難，敬覺如夢所緣了無參錯，遂誦一百遍，有司執縛向市，且行且誦，臨刑滿千，刀下斫之折為三段，皮肉不傷，易刀又斫，凡經三換，刀折如初。監司問之，具陳本末，以狀聞丞相高歡，乃為表請免死，因此廣行於世，所謂《高王觀世音》也。

〔註36〕安東尼·紀登斯著，張家銘譯：《社會學》（台北：唐山出版社，1997 年），頁 125～126。

〔註37〕Michel Foucault 著，劉北成譯：《規訓與懲罰——監獄的誕生》（台北：桂冠出版社，1992 年）。

〔註38〕劉精誠著，《中國歷史大講堂——兩晉南北朝史話》（北京：中國國際廣播出版社，2007 年），頁 182。

敬還設齋迎像，乃見項上有三刀痕，見齊書。」〔註39〕此段靈驗內容敘述主角孫敬德因故下臨刑，由於他至誠懺悔且本為精進佛教徒之緣故，所以得到比丘夢授了《救生觀世音經》，主角孫敬德完全依照比丘的教導，念滿此經一千遍後，出現刀槍不傷的極大神蹟，故得免一死。回到六朝觀音感應故事中以監獄為景之主角，不論本身有罪或無罪，只要誠心祈念觀音，便能獲得解脫，無形之中，成為了繫獄在身者的心靈寄託。

　　就以動機論而言，有罪入獄卻能得免者以〈繫十五・高荀〉〔註40〕為例：

> 高荀，滎陽人也，居北荒中。性自衡急。荀年五十，忿吏政不平，乃殺官長，又射二千石。因被收，輒鎖頸，內土硎中。同繫有數人，共語曰：「當何計免死？」或曰：「汝不聞西方有無量壽國，有觀世音菩薩救人有急難，歸依者，無不解脫。」荀即悚惕，起誠念，一心獨至，晝夜不息。因發願曰：「若我得脫，當起五層塔供養眾僧。」經三四日，便枷鎖自脫。至後日，出市殺之，都不見有枷鎖。監司問故，荀具以事對。監司罵曰：「若神能助汝，破頸不斷則好。」及至斬之，刀下即折。一市大驚，所聚共視。於是頃令絞殺，繩又等斷。監司方信神力，具以事啟，得原。荀竟起塔供僧，果其誓願。

此則故事反映了主角高荀得脫的經過，因稱念觀音其順利的在牢中枷鎖脫落且在刑場時刀槍不入，超越了一般現實之假定。其中高荀本為有罪的，因殺人自當入獄還報，但因稱念觀音不僅在獄時枷鎖自脫、入刑場還刀槍不入，進而得以全身脫險。中土傳統的報應觀是「積善之家必有餘慶，積不善之家必有餘殃」，報應的善惡有著倫理的標準。可是在觀音傳說裏卻基本上看不到傳統倫理的標準，起決定作用的主要是信仰心。這當然是宗教宣傳的必要，但也體現了佛教的獨特的倫理觀，〔註41〕而監獄與刑場成了展現信仰心之場所。

---

〔註39〕《大唐內典錄》記載此經內容是據《齊書》，但此書內容今不存。參閱道宣撰：《大正藏第 55 冊》《大唐內典錄》，NO.2149，頁 339a。

〔註40〕（齊）陸杲撰：《繫觀世音應驗記》，輯入《觀世音應驗記三種》譯注，（南京：江蘇古籍出版社，2002 年），頁 89。

〔註41〕孫昌武，〈六朝小說中的觀音信仰〉，收於李志夫主編《佛學與文學——佛教文學與藝術學術研討會論文集（文學部份）》，（台北：法鼓文化，1998），頁 216。

再以本來無罪者但因故受牽連入獄者，以〈繫二十六‧虜中寺主〉〔註42〕
為例：

> 魏虜主嘗疑沙門作賊，有數百道人悉被收。取一寺主，以繩急纏頸
> 至腳，剋取明日先斬之，寺主怖急，一心念觀世音。夜半即覺繩寬。
> 及曉，索然都斷。既得解脫，即便走。明日監司來，不見之，是知
> 神力所助。及白虜主，明諸僧不反，遂得一時放散。

一寺僧人原本無罪者卻入獄，甚而將問斬，從中可見魏虜主之殘忍、愚昧與
昏庸，只因其多疑且非既定事實便構人以罪，依靠著不對等的權力關係有所
支配。在故事中，故事主角依靠著稱念觀音便能自獄中得脫，且監司者直接
聯想到神力相助，蓋有疑矣，此故事中他們更多而且充分的使用了懸想和誇
張的手法。〔註43〕

　　根據這些感應故事建構之枷鎖空間，不論有罪者或無罪者皆有可能涉入
其中，無法得免，因而雖遠不值故事發生的地點和場景，它既是真實的，又
是想像的；既是具體的，又是抽像的；既是實在的，又是隱喻的。〔註44〕這
些枷鎖限制住了人的自由、移動、想望，但卻又將觀音的神聖之力加諸於上，
形成了一種虛實交錯的感覺，替無依的民眾或許指引了一條道路。

### 4. 戰亂頻仍的戰場

　　克勞塞維茨在戰爭論中認為：「戰爭是一種以迫使對方使對方實現我方意
圖的暴力行為」〔註45〕在戰爭中，不論出於何種意圖，或是神聖或是利益或
是仇恨，在雙方或多方兵刃相接下，就會有贏者以及輸者，而輸者往往就形
成被宰制的對象，但在其中更有一大群生命無所依的流亡者、逃難者，成為
了戰爭底下最無辜的無聲對象，不論有意圖或無意圖的移動，都出於一種無
奈。因而托爾斯泰也曾說：「打仗不是一種客客氣氣的娛樂，而是生活中最卑
鄙的事。」

---

〔註42〕 （齊）陸杲撰：《繫觀世音應驗記》，輯入《觀世音應驗記三種》譯注，（南京：
　　　　 江蘇古籍出版社，2002 年），頁 116。

〔註43〕 徐哲超：《六朝觀音應驗故事研究》，四川大學文學與新聞學院碩士論文，2007
　　　　 年，頁 33。

〔註44〕 朱立元：《當代西方文藝理論》，（上海：華東師範大學出版社，2005），頁
　　　　 490。

〔註45〕 C.von Clausewizy 著，鈕先鐘譯：《戰爭論精華》，（台北：麥田出版社，1996），
　　　　 頁 56。

　　綜觀六朝，朝代不斷更替，戰亂更是不間息，從東漢末年的混亂到魏、蜀、吳三國鼎立，進入西晉一統後或可稍事喘息，再到西晉滅亡後入十六國時期的社會動亂、破壞嚴重；而南方政權則更替頻繁，人民身處其間戰亂顛沛則難得安。如以西晉末年之永嘉戰亂為例，戰爭初因戰亂而亡者蓋有十萬人之多〔註46〕，再到了河間王顒部將張方攻入洛陽時「大掠，死者萬計。」〔註47〕，而外族對中原之侵亂亦不容小覷，石勒於永嘉五年，大殺晉兵，「相踐如山，無一人得免者」〔註48〕。身處戰亂中，糧食之供給便非常重要，但在這艱困的時刻想要吃得飽便非常困難，甚至還有以人為食的情況，「登既代衛平，遂專統征伐。是時歲旱眾飢，道殣相望，登每戰殺賊，名為熟食，謂軍人曰：「汝等朝戰，暮便飽肉，何憂於飢！」士眾從之，噉死人肉，輒飽健能鬥。」〔註49〕而六朝之侯景戰亂時，「自景作亂，道路斷絕，數月之間，人至相食，猶不免餓死，存者百無一二。貴戚、豪族皆自出采稆，填委溝壑，不可勝紀」〔註50〕，連貴族都吃不飽了更何況平民。在戰爭下百姓也只好四處流亡，居無定所，「自永嘉喪亂，百姓流亡，中原蕭條，千里無煙，飢寒流隕，相繼溝壑。」〔註51〕戰爭屬於歷史中的特殊現象架構，有其一定原因，因而人性善的一面將逐漸被吞沒，原本和諧之人群關係將受到瓦解。

　　六朝觀音感應故事中，在戰亂為背景下鋪續而成的故事不在少數，從歷史發展的角度來看，在文學的可闡釋構成中，社會的、時代的內容是其必不

---

〔註46〕　《資治通鑑》卷八十四〈晉紀六〉云：「自兵興六十餘日，戰鬥死者近十萬人。」（宋）司馬光著，教育部中華叢書編審委員會主編：《資治通鑑今註》（台北：台灣商務印書館），頁8。

〔註47〕　《資治通鑑》卷八十五〈晉紀七〉云：「張方入京城，大掠，死者萬計。」（宋）司馬光著，教育部中華叢書編審委員會主編：《資治通鑑今註》（台北：台灣商務印書館），頁8。

〔註48〕　《資治通鑑》卷八十七〈晉紀九〉云：「〔夏，四月，石勒帥輕騎追太傅越之喪，及於苦縣寧平城，大敗晉兵，縱騎圍而射之，將士十餘萬人相踐如山，無一人得免者。」（宋）司馬光著，教育部中華叢書編審委員會主編：《資治通鑑今註》（台北：台灣商務印書館，頁26。

〔註49〕　（唐）房玄齡撰：《晉書》卷一一五，〈符登載紀〉，（台北：中華書局，1974年。），頁2948。

〔註50〕　《資治通鑑》卷一六二〈梁紀十八〉。（宋）司馬光著，教育部中華叢書編審委員會主編：《資治通鑑今註》（台北：台灣商務印書館），頁113。

〔註51〕　（唐）房玄齡撰：《晉書》卷一〇九〈慕容皝載記〉，（台北：中華書局，1974年），頁2823。

可少的組成部分。〔註 52〕也間接對應了兵馬倥傯之時代下小人物的不知所措
與離亂，生死難卜、流離失所，又有何處可以依止？故要論之戰爭場域中身
處戰爭者的無奈，以及官兵軍騎的追殺，當然還有更多無辜人民流亡逃亂者，
以及因爲戰亂無故受牽連者，因而在同一個大戰爭的場景下，共同構築了各
種人聲與人生百態。

　　兵戎相接，災亂四起，身處戰爭之中，何處能得安身？也因廣大且苦痛之
戰亂背景襯托出了觀音力量之救贖無地弗屆，如〈繫十四・蜀有一白衣〉〔註 53〕
爲例：

> 蜀有一白衣，以旃檀函貯觀世音金像，繫頸髮中。值姚萇寇蜀，此
> 人身在陳。臨戰正與萇，手自斫之。其唯聞頸中鏗然有聲，都不覺
> 痛。既得散走，逃入林中。賊去，解髮視函，函形如故。開出見像，
> 身有破瘡痕。始悟向者之聲是中像。其人悲感：寧傷我身，反損聖
> 形。益悟慈靈，後陪精進。

戰爭中刀光劍影砍斫人身不長眼睛，無辜者只能任其宰割。故事中的主角身
經戰場，尤其被刀所斫竟毫髮無傷，裝在觀音像的函匣亦無損傷，所傷者卻
只是函內的觀音像，更顯戰爭中觀音顯聖之奇超越形體、超越內外，代人受
過，實則跳脫有形的任何空間之內，這也反映無論他們採取何種方式，還是
都淵源於對死亡的恐懼和不安。〔註 54〕

　　在戰爭底下受害最大當然是苦痛無依的人民，隨著一國興一國落、一
軍勝一軍滅，人民對家國感是不確定的，內心無依，尤其在戰爭中骨肉離
散更是天倫中難免常上演之悲劇，如〈繫六十二・韓睦之〉爲例，在戰亂
中骨肉離散，因稱念觀音，骨肉得以在千里之外迅速團圓，整則故事中思
親之情與觀音的神力突破了整個空間的限制：韓睦之，彭城人。宋泰始初，
彭城沒虜，睦之流亡。兒於亂爲人所略，不知在何處。睦之本事佛精進，
乃至心轉《光世音經》。欲轉經萬遍，以得返。……相見，不暇申悲喜……

---

〔註 52〕邱運華主編：《文學批評方法與案例》，（北京：北京大學出版社，2007 年），
　　　　頁 12。
〔註 53〕（齊）陸杲撰：《繫觀世音應驗記》，輯入《觀世音應驗記三種》譯注，（南京：
　　　　江蘇古籍出版社，2002 年），頁 86。
〔註 54〕儲曉軍：《魏晉南北朝民間信仰研究》，西北大學中國古代文學博士學位論文，
　　　　2009 年，頁 34。

〔註55〕一念千里也增添了故事的玄奇性。

　　此外，有勝利者便有失敗者，敗亡的一方或因抗拒或因其他因素，自然無法心悅誠服勝利者，因此逃叛而出情形在所難免，兩者無法達成平衡點，因而勝者追擊而出，如以〈繫四十七·裴安起〉爲例：裴安起，河東人也。從虜中叛歸，至河邊，不得過。望監追騎在後，死在須臾，於是喚觀世音。始得數聲，仍見一白狼從草中出，仰視安起，回還遶之。……安起跳往抱之，狼一擲便過南岸。……追騎共在北岸，望之嘆惋無極。〔註56〕此則故事既顯示了敗亡者的無奈，除了後有追兵外，前亦有大水相隔，天不時、地不利、時亦不我與，自然與山水景觀整體呈現一種不利的狀態，但因宗教之力整體突破了空間的藩籬，或許這也可以說明稱念觀音的文化在當時在六朝盛行之因，「戰爭」與人類社會文化的演進歷程，具密不可分的關係，人類學家威士萊在《人與文化》及罕金斯在《社會研究緒論》中，在探索文化種類時，亦將「戰爭」列爲其中一個類別。〔註57〕美國文化人類學家克利福德·格爾茲（Greertz.C.）（1926～）在《文化的解釋》中：「文化將我們塑造成一個單一的物種—而且毫無疑問還在繼續塑造我們—從而讓我們成爲不同的個人。」〔註58〕歷經戰亂的感應故事，或許在其文化塑型或被塑型的漫長進程中，對於自身感受的反應，由自身於戰地中，人性殘暴、靈異、渴望等特質直接加以展現，並「投影」於故事中。

　　感應故事中的內容核心也或如同王德威認爲：「正因爲身處暴力與非理性生活的核心，作家反而對生命中『惘惘的威脅』，有了更深刻的體諒。」〔註59〕提供了一種戰爭迫急無奈的託付方向以及對宗教的認同感，因此戰爭空間除了逃離之外亦有他在敘述上的不可或缺性。

---

〔註55〕（齊）陸杲撰：《繫觀世音應驗記》，輯入《觀世音應驗記三種》譯注，（南京：江蘇古籍出版社，2002年），頁190。

〔註56〕（齊）陸杲撰：《繫觀世音應驗記》，輯入《觀世音應驗記三種》譯注，（南京：江蘇古籍出版社，2002年），頁155。

〔註57〕此一分類法乃轉引自陳序經：《文化學概觀》（北京：中國人民大學出版社，2005），頁239～251。

〔註58〕克利福德·格爾茲（Greertz.C.）著，韓莉譯：《文化的解釋》（南京：譯林，1999），頁66。

〔註59〕王德威：〈畫夢記〉，《記念朱西甯先生文學研討會論文集》，（台北：聯合文學，2003），頁13。

### （二）個人〔註60〕的欲求空間展演

從群體中脫離而出回歸到個人，每一個人皆是獨立的個體，各有其思想、情緒、欲求等等，不一而足，因而在同樣的六朝時空背景下，縱因時代艱困仍會在底下有個人之需欲展現，畢竟人為凡夫，起心動念皆能成欲，放之現今而視，當代社會結構錯縱複雜，個人處身社會之中，往往無所適從。不論是外在現實、自我本身、或物我兩者之關係，均令人茫然不解。邏輯分析固可以釋除部分疑端，但其方法不免支離破碎，且流於個案化。〔註61〕回到感應故事之背景，每個人的欲求皆不相同，呈現之欲望空間便不相同，畢竟任何一個人的思想，都必然與其人格、家庭和其人生體驗，有著內在的聯繫，從某種程度說，其思想即是其生命或生活的一種創作，即是其自我與人格的展現。〔註62〕而這種欲求的流動，常常是人力所不能及的，因而只能禱求未知或更高一層次之神聖——觀音，透過感應故事對其之敘事（個人欲求——觀音滿願）上不僅穿越過去甚或迎向未來：「當追憶者幾乎以一種溯源循流的方式來統攝時間的前後展延，「曾經」可以上友古人，「現在」也可以預想後事，這當中有種種可能的伸縮度；整個主體存有於是可以在不知所終的時間軸上，形成一個統貫而連續的自我；當然，有這樣的自我認同—是如此自由地飛躍在逆時（歸返過去）與順時（迎向未來）之間。」〔註63〕流轉其間，個人有欲復返自然，亦使得大環境下的別願得滿，並讓性情的表現更直接。

因而禱求觀音它們不僅是聯繫某一個人或某件特殊事件，而是深深地扎根於一種文化和屬於這種文化的那些人群的內心之中，並且能夠長時間地保存下來。〔註64〕這些個人空間的使用方式往往也反映了民族性與文化背景之

---

〔註60〕 個人空間是把領域的觀念推論到個人的身體周圍，個人空間即是圍繞一個人身體周圍，得已史它人卻步不進之不可見界線。本節立論點在於個人自身身體與願望欲求為主。丁興祥、李美枝、陳皎眉編著：《社會心理學》（台北：國立空中大學，1989 年），頁 497。

〔註61〕 周英雄：《小說‧歷史‧心理‧人物》，（台北：東大圖書股份有限公司，1989年），頁 170。

〔註62〕 申荷永著：《充滿張力的生活空間——勒溫的動力心理學》（台北：貓頭鷹出版社，2001），頁 24。

〔註63〕 鄭毓瑜：《六朝情境美學》，（台北：里仁書局，1997 年），頁 106。

〔註64〕 （德）哈拉爾德‧書爾策編，季斌、王立君、白錫堃譯：《社會記憶：歷史、回憶、傳承》（北京：北京大學出版社，2007 年），頁 195。

差異，〔註65〕並深深烙印在當代人心中。

此一小節之區分乃在於這些願望在感應故事中雖僅有一則，但其卻代表了許多眾生之想望，是故雖名爲個人的欲求，將之放於眾生全體欲望之表述亦未嘗不可。

### 1. 求子的欲想

繁衍子孫，蔚得一片瓜瓞綿綿一直是中國傳統的生育觀點，以得多子多孫多福氣也，這或許與過去屬於農業生活急需勞動人力，以及過去醫療疾病資源不發達，小孩子容易夭折，因此多生以求繁衍等等因素有關。對中國人而言，人生的終極目標既不在現世的榮耀與富貴，也不在來世的寄託，而是在於對下一代的期望裡。〔註66〕孟子‧離婁上曾說：「不孝有三，無後爲大。舜不告而娶，爲無後也。君子以爲猶告也」〔註67〕，從中也看出了先聖哲人對於求取子嗣，得以展緜後代爲重。另外從延續中國民族血脈來說，合和陰陽後，便能有所繼往開來之新生，中國民族文化所以持續不衰，最大的原因是他們兩千年以來曾不斷的研究如何使男性與女性維持均衡。因爲這個均衡可以說是使得中國人，從遠古到現在，始終維持一種強烈的生命力，使得中國民族能夠持續而更新。〔註68〕

如若無法順利生產得子，求助神祕力量的幫助勢必在所難免，因而過去有許多予人求取子嗣的神明，如臨水夫人陳靖姑，其信仰活躍於福建和台灣一帶，爲了拯救旱災鄉民墮胎祈雨，不幸亡故而於臨終前立下遺願照顧難產婦女，後成爲救產保胎之女神。另外各地地方信仰廣州者屬有金花夫人，屈大均《廣東新語》云：「廣州多有金華夫人祠，夫人字金華，少爲女巫不嫁，善能調媚鬼神。其後溺死湖中，數日不壞，有異香，即有一黃沉女像容貌絕類夫人者浮出，人以爲水仙，取祠之。因名其地曰仙湖。祈子往往有驗。婦女有謠云：『祈子金華，多得白花，三年兩朵，離離成果』。」〔註69〕可見人

〔註65〕丁興祥、李美枝、陳皎眉編著：《社會心理學》（台北：國立空中大學，1989年），頁500。
〔註66〕李亦園：〈中國人的家庭與家的文化〉，編於文崇一、蕭新煌主編：《中國人——觀念與行爲》（台北：巨流出版社，1995年），頁113～128。
〔註67〕謝冰瑩等譯著：《四書讀本》（台北：三民書局出版社，2006年9月），頁483。
〔註68〕陳之邁：《荷蘭高羅佩》（台北：傳記文學出版社，1969年），頁29～30。
〔註69〕續修四庫全書編纂委員會編：《續修四庫全書》史部‧史地類（上海：上海古籍出版社），頁566。

們在無助時便會求之鬼神。而觀音原本是大乘佛教信奉之菩薩，因其普門品所載眾生若向之祈願求男便得男、求女便得女，其形象也逐漸轉變，之後逐漸具有送子和護產的功用。觀音的應二求恰恰迎合了民眾的願望，人民不需要辛苦修練功德圓滿才能擁有「生」的這種福氣。〔註 70〕在感應故事中，關於求子者有〈繫五十五‧有人姓臺〉：

> 有一人姓臺，無兒息，甚自傷悼。於是就觀世音乞子，在眾僧前誓曰：「若以餘日生兒，更非瑞應。唯以四月八日生者，則是威神之力。」果以四月八日產一男，即字為觀世音。〔註71〕

文中凸顯出中國人對於兒息重要性的禱求，也可以看出在無法之下求助於超現實力量者。其中為了顯現觀音神聖之靈異，除了向觀音要求子嗣之外，還要指定在四月八日生下該孩子才能證明觀音的感應力，如此一波二折（除了有還要定日子），照理說已和大多數求子者想法相背（能先有就好了），何況還要滿足它生子之日的欲望，如此怪異之情節，或反而更能顯現出觀音滿願空間之偉大，更顯現出其背後信仰之堅定，一方面也慰想自己的祈求加強力道。在此求子感應中，只看見求男，卻未看見求女者，或許為中國重男輕女的思想託蘊。其文後所反映的文化即是一種隱藏在主流文化、大傳統之下的庶民文化，其意義性或許也可以映限庶民文化的信仰與觀念。〔註72〕

## 2. 延壽的渴求

所謂生死有命，富貴在天，人之相與相生存於天地間，一飲一啄無非皆有定數，故孔子謂「未知生，焉知死」〈論語‧先進〉〔註73〕對於死後世界並不多加追述，而是重視現世生命的積極面期盼能成就「仁」之道，但其卻也不否認人的生命受到命運的支配：「伯牛有疾，子問之。自執其手，曰：『亡之，命矣夫。斯人也，而有斯疾也。』」〈論語‧雍也〉〔註74〕，但其卻對於超自然之事如延壽等存而不論。而孟子則以為人之夭壽達困皆非人力所能

---

〔註70〕 劉玉霞：〈淺談觀音信仰的世俗化〉《重慶科技學院學報第 6 期》，2009 年，頁165。

〔註71〕 （齊）陸杲撰：《繫觀世音應驗記》，輯入《觀世音應驗記三種》譯注，（南京：江蘇古籍出版社，2002 年），頁 173。

〔註72〕 參照林淑貞著：《六朝志怪書寫範式與意蘊》（台北：里仁書局，2010 年 09月），頁 205。

〔註73〕 謝冰瑩等譯著：《四書讀本》（台北：三民書局出版社，2006 年 9 月），頁 190。

〔註74〕 謝冰瑩等譯著：《四書讀本》（台北：三民書局出版社，2006 年 9 月），頁 127。

定，唯有竭盡人事才能盡天命，故其曰：「盡其心者，知其性也。知其性，則知天矣。存其心，養其性；所以事天也。夭壽不貳，修身以俟之；所以立命也。」《孟子‧盡心上》〔註75〕。

而中國自古以來皆有追求長壽之思維，如煉丹、修練、祈福等，希冀能突破一向有限之光年身，到達赤壁賦中「挾飛仙以遨遊，抱明月而長終」〔註76〕的境地，也可看出人們自古以來盼望成仙不老，與天地同壽之欲。而佛家謂人之身體乃四大地、水、火、風之結合，當人壽已盡四大解體，人便會依其業力在六道之間輪迴，但佛家講求解脫之道，以達涅槃之境，或登佛國土。至於感應故事中提及稱念觀音可以延壽者，應是中國百姓把觀音看作是法力無邊的神，而不把它們當作修行的目標或人生的楷模，這也是一種注重現實的表現。〔註77〕若將觀音賜壽的故事置之時代來觀看，或許也是因爲漢魏以來的戰爭亂世，於是對生命消逝的悲哀，成爲文學作品裡時間推移的主題，〔註78〕在不得已之下只好尋求另一道解脫門，因而個別中的增壽願望具有與時代相對比之慨浮現，亦可浮推一貌。

以下析之關於觀音感應故事中延壽者故事有〈續五‧道泰道人〉一篇：

> 道泰道人，住唐山衡唐精舍。嘗夢人云，其年命當終於卅二，泰心惡之。後至其年，遂便遇篤病，意甚憂懼，悉以附身資誤爲福施。友人謂之：「經云：『供養六十二億菩薩，與一稱光世音福同。』君將不爲歸心向，庶可得增壽益算、妖夢不踐耶？」泰乃感悟，遂晝夜四日精心。所座床前垂帷，忽於帷下見光世音從戶外入，足趺及踝間金色照然，曰：「汝念光世音耶？」比及衾開，便不復見。泰乃喜悅流汗，便覺體輕，所患即差。後人見之，已年卅四，具自說如此。〔註79〕

故事中的主角道泰道人原本命定只能活三十二歲，而且隨著年歲將至三十二大關竟也得了一場病，使之憂患死亡將至，從其後以植福德爲求延命者可見

〔註75〕謝冰瑩等譯著：《四書讀本》（台北：三民書局出版社，2006年9月），頁601。

〔註76〕謝冰瑩等譯著：《古文觀止》（台北：三民書局出版社，2008年6月），頁827。

〔註77〕薛克翹著，季羨林主編：《佛教與中國文化》（北京：崑崙出版社，2006年3月），頁23。

〔註78〕呂正惠著：〈物色論與緣情說——中國抒情美學在六朝的開展〉《文心雕龍綜論》，（台北：台灣學生，1988年），頁285～312。

〔註79〕（宋）張演撰：《續光世音應驗記》，輯入《觀世音應驗記三種》譯注，（南京：江蘇古籍出版社，2002年），頁41。

人們對於死亡之恐懼，但其後乃因稱念觀音，病能痊癒且突破三十二歲生命大關，乃知藉由觀音的神力除了能夠超越三千界，也能拉長人有限之生存時空，無所不至。

追求增壽的故事或許普遍存在於個人心中，也是人類知道死亡終究不可抗拒之果後產生的，卡西勒（Ernst Cassirer，A.D.1874～1945）說：在人類文化的發展中，我們不可能確定一個標明神話終止或宗教開端的點。宗教在它的整個歷史過程中始終不可分解地與神話的成分相聯繫並且滲透了神話的內容。另一方面，神話甚至在其最原始最粗糙的形式中，也包含了一些在某些意義上已經預示了較高較晚的宗教理想的宗旨。神話從一開始就是潛在的宗教。導致從一個階段走向另一個階段的絕不是思想的突然轉折也絕不是感情的劇烈變化。〔註80〕其中除了揭示長壽神話的開端之外，也具有宗教宣揚的重要意味，使之理想能對應不堪的現實環境，以達增命之求，並否定死亡這一命題之迫害。

### 3. 身體限制的滿足

探源「身體」的概念，若純指指可見可摸可感的生物性「肉體」，身體乃是自己成為一個人的實在的存在證明，再從此實體出發指涉，一若與整體社會接觸，一個人的身體可以是對整體社會文化的反射，以及所包含的欲望，因而身體的形式不僅是一個自然的實體，也是一個文化的概念〔註81〕。在人的基礎上，我們都擁有身體，因著身體我們得以與人交往、生活，藉著它使個人性靈得以紓發，其與精神之關係或可共存、或可相異，雖然黑格爾認為身體總是且只被看成是意識的外殼、場所，或者其具體性，並且我們已經習慣於把這些差別很大的形象理解為是對身體生命方面的不同定位所致〔註82〕；尼采以為權力意志構成了存在者的基本屬性，這樣在人的定義上，身體和動物性取代了形而上學的理性位置。〔註83〕自我自身做為一個精神的

〔註80〕 恩斯特‧卡西勒（Ernst Cassirer）著，甘陽譯：《人論》（An Essay on Man）（台北：桂冠出版社，1997年11月），頁130。

〔註81〕 丹尼‧卡瓦拉羅著，張衛東、張生、趙順宏譯：《文化理論關鍵辭》（南京：江蘇人民出版社，2006年），頁104。

〔註82〕 朱迪斯‧巴特勒（Judith Butler）著，張生譯：《權力的精神生活：服從的理論》（南京：江蘇人民出版社，2009年3月），頁34。

〔註83〕 汪民安、陳永國編：《後身體：文化、權力與生命政治學》（長春：吉林人民出版社，2003年12月），編者前言頁11。

對象被生產出來，實際上，對這種精神空間的表述本身，有時被描述為內在的，它是依靠這種憂鬱轉向的。〔註84〕無論何種界定，無可否定的是，人與人之間的差異也深刻表現於身體之上，除了具體標示著自我空間的建立之外，也可以清楚的分野自己和他者的不同。透過個體的生命行動，賦予主體的自我價值，從而凝聚出意象性，並在記憶與敘述雙重的選擇作用中成形。〔註85〕因而身體續術後所構成的模式可以反映背後所隱射的社會文化機制與某種現象。

　　而身體並非單指純粹的「身體」而已，其有缺陷也有殘缺，若視之為一種空間的展現，其亦有不完美之處。而我們的身體的社會脆弱性是我們政治構成的一部分，我們的形成和欲望和肉體的脆弱息息相關，〔註86〕觀看六朝觀音感應故事中的身體空間可以發現此一部分。透過六朝志怪怪異身體、身分性別的辨析與歸因，除了生理學上的理解外，還包含了哲學的解釋，以即自我身體、國體，以至於超自然他界體系的想像，多面向地反映出當時的生命觀、倫理觀、宇宙觀和自我防衛的機制可作為發覺其實自我認知的有利指標，進而轉化為志怪的內在邏輯。〔註87〕從這些志怪所記錄或是創作這些身體變形或是突破形體限制時，在這些故事中，身體可以是任意更替的，有依靠外力者或是從自身而發者，而感應故事明顯是仰仗外力而來，依靠觀音之威德神力使人突破原本身體空間之限制，這種敘述方式與內涵實實在在弭除了個體間客觀的真實隔閡，身體提供了一個形象讓人去思考文字詮釋學。文字，作者，與讀者的關係是透過「普遍的身體」來定義個別角色和能被理解的敘事範圍內的身體想像而成的。〔註88〕形體的可替換和變形也可從此推敲而來，因而表述其透過身體以觀看世界的思維和認知，與之隨虛實的時間、空間流動。

---

〔註84〕朱迪斯‧巴特勒（Judith Butler）著，張生譯：《權力的精神生活：服從的理論》（南京：江蘇人民出版社，2009年3月），頁164。

〔註85〕劉苑如：《朝向生活世界的文學詮釋——六朝宗教敘述的身體實踐與空間書寫》（台北：新文豐出版社，2010年7月），頁20。

〔註86〕朱迪斯‧巴特勒（Judith Butler）著，郭劼譯：《消解性別》（上海：上海三聯書店，2009年），頁18。

〔註87〕劉苑如：《身體‧性別‧階級——六朝志怪的常異論述與小說美學》（台北：中研院文哲所，2002年），頁19。

〔註88〕詳見許德金、王蓮香：〈身體、身份與敘事——身體敘事學芻議〉，《江西社會科學》，2008年4月，頁29～30。

　　以下析之感應故事中突破身體空間限制者，一則關於〈沙門帛法橋〉之故事：

> 沙門帛法橋，中山人也。精勤有志行，常欲諷誦眾經，而爲人特乏精氣，每不稱意，意常憤然。謂同學曰：「光世音菩薩能令人現世得願，今當至心祈求。若微誠無感，宿罪難消，與其無聲久在，不若捨身更受。」言卒，閉心不食，唯專心至誠。三四日中，轉就羸頓。……至七日朝，曉然開目，如有悅色。謂弟子曰：「吾得善應。」索水盥洗，因抗聲作三偈，音氣激高，聞二三里外。村落士女，咸共驚駭，不知寺中是何異音，皆奔騰來觀，乃橋公之聲也。〔註89〕

故事中的主角沙門帛法橋原本缺乏聲氣，其身體空間是困頓的，欲突破不得的，後爲了突破這層限制，其仰仗觀音神力而得獅子吼，其中或可說明，沒有什麼東西具有一種限定不變的靜止狀態，由於一種突如其來的變形，一切事物都可以轉化爲一切事物，1〔註90〕身體是行爲的對象，正是這個身體的活動被報告、被傳達、被交流，〔註91〕而在神聖前身體空間是可以被改變的，只要人有心皆可突破身體所帶來的天生限制。

　　亦即經由身體本身的「無」，而到身體後來的「有」，從內心信仰上的觀點出發作提醒，因而呼應了自身對自身的關照，行進了身體空間流動之從無到有，也在在透露了人自身對自身的「『觀看』到了『觀看』的本身」〔註92〕，畢竟身體正是在這些奇異的還原之下得以生產和寫入連續的系統之中的〔註93〕。

### 4. 天倫重聚的祈應

　　中國文學自古以來對於懷鄉以及天倫重聚具有高度嚮往，甚或爲之創立許多主題，王立曾說：「鄉情本身及主題系統特有的美感包容力，使得諸如離

〔註89〕（宋）傅亮撰：《觀世音應驗記》，輯入《觀世音應驗記三種》譯注，（南京：江蘇古籍出版社，2002 年），頁 7。

〔註90〕卡西勒：「生命沒有被劃分成類和亞類：它被看成是一個不中斷的連續整體。各不同領域間的界線並不是不可逾越的柵欄，而是流動不定的」，恩斯特・卡西勒著：《人論》，頁 156。

〔註91〕朱迪斯・巴特勒（Judith Butler）著，郭劼譯：《消解性別》（上海：上海三聯書店，2009 年），頁 169。

〔註92〕張小虹：《身體褶學》（台北：有鹿文化，2009 年 11 月），頁 52。

〔註93〕汪民安、陳永國編：《後身體：文化、權力與生命政治學》（長春：吉林人民出版社，2003 年 12 月），頁 54。

別、相思、失意、懷古、思古等人生豐富複雜的勃鬱之忱，都可以融入思鄉情懷吐露。」〔註94〕由於六朝爭亂眾多，南北分裂，山河破碎，離異四起，長期的社會紛擾帶給百姓顛沛流離的生活，因而「別離不僅是一種生活現象，同時也是一種生命現象」〔註95〕，如六朝詩人鮑照曾在其〈代東門行〉一詩中說到「遙遙征駕遠，杳杳白日晚。居人掩閨臥，行子夜中飯。野風吹草木，行子心腸斷」，其中表明了羈旅行中的人間哀苦，也寫出了不忍分離之心情。因而在廣大分離的空間中能盼得親人再聚首實非簡易事也，也可以看出人事間親情之羈絆淵源流長，無所不到。如同相思與孺慕，不僅是空間的，也是時間的，不僅是那一塊大陸的母體，也是，甚且更是，那上面發生過的一切〔註96〕，故每一個思念背後皆凝練著盼望團圓的思慾，人與環境之互動也創造了不同之別離文化，形成了一種「離異」與「故鄉」空間之隔。

　　而離異者與等待者分處不同之空間，但離異者心心念念無不懷念著故鄉、原家、親人，並且不適應著目前的環境，這些離異的時空被故事的敘述架構著、轉換，形成了一種故事內外呈現的內心歸向的魅力，或可以是一種懷念舊日之情感，並且論述在中國自古以來的團圓結局之下，而這種懷舊應有更加深層的意義，在戀舊、懷古的儀式底下，講述的其實是一種情感結構。在一個更大的文化形成脈絡中，懷舊讓人對於世界和本身的位置，有一種社會心理安定與再協商作用。〔註97〕在時代更易不定中，對家園的懷舊甚至期盼相聚，成為人一種有目標往前的動力，並且促進著觀音信仰對此願望之圓求，使得兩造（離異者、等待者）之欲求得以破空間完成。

　　如〈繫六十二‧韓睦之〉之父子離亂不相見，因稱念觀音而使離散者得歸，天倫得以再重聚：

> 韓睦之，彭城人。宋泰始初，彭城沒虜，睦之流亡。兒於亂為人所略，不知在何處。睦之本事佛精進，乃至心轉《光世音經》。欲轉經萬遍，以得兒返。……。道人不進，遣兒入達，至入見，主人正坐讀經，即其父也。相見，不暇申悲喜，唯得口道：「門外有聖人。」

〔註94〕王立著：《中國古代文學十大主題——原形與流變》（台北：文史哲出版社，1994年），頁255。

〔註95〕蔡瑞峰：《多情自古傷離別——古典文學別離主題研究》（台北：文史哲出版社，1996年），頁189。

〔註96〕余光中著：《白玉苦瓜》（台北：大地出版，2004年），自序頁6。

〔註97〕廖炳惠：《吃的後現代》（台北：二魚文化，2004年），頁99。

父便跳走出，比出，已不復見矣。〔註98〕

故事中的主角一心以父子團圓為己念，最終以達到圓滿欲求感應為目標，之後觀音顯聖度空間轉移為無物，使天涯分離之父子得以相見，且其中充滿了觀音化身為僧人，一步千里之神奇情節，突破了現實空間之限制。

再如〈繫六十三・彭城嫗〉者，母子因子從軍離異，後因觀音指路使母子得以團圓：

> 彭城嫗者，家世事佛，嫗唯經進。親屬並亡，唯有一子，素能教訓。兒甚有孝敬，母子慈愛，大至無倫。元嘉七年，兒隨到彥之伐虜。嫗銜涕追送，唯屬戒皈依觀世音。……。後夜，忽見一燈，顯其百步。試往觀之，至徑失去。因即更見在前，已復如向，疑是神異，唯自走逐。……。輾轉數千里，遂還鄉。〔註99〕

故事中的主角為垂憐邊地征戰愛子，日日於觀音像前點燈祈福，而此分牽繫隨之透過觀音的神力化為現實，指引著主角的愛子一步步返鄉，且只為其前後照明，隨著神聖的指引渡過廣大之地理空間如常，使之順利回鄉，天倫得聚。

透過觀音神聖力量的牽引，即使離鄉再遠，只要牽繫的心至誠懇切不離本願，透過觀音力量的神聖運作，便能夠化空間於無物，讓相隔的空間不再遙遠，只要有願變能行，其中展現著各種人不具備的神通力，突破限制，使人任意遨遊，一償個人之所願。

## 二、充滿苦難之自然景觀

人生於世，莫不各處所居，流轉其間，各不相同。隨聚隨散，因地相異。人塑造了環境，環境也塑造了人〔註100〕，環境中的任何物質包含自然山川、人文風土或是所處時代與地方皆會對人造成一定程度的影響。無論對於行色匆匆的過路客，還是常住居民而言，每個環境都是作為一個特殊性質的集合而同時被感覺到的，它們不能被割裂開來。〔註101〕因而人不出環境，環境不

---

〔註98〕（齊）陸杲撰：《繫觀世音應驗記》，輯入《觀世音應驗記三種》譯注，（南京：江蘇古籍出版社，2002 年），頁 191。

〔註99〕（齊）陸杲撰：《繫觀世音應驗記》，輯入《觀世音應驗記三種》譯注，（南京：江蘇古籍出版社，2002 年），頁 195。

〔註100〕林玉蓮、胡正凡編著：《環境心理學》（北京：建築工業出版社，2000 年 12 月），頁 276。

〔註101〕徐磊青、楊公俠著：《環境心理學》（台北：五南出版社，2005 年 1 月），頁 33。

出人，文學中的環境亦如是，從文學中可以看出點點滴滴人與地之互動，即使土地歷經各種更迭改變了其形貌甚至從地表上消失，但文字卻可以幫我們拼組屬於各時代的土地樣貌，便如同愛爾蘭小說家喬哀思說：「有一天，都柏林這座城市摧毀了，人們也可以憑藉我的小說《都柏林人》，一磚一瓦地將之重建。」

從地理學的角度切入，自然景觀自和自然地理學有所關聯，自然地理學是以人類賴以生存的地球表層自然環境為研究對象的，因而有些人將地球表層自然環境稱之為地理環境的自然部分或自然地理環境〔註 102〕。當然自然景觀不出其具有之自然特徵，如同要表示一個地方的特徵可以用最簡單獨特的地理位置，自然特徵所包含的，就如自然地理一樣，像地形、氣候、水文、動植物；不同的地形包括了山水、湖沼、海岸、丘陵、沙漠、瀑布、島嶼、溫泉。〔註 103〕自然景觀也或許可以包含自然界的一切景物，比如山巒、江河、大海、瀑布、森林、田野、地質景觀、動植物等。〔註 104〕對於自然景觀謝凝高在《中國的名山大川》一書中認為有以下特徵，一是具有美學價值的自然景觀，二是具有科學和生態學價值的自然景觀，三是以自然景觀為主，人文景觀為輔，自然與人文融為一體的山水景觀。〔註 105〕而在描述景觀和人類之處境互動間，文學和地理產生了種種交集，自然景觀並不能自絕於人之外，因而人與之互動、嬉遊賞玩、攀登攬勝、甚或逃難躲避，與之交構交譜成形諸文字之圖像，如唐時柳宗元之〈永州八記〉為其謫居永州時所作，與之心境相合，是他在審美世界中營造理想生活的展現，讓他在山林生活中發掘許多樂趣，為憂鬱的心靈尋找解脫的出口，寫成了傳頌之山水名作，如楊鴻銘先生歸納曾說：「宗元身處永州，漸與人群疏遠；俗物瑣事已去，清明之氣油然而生。既已滌去塵污，文章自有「超然象外」，不染人煙的冷峻之美。」〔註 106〕因而「自然」，並非一個獨立存在，可客觀描述、窮

---

〔註 102〕王建主編：《現代自然地理學》（北京：高等教育出版社，2001 年 6 月），頁 4。

〔註 103〕蔡文川：《地方感：環境空間的經驗、記憶和想像》，（高雄：麗文文化事業股份有限公司，2009 年），頁 57。

〔註 104〕趙道強著：《旅遊數碼攝影完全攻略》（北京：中國旅遊出版社，2007 年 5 月），頁 2。

〔註 105〕任繼愈主編，謝凝高著：《中國的名山大川》（北京：商務印書館出版，1997 年 9 月），頁 14。

〔註 106〕楊鴻銘：《歷代古文評析——唐宋之部》（臺北市：文史哲出版社，1992 年 8 月），頁 171。

盡認識的「自然」,「自然」以人必須不斷與之互動,並聆聽其訊息的「奧秘」性存在,「自然」與「人」的關係展現在人必須不斷傾聽自然,並與自然產生關聯的「生命歷程性」中,因而此一歷程性所指向的「自然」已不能被某一客觀物、科學知識所涵括,這是一涉及存在的命題。〔註107〕就現代科學之角度觀之,在生理及心理關係上,不同景觀型態刺激的生理反應與心理反應的關係上觀看自然景觀時生理效益與心理效益間達顯著相關,〔註108〕因而人們在觀看甚至牽涉其中時便會與自然空間產生交流,思緒甚或情緒亦涉足其中。畢竟任何物象都處在特定的空間中,環境不僅是物象活動的場所,更是物象精神外露的背景。〔註109〕

在感應故事之自然環境中,為了呼應與經文之互文性,營造靈異顯現之特質,其所呈現的自然景觀對眾生而言是困頓的、可怕的、造成危機的,需要立即超脫此等危機空間的,下述以感應故事中常見之自然景觀為例。

## (一)險峻之水域川流:救度水難

水能載舟亦能覆舟。涓涓細流能成其大,滔天狂浪亦能毀人家舍。關於「水」中國的許多哲人對其有深悟哲理:徐子曰:「仲尼亟稱於水曰:『水哉!水哉!』何取於水也?」孟子曰:「源泉混混,不舍晝夜,盈科而後進,放乎四海;有本者如是,是之取爾。苟為無本,七、八月之間雨集,溝澮皆盈;其涸也,可立而待也。故聲聞過情,君子恥之。〔註110〕(《孟子·離婁下》)」以之喻進德修業,晝夜皆進,故本能有成,有志者應如是。以道家所言:「上善若水。水善利萬物而不爭,處眾人之所惡,故幾於道。居善地,心善淵,與善仁,言善信,正善治,事善能,動善時。夫唯不爭,故無尤。〔註111〕(《老子》第八章)」因而水具有潛在之力量,順應萬物,或如葉秀山言:「『水』自身無「形」—故古代希臘人叫它為「無定形」。以物的形狀為形狀,是為無形

〔註107〕蕭義玲:〈一個知識論述的省察——對台灣當代「自然寫作」定義與論述的反思〉,《清華學報》,1997年,頁523。

〔註108〕洪佳君:《高山、水體、森林、公園、都市景觀之生心理效益》,國立中興大學園藝學系碩士論文,2002年。

〔註109〕馮永敏著:《散文鑑賞藝術探微》(台北:文史哲出版社,1998年2月),頁307。

〔註110〕焦循:《孟子正義》下冊(台北:文津出版社,1988年),頁563～567。

〔註111〕王弼注、紀昀校訂:《老子道德經》(台北:文史哲出版社,1990年07月再版),頁17～18。

之狀，無狀之狀。正因爲「水」無自己的形狀，爲「無定形」，則反倒可以「容」納萬物。就以「容」萬物言，「水」爲「空」，爲「無」；但「水」自身亦爲「有」。只有此種特殊的，非同一般的（「非常」的）「有」，才能包容萬物，滋生萬物。」〔註112〕可知「水」具有化生贊育天地之機。

　　水在自然景觀中必有其存在之重要空間意義，亦能移人之深。《孟子・盡心上》曰：「居移氣，養移體。」，《荀子・儒效》亦云：「習俗移志，安久移質。」因而環境對文學、宗教及哲學思想的發展具有某種程度的影響〔註113〕，居處於水或營生於水者勢必然。水不僅是地球所有生物賴以生存的要素，更在哲學、文學、神話及宗教上具有重要的象徵地位。水以其潛能所產生許多不同型態的意象遠較水的自然現象更大，而且水亦是早期中國哲學思想中最有力量的「隱喻」。〔註114〕而在感應故事中，水則成了困住人們的險阻空間，居處其間隨時都有覆亡之可能，而水患之難頻仍，則非一般人民之能力所能拯救，因而憂患其間，一者是在蒼茫山水中迷失自我方向：

> 始豐南溪中，流急岸峭，迴曲如縈，又多大石。白日行者，猶懷危懼。呂竦字茂高，兗州人也，寓居始豐。自說其父嘗行溪中，去家十許里，日向暮，天忽風雨，晦冥如漆，不復知東西，必當覆溺，惟歸心觀世音，且誦且念。須臾，有火光來岸，如人捉炬者，照見溪中了了，遶得歸家，火常在前導，去船十餘步。竦後與郗嘉賓周旋，郗口所說。〔註115〕〈光五・呂竦〉

始豐南溪即始豐溪，源出大盆山，亦名大溪，反映其溪水流湍急、溪岸陡峭，且溪中有大礁石，行船不意則容易觸礁而覆，從中勾勒出了水勢之險對比人身之脆，面對自然的無情風雨便頓失所依，所賴觀音仗護循火光得返。

　　二者則是舟行水中，因遇外力所覆，或因漩渦、或因船板不牢、或因風吹雨打，諸種原因造成人身在載浮載沉之間將遇溺亡：

> 伏萬壽，平昌人也，居都下。元嘉十九年，在廣陵爲衛軍行佐。府

---

〔註112〕 葉秀山：《中西文化會通》上冊（台北：未來書城，2003 年），頁 229〜230。
〔註113〕 胡樸安：〈文字學之價值〉，《學術界》，第 2 卷第 5 期，1944 年。轉引自趙光：〈原始思維對漢字構形理據的影響〉，《語言研究》，2002 年特刊，頁 105。
〔註114〕 Sarah allan：The way of water and sprouts of virtue，State University of New York Press edition，1997，p95。
〔註115〕 （宋）傅亮撰：《光世音應驗記》，輯入《觀世音應驗記三種》譯注，（南京：江蘇古籍出版社，2002 年），頁 19。

主臨川王劉義慶鎮廣陵，萬壽請暇還都。暇盡返州，四更中過江，天極清靖。半江，忽遭大風，船便欲覆。既夜尚暗，不知所向。萬壽本信敬佛法，當爾絕念觀世音。須臾，見北岸有光，如村中燃火，同舟皆見，謂是歐陽火也。直往就之，未曙而至。訪問村中，皆云無燃火者。因請道人齋。〔註116〕〈繫七・伏萬壽〉

故事發生在平昌返回廣陵的大江上，原本天清朗朗無風無雲，但天氣翻臉速速，颸起大風使船欲翻，天有不測風雲蓋為如此，即便準備得再妥當、人力運算再周密，終有無可掌控之處，在文本中可知人在面對廣闊天地空間時之渺小。

在觀音顯現救渡水難之中，更有靈異之寫，如陋室銘所云「水不在深，有龍則靈」，龍為中國四靈之一〔註117〕，〈續十・韓當〉〔註118〕一文中，其本中流舟逆，但因稱觀音故，見水中有白物如龍形，使之順利幸免於難，從水中見龍形可見龍軀體變化無常、入水之特性，更以此傳說增添感應故事之可看性。

### （二）充滿危機的深山峻壑：救度山中險難

山，是一種思考，一種情境。望山，是一種態度，一種信念。〔註119〕人行至山，面對山景，人各有所念，有驚訝、有喟嘆、甚至有驚喜、或是佈畏，所謂仁者樂山，山自能開拓人之視界，其中蘊藏了無數生命，識之、認之自能長人知識，「只要那兒有一座小山、一個池塘，都可能有豐富的生物棲息」〔註120〕。

文化迢遙至今，山川崇拜也早於山川神靈之崇拜前便已產生，在原始社會中，山川是巫覡憑藉溝通天地的工具，如《山海經》所述：「巫咸國在女丑

---

〔註116〕（齊）陸杲撰：《繫觀世音應驗記》，輯入《觀世音應驗記三種》譯注，（南京：江蘇古籍出版社，2002 年），頁 73。

〔註117〕《禮記・禮運》：「何謂四靈，麟鳳龜龍為之四靈。」阮元審定、盧宣旬校：《十三經注疏・禮記》（台北：藝文印書館，1989），頁 436。《三輔黃圖》：「蒼龍、白虎、朱雀、玄武，天之四靈。」畢沅校正：《三輔黃圖》（北京：中華書局，1985），頁 20。

〔註118〕（宋）張演撰：《續光世音應驗記》，輯入《觀世音應驗記三種》譯注，（南京：江蘇古籍出版社，2002 年），頁 55。

〔註119〕劉克襄：《巡山》（台北：愛詩社出版社，2008 年 9 月），頁 4。

〔註120〕劉克襄：《小綠山之歌──台北盆地四季的自然觀察》（台北：時報文化出版社，1995 年），頁 10。

北，右手操青蛇，左手操赤蛇，在登葆山，群巫所從上下也。」(〈海外西經〉)
〔註121〕，進而通過巫覡的儀式，古人去崇拜山川，並被視之有靈。提及《山
海經》有視爲地理書或巫書者，其對山川之敘寫主以某山爲中心開始說明，
內容包含各山的環境、位置、山川、湖泊等等，此外也介紹相關產物，如「西
山經華山之首，曰錢來之山，其上多松，其下多洗石。有獸焉，其狀如羊而
馬尾，名曰羬羊，其脂可以已腊」(〈西山經〉)〔註122〕。此中編排方式相當有
系統，除了反映地貌與空間景觀之外，《山海經》一書的構成，帶有明確的政
治動機，它之所以出現，和上古文化走向大一統的政治權力集中的現實需要
密切相關。〔註123〕

　　在觀音感應故事中所出現的山景，依據故事情節之不同，提供了人們不
同之展演空間，彼此交織，促進了景觀意義的深化，使故事主體和周遭環境
造成了整體的互動。此以山岳空間爲主，因爲人們介入了某一範圍和內在結
構，而有意義和情感之產生，並與之夾帶了歷史、災難、宗教等等之說，以
此相連，提供了新的歷史觀點和嶄新樣貌，也讓山岳脫離了純粹的自然地景，
而有了人聲雜集，匯聚了新的視野。空間與人們的詮釋以及生活經驗穿透交
織在一起，並展現不同的意義，〔註124〕因而在故事中，人物與其他人物所形
成的位置、關係、環境，使空間充滿了各種文化意涵及意義。

　　山中景爲躲避追殺而行山中，因不熟地域便不知所向，對於方向感到茫
然，因迷路內心惶惴不安，同時遭受了躲避追兵和迷路之苦，此時的山景一
方面成了救護躲避之所卻也成了危困之地，如〈繫五十六‧畢覽〉〔註125〕文
中述及其慕容垂北征一事垂敗於史上有據，後遭遇追擊時，稱念觀音得免但
也誤入深山，遂迷失不知方向，竟然因稱念觀音遇道人引路，山跡人罕至，
深山中道人示路更顯奇異，此深山成了顯聖之地。

---

〔註121〕袁珂：《山海經校注》(上海：上海古籍出版社，1996 年)，頁 219。

〔註122〕袁珂：《山海經校注》(上海：上海古籍出版社，1996 年)，頁 21。

〔註123〕葉舒憲、蕭兵、鄭在書：《山海經的文化尋蹤——「想像地理學」與東西文化
　　　　碰觸》上冊，(武漢：湖北人民出版社，2004 年)，頁 52。

〔註124〕畢恆達：《空間就是權力》，(台北：心靈工坊，2001 年 6 月初版)，頁 5～6。

〔註125〕畢覽，東平人也，少敬信佛法。爲慕容垂將，北征沒虜。後單馬叛歸，虜追
　　　　之垂及。覽至心念觀世音，即意外得免。因入深山，迷惑失路。既知向是已
　　　　得神力，即更專念。夜中見一道人手捉錫杖示其途徑，遂得還路，安穩而歸。
　　　　(齊)陸杲撰：《繫觀世音應驗記》，輯入《觀世音應驗記三種》譯注，(南京：
　　　　江蘇古籍出版社，2002 年)，頁 175。

另〈繫五十八・苻堅敗時八人〉也突顯山巒群壑之迷離雨神異：

> 苻堅敗時，有八人自石城破走，夜落群巒深山之中，不知道路，餓
> 即垂死。其中一人本事佛，知有觀世音，即相勸存念。於是皆從其
> 語，剡然便聞有鈴聲。知是神異，隨聲而行，即便得出。〔註126〕〈繫
> 五十八・苻堅敗時八人〉

故事發生於石城（今安徽省境內）與深山群惑中，為躲避災亂入於深山，一
害是即刻的人禍一者是未知的深林，在兩害不得不勢之權衡下入深山遭迷
路，實需要極大決心，而在危惙之時，稱念觀音聞鈴聲而出，可見山中各種
之可能顯異。

在山中，亦有可能面對山中的盜賊，而遭到打劫或是各種不可知的危害：

> 北有一道人，於壽陽西山中行。忽有兩人出劫之。縛胛著樹，欲殺
> 取衣物。道人至心喚觀世音，遂劫斫之不入。因自大怖，放捨而去。
> 〔註127〕〈繫十一・北有一道人〉

> 關中道人法禪等五人，當姚家時，山行逢賊。既無逃走處，唯共一
> 心念觀世音。賊挽弓射之，遂手不得放。謂言神，怖懼各走。法禪
> 等五人安隱得去。〔註128〕〈繫十二・關中道人法禪等五人〉

兩則故事的主角皆未一一具述其名，有可能表為各種眾生在六朝政治不靖之
時皆有可能山行遇賊，乃是大眾之縮影，賊子或想打劫財物或亂殺人不一而
定，但卻在觀音的神威下逃竄而走，從一開始的囂張氣燄到逃命而去，實為
有趣。此類故事或也為在山中遇到盜賊時不知所措的人提供解套之法。

最後山中山產盛豐，往往有許多獵人在其中馳騁狩獵，期待捕獲的豐收，
不亦快哉，或有人不得已入山中；但在山中狩獵或行走時亦有毒蛇虎狼等猛
獸，恐奪人性命，人與之相接時往往怖害四起：

> 王桃，京兆杜人也。性好殺害，少為獵師。年造卅，覆於林中結罟
> 張鹿。嘗一遇虎食己所獲，即辜弩射虎。此虎傷走。復有一虎從嚙，
> 桃兩脾皆碎，猶不自置。桃忽憶先聞道人說觀世音，仍至心歸念。

---

〔註126〕（齊）陸杲撰：《繫觀世音應驗記》，輯入《觀世音應驗記三種》譯注，（南京：
江蘇古籍出版社，2002年），頁179。

〔註127〕（齊）陸杲撰：《繫觀世音應驗記》，輯入《觀世音應驗記三種》譯注，（南京：
江蘇古籍出版社，2002年），頁82。

〔註128〕（齊）陸杲撰：《繫觀世音應驗記》，輯入《觀世音應驗記三種》譯注，（南京：
江蘇古籍出版社，2002年），頁83。

便見放桃，因得起。虎猶怒目憤怒，大叫繞之。桃愈銳心至念，虎遂置之而去。桃還家自誓云：「若不瘥死，當奉佛信戒！」尋得差愈，竟成精進人。〔註129〕〈繫六十八‧王桃〉

王桃本爲殘忍的獵師，山林對其而言是獵捕的罟場，但在面對老虎此等巨獸時仍不敵之，且兩脾盡碎，命垂危已，但只靠誦念觀音名號就能讓老虎不敢傷害之，馬上呈現一種臨場感，感受到神聖之臨現。也因此，王桃的身體意願轉向，從殘忍者一轉而爲慈悲精進之修道人，這一些怪異現象凝固、積澱了諸多複雜的文化心理，建構出對於過去和現在、他人和自己的一種聯繫。〔註130〕

再以〈繫六十九‧法領道人〉爲例，山中不僅有虎狼橫行，亦有可能出現海市蜃樓的幻影或如桃花源的情景：

法領道人，上黨襄垣人也。本姓董，名良。嘗從河內還襄陽，路徑中，忽遇雷雨大暗，虎狼亂走。憂怖無計，便至心念觀世音。須臾雨止，前行，仍見有居家。敬告家宿，主人住之甚好。曙乃覺故在盤石上眠，但見空林而已。用是精進，後遂出家，恆注密雲山中。宋元嘉時人也。〔註131〕〈繫六十九‧法領道人〉

故事主角法領道人在山中忽遇雷雨，又有猛獸橫行，對人之生命產生了莫大危害，其心亦怖畏不已。但在稱念觀音後，竟得見有美房宿可住，但隔日起床卻見宿之山林，但未受種種危害，種種敘述超脫了常理判斷，可謂進入了另一種桃花源，實即也是觀看世界、面向現實轉而逆轉現實、逃離世俗的一種特殊美學視域與文化視角。〔註132〕

透過感應故事中自然和人文景關之呈現，可以從中觀看一地甚至整個時代的變遷、人民的生活行爲、歷史記憶等情狀，因之人相與一地的時間、情感、行爲，影響著每一個人的不同感受。本節中不論自然景觀、人文景觀都

---

〔註129〕（齊）陸杲撰：《繫觀世音應驗記》，輯入《觀世音應驗記三種》譯注，（南京：江蘇古籍出版社，2002 年），頁 205。

〔註130〕劉苑如：《身體‧性別‧階級——六朝志怪的常異論述與小說美學》，（台北：中研院文哲所，2002 年），頁 18。

〔註131〕（齊）陸杲撰：《繫觀世音應驗記》，輯入《觀世音應驗記三種》譯注，（南京：江蘇古籍出版社，2002 年），頁 207。

〔註132〕鄭文惠：〈樂園想像與認同——桃花源及其接受史〉，輯入江建俊主編：《魏晉南北朝文學與思想學術研討會論文集》第六輯，（台北：里仁出版社，2010 年 7 月），頁 147。

顯露出一種無法安居的苦痛，除了對時代有深沉的慨痛外，也寄表了人內心之無依，在個人的需求上也表示著人生中的求不得苦，因而宗教之超現實力量被擴大敘寫，穿透了現實力量之所據，透過了不同尺度的空間範疇，提供身體的活動的場所，以及神聖力量之無入不介，同時影響了我們的言行舉止和思維感知，甚至牽動了我們對空間的再造與再現。〔註133〕

## 第二節　眾生禱應的自力／他力空間顯應

在六朝觀音感應故事中可以看見、聽見、感受到眾生的悲苦，因而一心自力禱求觀音拔苦，唯觀音慈力相應，破種種空間之限制而來，其神通力可謂無遠弗屆，只要眾生能有所求皆可以有所感應。而觀音顯聖拔苦滿願之力，往往可以說是依照「他力」而來，「他力」之力道強大到足夠破解空間與空間之限制，當然其中重要因素就是要有眾生自己廣大的信願力，一心心應，自立和他力相交，如同藕益大師在《阿彌陀經要解》中所說的：「宗是修行之要徑會體之樞機而萬行之綱領也。提其綱則眾目皆張。挈其領則襟袖隨至。故次體之後應須辨宗。此經以信願持名為修行之宗要。非信不足以啓願，非願不足以導行。非持名妙行不足以滿其所願而證所信。」〔註134〕如是自力與他力交相感應，突破空間之限制而來。

在本節中以自力與他力來詮釋觀音之救度，而非以《妙法蓮華經》系統為主，經中內容主要在闡明若眾生遇一切苦難或是有所求，只要稱念觀音名號，皆得滿願；而該經主要之思想乃在於主張一切眾生皆可成佛，所以對於一切眾生都能夠生大慈悲心，而能常行菩薩道，最終成就佛道，是以《法華經》為一佛乘的代表經典。且其主張會三歸一、一佛乘的思想特色，符合中國的民族性，與人人皆可成堯舜的說法相當契合，佛性思想發原於印度，傳到中國後更是發揚光大。〔註135〕是故本章節嘗試在《法華經》外以自力和他力的說法來詮釋眾生和觀音之空間感度，是以本節乃要探討觀音發動空間救度之力量，著重在力量之方向與交集，一者乃因觀音乃淨土信仰中極重要之菩薩，未來阿彌陀佛涅槃後要依靠觀音之救度拔濟娑婆眾生，同樣需要自力、

〔註133〕范銘如：〈看見空間〉，《文學地理：台灣小說的空間閱讀》，（台北：麥田出版社，2008年），頁17。
〔註134〕（明）釋萬益：《佛說阿彌陀經要解》，《大正藏》第37冊NO.1762，頁0364b。
〔註135〕釋恆清：《佛性思想》（台北：東大圖書，1997年），頁3。

他力交互感應；二者觀音信仰和淨土信仰同樣強調「信、願、行」之重要，要有信才能得救度，只是淨土信仰者乃救脫生死、而感應故事中的觀音信仰乃救脫現實之苦難，是以兩者皆爲度眾法門。人們的信仰心也越是由對神明的崇拜轉向自身的得救，而且救濟的內容也越是由個別的特殊的困苦轉向平常的實際生活。〔註 136〕

## 一、眾生自力救濟之空間

　　提及自力與他力之別，首先要上提到彌陀淨土思想，且觀音菩薩在極樂世界爲阿彌陀佛之脅侍，等阿彌陀佛涅槃後，其將成爲補位之佛。在彌陀經典之中，《般舟三昧經》是最早出現者，由支讖與竺佛朔共譯於後漢靈帝光和二年。東晉時，爲後世中國史家認爲淨宗初祖的慧遠大師，其依《般舟三昧經》修習念佛三昧，而達見佛往生之目的，但其並未提及「他力」，完全依靠眾生自身修爲之「自力」也，皆由眾生之業力所感得，其提出了往生淨土之方法：

> 依此《觀經》，因亦眾多，麤要爲四：一、修觀往生，觀別十六，備如上辨。二、修業往生，淨業有三，亦如上說。三、修心往生，如下文說。心有三種，一者誠心，誠謂實也。起行不虛，實心求去，故曰誠心。二者深心，信樂慇至，欲生彼國。三者迴向發願之心，直爾趣求，說之爲願，挾善趣求，說爲迴向。願有二種，一願生彼國，二願見彼佛。所行所成亦爾。此是第三修心往生。四、歸向故生，如下文說。自雖無行，善友爲說佛法僧名或爲歎說彌陀佛德或歎觀音勢至或歎彼土妙樂勝事，一心歸向，故得往生。於中或念或禮或歎或稱其名，悉得往生。當相如是。〔註 137〕

其法之一爲「修觀往生」，屬於安養定善者。第二爲「修業往生」，修三福者。第三爲「修心往生」，修誠心、深心、迴向發願心。第四爲「依善知識」，依止說彼佛菩薩及極樂國土功德妙樂之事。但這四種往生方法中，即使如頌念佛名，或發三心者，在過程中所能修爲的只憑藉著眾生的自力，並沒有提到佛的「他力」，一切只能靠自己老實修行。因而若以自力來作比喻，可資參考：

---

〔註 136〕孫昌武：《中國文學中的維摩與觀音》（天津：天津教育出版社，2005 年 1 月），頁 291。

〔註 137〕（東晉）釋慧遠：《觀無量壽經義疏》卷二，《大正藏》第 37 冊 NO.1745，頁 0104b。

猶如小兒年始三歲，宅去京地向經千里，遂遣小兒自行向京，以求官職，無由得到。何以故？爲幼小故。餘門修道，亦復如是，要須多劫修道乃成。猶如小兒，自力向京不可得到，由自力故。〔註138〕來理解。

另外自力也是一種一心稱念之功夫，感得佛菩薩救濟：「自力者。凡人命終。前有將謝。後有未生。平生善惡。自然現前。如十惡五逆。地獄現前。慳貪嫉妒。餓鬼現前。乃至五戒十善。人天現前。今專念佛。一心不亂。則淨念成就。清淨心中。寧不佛現前乎。楞嚴云。憶佛念佛。現前當來必定見佛。是也。」〔註139〕從上角度開展，眾生便逢困厄或有欲求未滿時，心心不離觀音，乃由人自身發起自力，以接觀音他力之回應。綜觀六朝觀音感應故事之靈異顯應，無非由受苦難者或是祈願者發起，不論故事主角原先對觀音信仰是虔誠或是不相信者，只要對觀音祈願，一心或稱念觀音名號、或背誦觀音經文、或對經像禱求，觀音便能以他力穿透限時空間而來，無不滿願。

## （一）直念觀音名號

直接稱念觀音名號者，如直接直呼其名，以獲救濟，而稱念名者，如《增壹阿含經》卷十四載：「設有比丘、比丘尼、優婆塞、優婆夷，若有畏怖衣毛豎者，爾時當念我身，此是如來至眞等正覺，明行成，爲善逝、世間解、無上士、道法御、天人師、號、佛。眾祐出現於世，設有恐怖衣毛豎者，便自消滅。若復不念我者，爾時當念於法。如來法者甚爲微妙，智者所學。以念法者，所有恐怖，便自消滅。」〔註140〕說明了稱念諸佛名號便能去除憂慮，據印順《淨土與禪》的說法，一般人若遇危困時會呼父母或天以寄託精神，便如同佛弟子在心中畏懼時，自會奉行佛說的法門，也會口稱南無佛，便能感覺有佛的慈悲力量保護，得到安慰。〔註141〕稱念觀音者，亦如同智者大師所言：「經云。一心稱名有事一理。一二途。無取可能感聖。譬如臨鏡背視對谷閉口。何能致影響耶。第二別答爲三。一口機感應。二意機感應。三身機感應。就口機爲二。初明七難。次結口機。有人云。次第三機者口顯居前音成由意意識成身也。通論口機亦脫三種苦。但先除果苦。次除苦因。次滿願與

---

〔註138〕楊傑述：《念佛鏡》卷一，《大正藏》第 47 冊 NO.1966，頁 0122b29。

〔註139〕（明）袾宏述：《阿彌陀經疏鈔》卷四，《新纂卍續藏》第 22 冊 NO.0424，0664c15。

〔註140〕（東晉）瞿曇僧伽提婆譯：《增壹阿含經》卷十四，《大正藏》第 2 冊 NO.0125，頁 0615a17～22。

〔註141〕參閱釋印順：《淨土與禪》，（台北：正聞出版社，1992 年），頁 58～60。

樂。」〔註142〕，一心稱名便可即得解脫苦果和苦因，茲以〈續二・張展〉爲敘：

> 張展者，寧廣郡人也，爲縣吏。時大軍經過，督斂租稅。展縣關不
> 上，軍制當死。同事並伏法，次將至展。時司刑者乘馬奏事，展奏
> 當入，仍獨思念歸誠光世音。忽見騎馬者兩邊有二道人，與騎俱入。
> 既出，便特原展命，罰而赦之。餘人及騎者並不見也。〔註143〕

故事中的主角張展因爲租稅小事將被誅，其同事原已伏法，但其一心向觀音
祈求，執持名號，自力相續持念，所以重罪輕受，逃離生死難關。

又舉〈續七・江陵一婦人〉例之，因自心稱念觀音而枷鎖脫解甚後種種
妙事發生：

> 僧融又嘗與釋曇翼於江陵勸一人夫妻戒，後其人爲劫所引，因遂越
> 走。執婦繫獄。融遇途見之，仍求哀救，對曰：「唯當一心念光士音
> 耳，更無餘術。」婦人便稱念不輟。幽閉經時，後夜夢見沙門立其
> 頸間，以足蹴之令去。婦人驚覺，身貫三木忽自離解。見門猶閉，
> 闇司數重守之，謂無出理。還自穿著，有頃得眠，復夢向人曰：「何
> 以不去？門自開也。」既起，乃越人向門，門開得出。東南行數里，
> 將至民居。時天夜晦冥，忽逢一人，初甚駭懼。時其夫亦依竄草野，
> 晝伏夜行，各相問訊，乃其夫妻也。〔註144〕

此則故事之主角原本夫妻分離，但因遇得法師教其稱念觀音之名，一心自力
稱之，不只使其逃離枷鎖之難，甚至連獄門亦爲之開啓，最後竟讓主角夫妻
團圓，或得大圓滿之結局，滿足了故事主角甚或閱讀者之種種想望。

### （二）稱誦觀世音經

另外除了直接稱念觀音名號之外，眾生自己直接稱念觀音經典亦可獲得
觀音之救贖，御製觀世音普門品經序云：「妙法蓮華經普門品者，爲度脫苦惱
之眞詮也。人能常以是經作觀，一念方萌，即見大悲勝相，能滅一切諸苦，
其功德不可思議。」〔註145〕，因而觀經便能獲得無上功德，又何況誦念，如

---

〔註142〕　（隋）智者大師：《觀音義疏》卷一，《大正藏》第 34 冊 NO.1728，頁 0923a06。
〔註143〕　（宋）張演撰：《續光世音應驗記》，輯入《觀世音應驗記三種》譯注，（南京：
　　　　　江蘇古籍出版社，2002 年），頁 34～35。
〔註144〕　（宋）張演撰：《續光世音應驗記》，輯入《觀世音應驗記三種》譯注，（南京：
　　　　　江蘇古籍出版社，2002 年），頁 48。
〔註145〕　（後秦）鳩羅摩什譯：《妙法蓮華經》卷七，《大正藏》第 9 冊 NO.0262，頁
　　　　　0918a14。

〈繫八‧釋法純道人〉爲例：

> 山陰縣顯義寺主竺法純，晉元興時人也。起寺行櫨買柱，依暮，將
> 一手力載柱渡湖。半湁，便遭狂風，船重欲覆。法純無計，一心誦
> 《觀世音經》。尋有一空船，如人乘來，直進相就。法純得便分載人
> 柱，方船徐濟。後以船遍示郭野，竟自無主。〔註146〕

寺廟中之住持因爲舟行湖中遇大風，將遇船覆，後因稱念《觀世音經》，便得
觀音化小舟救濟船難，使之平安抵岸，因而從中可以得知先自力稱念《觀世
音經》亦是發動觀音以他力救濟之一種形式。

或如〈繫三六‧王穀〉，因稱念《觀世音經》而使枷鎖斷裂：

> 王穀，福德郡人也，爲黃龍國守庫吏。器物耗散，罪當至死。心念
> 耗在己藏，而罪無所逃，即便至心誦《觀世音經》。得千遍，身上鎖
> 械悉斷絕。又恆聞異香，心益傾至。少日，遂亦外得免焉。〔註147〕

主角王穀本因罪而致死，但因稱念《觀世音經》不只使其遠離枷鎖，甚或意
外得逃離一劫，從中可知至誠稱念《觀世音經》是使得己身免難之方式。

## （三）對經像祈求

提及佛教經像，佛經內容對造像興福多所頌揚，依佛言：「如來於念念中
常能出現過前塵數三昧‧解脫‧陀羅尼等種種無量勝功德故，諸佛功德，一
切聲聞、辟支佛，於其名字亦不能知。若有淨信之心造佛形像，一切業障莫
不消除，所獲功德無量無邊，乃至當成阿耨多羅三藐三菩提。永拔一切眾生
苦惱。」〔註148〕因而諸佛菩薩經像可以顯現神聖，故造像者莫不群起刻築工
畫，而僧人經常利用吸引眾人喜愛的傳聞來弘法，因而出現所謂「靈像」、「瑞
像」，以此宣傳「像」之神威。

而以像顯示觀音靈異者有〈繫十三‧北彭城有一人〉：

> 晉太原中，北彭城有一人被枉作賊。本供養觀世音金像，恆帶頸髮中。
> 後出受刑，愈益存念。於是，下手刀即折，輒聞金聲。三遍易刀，頸
> 終無異。眾咸共驚怪。具白鎮主，疑有他術。語諧問其故。答曰：「唯

---

〔註146〕（齊）陸杲撰：《繫觀世音應驗記》，輯入《觀世音應驗記三種》譯注，（南京：
江蘇古籍出版社，2002年），頁75。

〔註147〕（齊）陸杲撰：《繫觀世音應驗記》，輯入《觀世音應驗記三種》譯注，（南京：
江蘇古籍出版社，2002年），頁133。

〔註148〕（唐）提雲般若譯：《佛說大乘造像功德經》卷二，《大正藏》第16冊NO.0694，
頁0796b13。

事觀世音，金像在頸中。」即解髮看視，見像頸三瘡。〔註149〕

故世中的主角彭城人，被冤枉受罪將死，因其佩帶觀音金像於頸像中，竟發揮不可思議功德之力，觀音金像代主角受過——身受三瘡，但彭城人安然無恙。從此可知，佩帶聖像或是對觀音金像祈求亦是能發揮救濟功能方式之一。其中之一也顯示著禱求者的心靈與觀音相通之問題：「誠心將會感動一種看不見的力量，使佛像和人之間出現感通，使佛像具有靈性，可以與僧眾群眾在神祕層面交流。」〔註150〕

另〈繫二二・釋僧洪道人〉中佛像入夢解厄，直接展演神聖：

> 道人釋僧弘者，住都下瓦觀寺。作丈六銅像，始得作畢。於時晉義熙十二年，大禁鑄銅。僧弘未得開模見像，便為官所收，繫在相府，判奸罪，應入死。僧弘便誦念《觀世音經》，得一月日，忽夢見其所作像來至獄中，以手摩其頭，問：「汝怖否？」僧弘具以事答。像曰：「無所憂也。」夢中見像胸前方一尺許，銅色燋佛。後送至出市見殺。爾日，府參軍應監刑。初喚駕車，而牛絕不肯入；既入便奔，車即粉碎，遂至暝無監。更復剋日，因有判從彭城還，道：「若未殺僧弘者，可原。」既出，破模看像，果胸前如夢。此像今在瓦官寺，數禮拜也。〔註151〕

僧弘道人本因鑄造銅像入獄，定罪後將被殺，但因稱念觀音經典，後感得經像顯靈異，且佛像仍與之對話並給予毫髮無傷之許諾，最後主角果真平安無恙。其中最玄妙處乃入夢之聖像與鑄造之銅像一模一樣，立解其憂煩，因而佛像寄托著人的情感欲望，寄托著人們對未來美好生活的嚮往。〔註152〕因而佛像也從非人間之角度逐步邁入人間。

## 二、觀音應顯之他力空間

日本的史學家則認為中國淨土教的始祖是北魏曇鸞，他也是首先提出他

---

〔註149〕（齊）陸杲撰：《繫觀世音應驗記》，輯入《觀世音應驗記三種》譯注，（南京：江蘇古籍出版社，2002年），頁84～85。

〔註150〕黃瑜：《試述佛像在漢地發揮的宗教功能》，四川大學碩士學位論文，2006年3月，頁55。

〔註151〕（齊）陸杲撰：《繫觀世音應驗記》，輯入《觀世音應驗記三種》譯注，（南京：江蘇古籍出版社，2002年），頁107。

〔註152〕張晶瑩：《魏晉南北朝的中國佛教及其佛像雕塑藝術》，四川師範大學碩士學位論文，2010年4月，頁40。

力往生的行者，其在《淨土論註》〔註153〕中引用龍樹的《十住毘婆沙論·易行品》的「難、易二道」說，其將「易行道」認爲是依靠阿彌陀佛的偉大願力，因而蒙彌陀他力救贖而往生淨土的法門。道綽則在《安樂集》裡舉例解釋曇鸞的自力、他力：「諸大乘經所辨一切行法，皆有自力、他力，自攝、他攝。何者自力？譬如有人怖畏生死，發心出家修定發通，遊四天下，名爲自力。何者他力？如有劣夫以己身力，擲驢不上，若從輪王，即便乘空遊四天下，即輪王威力，故名他力。眾生亦爾，在此起心立行願生淨土，此是自力；臨命終時，阿彌陀如來光臺迎接，遂得往生，即爲他力。」〔註154〕此一說法仍也就是經典裡所說的修行方法，都有自力與他力的分別，就好比有人對生死感到畏怕，決定好好出家修行，後得成就者，這即是依自力方式。若是修行未成卻能翱翔諸天下，這都是因爲轉輪聖王故，這就是依恃他力方式所得。若放在往生淨土上，如能發心願生淨土就是自力；臨命終時，若得阿彌陀佛前來迎接往生淨土，靠的便是「念佛」與「他力本願」，即依靠稱念阿彌陀佛的本願願力來往生極樂淨土，最終便可以達到究竟解脫。

因而憑藉彌陀佛的本願他力，凡夫得以往生極樂淨土，而西方極樂世界的存在，主要是依於本願思想而來，淨土的殊勝，即在於本願思想，「本願」是指根本救度眾生的悲願，依藉著阿彌陀佛的四十八大誓願，茲以接引往生者爲例：

> 世尊！我得菩提成正覺已，所有眾生求生我刹，念吾名號發志誠心堅固不退，彼命終時，我令無數苾芻現前圍繞來迎彼人，經須臾間得生我刹；悉皆令得阿耨多羅三藐三菩提。
>
> 世尊！我得菩提成正覺已，所有十方無量無邊，無數世界一切眾生，聞吾名號發菩提心，種諸善根隨意求生，諸佛刹土無不得生；悉皆令得阿耨多羅三藐三菩提。〔註155〕

此說明了只要眾生聞阿彌陀佛名並發心願往生，又依仗彌陀他力本願，一心信願且持名念念不相斷，臨終時必得蒙佛接引往生，必定不會出錯，而其以

---

〔註153〕 「因緣願生淨土，乘佛願力便得往生彼清淨土。」《大正藏》冊40，NO.1819，頁826。

〔註154〕 （唐）釋道綽：《安樂集》卷上，《大正藏》第47冊NO.1958，頁12b。

〔註155〕 （南朝·宋）釋法賢：《佛說大乘無量壽莊嚴清淨平等覺經》卷一，《大正藏》第12冊NO.0363，頁0319C10～0319C14。

本願爲誓，誓不相離。

　　觀音感應故事之創作基本上乃以應驗觀音菩薩之救度滿願爲主，並具有宣教之意味，加深信者之信心以及拉進不信者對觀音信仰之接受度，當時時風混亂，以之相襯觀音信仰深入民心之眾，如南齊張融死前曾言：「左手執孝經、老子，右手執小品法華經」〔註156〕。探討觀音信仰之原動力，誠如同經中所言：

> 此族姓子，若有眾生，遭億百千姟困厄患難苦毒無量，適聞光世音菩薩名者，輒得解脫無有眾惱，故名光世音。……是故族姓子，一切眾生咸當供養光世音。其族姓子，所可周旋有恐懼者，令無所畏，已致無畏使普安隱，各自欣慶，故遊忍界。〔註157〕

只要眾生有諸苦惱，但願一心稱念觀音名號，觀音即示現神通力讓眾生離苦得樂，解脫煩惱心。如此以觀音自誓完成的這些弘願，救渡著有情眾生，以救渡者角度而言，亦是一種「他力」空間之施展，只要一心求離，觀音便使祈願者滿願。

　　以〈續九・義熙中一士人〉爲例對應：

> 義熙中，有一士人遇事被繫。其素奉佛法精進，因夜靜不眠，乃自歸於觀世音。至於將曉，假寐於地。仰向見一道人甚少，形明秀，長近八尺，當空中立，目已微笑。既而覺，拘繫頓解，便可得去。〔註158〕

故事中的主角因爲細故被執入獄，但因稱念觀音之力，而得觀音顯聖之力救濟使身上種種枷鎖既除，就像在眞實的空間後推出一隻手，在困苦中拉人一把使人從苦難中得離；若單靠主角自身是絕不可能離苦得樂者。

　　再以〈繫六四・池金罡〉之死而復生爲例：

> 池金罡，平原人也，少事佛精進。年十八，爲人所誘殺，棄屍空冢，冢深丈餘。賊去之後，遂得醒活。別經苦痛，獨心存觀世音。須臾，見有一手，長丈餘，牽之得出。匍匐還家，稱嘆神事。〔註159〕

---

〔註156〕（唐）李延壽撰：《南史》，（北京：中華書局，1997年），頁837。
〔註157〕（西晉）竺法護譯：《正法華經》卷十，《大正藏》第9冊 NO.0623，頁0128C24
　　　　～0129b27。
〔註158〕（宋）張演撰：《續光世音應驗記》，輯入《觀世音應驗記三種》譯注，（南京：
　　　　江蘇古籍出版社，2002年），頁53。
〔註159〕（齊）陸杲撰：《繫觀世音應驗記》，輯入《觀世音應驗記三種》譯注，（南京：
　　　　江蘇古籍出版社，2002年），頁200。

在此則事例中，觀音他力之臨現更生動詳實，且化爲具體的手的形狀，不只使人逃出空家，更使負傷的人順利回家，彷彿慈母般穿透過現實空間顯示觀音之慈悲度人，以及強大之救度力，能讓傷者自癒且順利返家。

再以〈繫四四·釋慧標〉爲例，觀音爲了度眾故有多種應化身，其中顯現了小兒之形像，協助主角度脫困厄，亦是一種從無至有之他力伸展：

> 釋慧標，長安人，十八出家，隨師在冀州遊學。值佛佛虜後破州境，百姓非死。慧標怖急，唯歸念觀世音。以血涂身，臥死下。見有一小兒倚在其邊，語道：「汝但至心，我當相助。」虜主疑屍下有生人，使更亂加斫刺。慧標身每觸刃，終不見傷。〔註160〕

故事中除了透露出虜主之殘暴血腥外，主角在危厄中只有其見到了觀音化身之小兒，使之免難外，又使其在斫刺中刀槍不入，刺入之刀槍似乎與當時空不相容，因而它的解決方案以及展演乃超越於時空之外，亦是理性思維所觸不到的禁地。〔註161〕

如此看來，觀音感應故事的空間展現是一種觀音他力空間的施展，依靠觀音菩薩的願力得以展現，只要苦難者稱名號的開始即發動了，踏破諸空間而來：眾生「自力」之發動與「他力」感應彼此相恃依存，互相交織成網，因而在運用上，呈現著隨願而足的方便性。隨著觀音感應故事的開展也可以透露出其與彌陀淨土思想的差異是，觀音信仰顯現的他力展現點是在現實世界，以求拔得眾苦之解脫、或是積聚已久的願望；而彌陀他力思想，則由此現實界渡脫到彼極樂世界，並非在現實空間完全展現可得。

## 第三節　儒家精神的呼應

在觀看感應故事中，可以發現內容所記無非是對觀音信仰之一種推崇，甚或自我、群體之生命與情感的投射，使之能說服閱讀者，而生一種廣大無邊之信心，如同余秋雨在《觀眾心理學》中提到：「期待視域的命題確認了一個重要的事實，那就是：接受者的心理並不是一種真空，而是早就有了預置架構。」〔註162〕因而透過了閱讀者自身的體悟以及經驗、記憶相互交織，尚

---

〔註160〕（齊）陸杲撰：《繫觀世音應驗記》，輯入《觀世音應驗記三種》譯注，（南京：江蘇古籍出版社，2002年），頁149。

〔註161〕林麗眞：〈六朝志怪中的形神生滅觀〉，《歷史月刊》第219期，2006年4月，頁131。

〔註162〕余秋雨：《觀眾心理學》（台北：天下遠見出版社，2006年），頁38。

與文本產生了共鳴，使得預置結構發生了作用，也對信仰更形堅定。此外，感應記的內容在書寫觀音之靈異外，故事主角也觸及了儒家精神之表現，如受到觀音救度後，爲免拖累他人而推己及人的回復監獄，畢竟「中國向來，宗教、哲學，與人倫日用之規範，並不分張儒、釋、道稱爲三教，並行不悖，正以其名無異，其實則無大不同耳」〔註163〕，另外而在闡述此章節時，未以道家精神加以對比呼應，乃是道家強調「順應自然」，也因而自然精神始於道家，它被作爲宇宙萬物的最終依據，是道之所法〔註164〕，在魏晉時期，玄學盛行，社會風氣流行談論老莊，其站在自然天道的立場以批評歷史現狀，並且以無爲本。其中心議題是探討現像與本質的關係，提出了有無、動靜、體用等重要範疇，人們由考察宇宙萬物的本體，進而探索人類自身的本性。〔註165〕但感應故事主要強調信仰性與救苦之現實性，甚而旁及人們遇難之人性，此與道家所及之關懷議題較不相應，故未加以述及。而此等與儒家精神之聯繫不可忽視之，首先便須從感應記之撰者談起。

## 一、從撰者開始談起：信佛士人

　　觀音信仰在南方的傳播，依靠著謝敷、傅亮、張演、陸杲等文人本身是佛教徒，而且屬於江南望族，其統整這些釋氏輔教之書，影響了一般士族的接受度，也促進了一般庶民的流傳，畢竟六朝交誼是看重門祚的，彼此往來講求家世、政治地位，並鞏固士家大族的社會地位，無形之中尙可蔚爲風氣。而這些內容往往掇拾雜記，附會史實來宣揚佛法，其所編輯的應驗錄，也是宗教色彩鮮明的。〔註166〕因而經由這些宗教色彩鮮明的感應故事流傳，配合時代苦難，以及民眾之預期心理使得信仰者得以日益增加，誠如冥報記言曰：「昔晉高士謝敷。宋尙書令傅高。太子中書舍人報演。齊司徒事中郎陸果。或一時令望。或當代名家。並錄觀世音應驗記。及齊竟陵王蕭子良作宣驗記。王琰作冥祥記。皆所以徵明善惡。勸戒將來。實使聞者深心感寤。臨既慕其風旨。亦思以勸人。輒錄所聞。集爲此記。仍具陳所受。及聞見由緣。言不飾文。事專揚確。庶後人見者。能留意焉。」〔註167〕因而得收信仰之效，以

---

〔註163〕呂思勉：《兩晉南北朝史》（上海：上海古籍出版社，1983 年 8 月），頁 1371。
〔註164〕鄭訓佐、李劍鋒著：《中國文學精神‧魏晉南北朝卷》（濟南：山東教育，2003 年），頁 2。
〔註165〕張聲作主編：《宗教與民族》（北京：中國社會科學出版社，1997 年），頁 114。
〔註166〕王國良：《六朝志怪小說考論》（台北：文史哲出版社，1988 年 11 月），頁 5。
〔註167〕（唐）唐臨撰：《冥報記》卷一，《大正新修大正藏》第 51 冊 NO.2082。

感相受。因此宗教作為紐帶，在士大夫的交往、聯姻中起了很重要的作用，由此形成了以宗教信仰為中心的士大夫團體，〔註168〕所以這些感應故事或可視為這些世家大族有意為宗教流傳之作。

提及〈光世音應驗記〉之作者謝敷，史書所輯並不甚詳，只可知其為隱士：

> 謝敷，字慶緒，會稽人也。性澄靖寡欲，入太平山十餘年。鎮軍郗
> 愔召為主簿，台征博士，皆不就。初，月犯少微，少微一名處士星，
> 占者以陷士當之。譙國戴逵有美才，人或憂之。俄而敷死，故會稽
> 人士以嘲吳人雲：「吳中高士，便是求死不得死。」〔註169〕

從中可知謝敷為淡泊名利之士，不慕功名，但卻深入信仰之事，於佛教所錄之《法喜志》則說其「崇信釋氏。初入太平山中十餘年。以長齋供佛為業。招引同事化導不倦。以母老還南山若耶中」〔註170〕與史實相應不遠，另外《世說新語》則引《續晉陽秋》之內容說其：「謝敷字慶緒，會稽人，崇信釋氏。初入太平山中十餘年，以長齋供養為業，招引同事，化納不倦。」〔註171〕配合其出世之志，更可見其對佛教之深敬，並結合觀音信仰之敘寫，乃有意為佛教流通之。

但可惜的是，〈光世音應驗記〉本為謝敷贈與傅亮之父親傅瑗〔註172〕，但後因孫恩兵亂而不見，後乃靠傅亮之記憶重新拼湊而成，以悅信佛之士。而傅亮者不僅出自名門士族，更曾位居宰輔之位，其頗有文采，見世路衰敗而作過《演慎》與見夜蛾飛燭作《感物賦》寄意：

> 傅亮字季友，北地靈州人，晉司隸校尉咸之玄孫也。父瑗以學業知
> 名，位至安成太守。瑗與郗超善，超常造瑗，見二子迪及亮。亮年

---

〔註168〕 王青：《魏晉南北朝時期的佛教信仰與神話》（北京：中國社會科學出版社，2001年8月），頁174。

〔註169〕 （唐）房玄齡撰：《晉書》卷九十四，〈隱逸傳〉，（台北：中華書局，1974年），頁2457。

〔註170〕 （明）夏樹芳：《名公法喜志》卷一，《卍續藏》第88冊 NO.1649，頁0329b15。

〔註171〕 （宋）劉義慶撰，余嘉錫箋疏：《世說新語箋疏》（臺北：華正書局，1989年3月），頁662～663。

〔註172〕 傅瑗，以學業知名，位至安成太守。瑗與郗超善，超嘗造瑗，瑗見其二子迪及亮。亮年四五歲，超令人解亮衣，使左右持去，初無容色。超謂瑗曰：「卿小兒才名位宦，當遠逾于兄。然保家傳祚，終在大者。」迪字長猷，亦儒學，官至五兵尚書。永初二年卒，追贈太常。（梁）沈約撰：《宋書》，〈傅亮傳〉，（台北：中華書局，1997年），頁1335～1336。

四五歲，超令人解衣使持去，初無吝色。超謂瑗曰：「卿小兒才名位
宦當遠踰于兄，然保家終在大者。」迪字長猷，宋初終五兵尚書，
贈太常。亮博涉經史，尤善文辭。義熙中，累遷中書黃門侍郎，直
西省。宋武帝以其久直之勤勞，欲以爲東陽郡。……及文帝即位，
加左光祿大夫、開府儀同三司。司空府文武即爲左光祿府，進爵始
興郡公，固讓進封。元嘉三年，帝將誅亮，先呼入見，省內密有報
之者。亮辭以嫂病暫還，遣信報徐羨之，因乘車出郭門，騎馬奔兄
迪墓。屯騎校尉郭泓收之。初至廣莫門，上亦使以詔謂曰：「以公江
陵之誠，當使諸子無恙。」亮讀詔訖曰：「亮受先帝布衣之眷，遂蒙
顧托。黜昏立明，社稷之計。欲加之罪，其無辭乎。」於是伏誅，
妻子流建安。〔註173〕

傅亮乃北地靈州傅氏一族，先祖傅咸，嘗爲西晉司隸校尉，西晉末擔任司徒。
傅亮之一生由盛而衰，其博通經史，曾掌重權，但最後因廢少帝、逼殺劉義眞
等事被宋文帝所殺。在史書所輯中，其一生建立不少事功與立官，心心念念但
爲社稷，頗有以天下爲己任之儒家精神，但從中並未直接發現其有觀音信仰之
記錄，而《高僧傳》中只言其與僧人竺法義有交誼往來，「傅亮每云。吾先君與
義公遊處。每聞說觀音神異莫不大小肅然」〔註174〕，或只能夠推測在政治迭
經措險時，佛教曾帶與其寄託，並窺探其在《光世音應驗記》序之言：

> 右七條。謝慶緒往撰《光世音應驗》一卷十餘事，送與先君。余昔
> 居會土，遇兵亂失之。頃還此境，尋求其文，遂不復存。其中七條
> 具識，餘事不能復記其事。故以所憶者更爲此記，以悅同信之士云。
> 〔註175〕

謝敷將書送給傅瑗，傅瑗和傅亮都看過此書，更繼續傳播此書，以增信心於
信士，或許從中可知可見傅氏父子是有信佛的，並有助於觀音信仰之流通。

　　再者〈續光世音應驗記〉之作者張演，字景弘，本出於世家大族，但史
書中無專爲張演作傳者，其資料多源出於《宋書・張茂度傳》，而張茂度者即
爲其父：

---

〔註173〕（唐）李延壽撰：《南史》卷十五，〈傅亮傳〉，（台北：中華書局，1997年），
　　　　頁441～442。
〔註174〕（梁）慧皎撰：《高僧傳》卷四，《大正藏》第50冊NO.2059，頁0350c16。
〔註175〕（宋）傅亮撰：《光世音應驗記》，輯入《觀世音應驗記三種》譯注，（南京：
　　　　江蘇古籍出版社，2002年），頁1。

張茂度，吳郡吳人，張良後也。名與高祖諱同，故稱字。良七世孫
為長沙太守，始遷于吳。高祖嘉，曾祖澄，晉光祿大夫。祖彭祖，
廣州刺史。父敞，侍中、尚書、吳國內史。茂度子演，太子中舍人；
演弟鏡，新安太守，皆有盛名，並早卒。〔註176〕

從中可知其為吳地士族，張氏人才輩出，張演與其兄弟張鏡、張永、張辯、
張岱合稱「張氏五龍」。而其家族素來信奉佛教，如其在〈續光世音應驗記〉
中自敘所云：「演少因門訓，獲奉大法，每欽服靈異，用兼綿慨」〔註177〕，且
根據紀志昌考證，沙門道寶亦出於吳郡張氏，張彭祖與之交往便有了佛教信
仰之接觸，且張氏奉佛可能受到法汰一系佛學的影響。〔註178〕故南朝佛教於
士大夫階級之勢力，以及其與玄學關係之密切，即此亦可知矣。〔註179〕

　　而〈繫觀世音應驗記〉之作者陸杲，曾任司徒從事中郎，後為義興太守，
本事佛法，且其家族與張演家族有姻親關係，陸杲的堂舅父是張緒，正是張
演的兒子；陸杲的外祖父張暢，還是張演的堂兄弟，如其所言：「杲祖舅太子
中舍人張演，字景玄，又別記十條以續傳所撰，合十七條，今傳於世」〔註180〕，
而《南史》中則記其一生言行剛正不阿，且亦敢因公彈劾從舅張稷：

陸杲字明霞，吳郡吳人也。祖徽字休猷，宋補建康令，清平無私，
為文帝所善。元嘉十五年，除平越中郎將、廣州刺史，加督，清名
亞王鎮之，為士庶所愛詠。二十三年，為益州刺史，亦加督，恤隱
有方，威惠兼著，寇盜靜息，人物殷阜，蜀土安之。卒於官，身亡
之日，家無餘財，文帝甚痛惜之，諡曰簡子。父叡，揚州中從事。
杲少好學，工書畫，舅張融有高名，杲風韻舉止頗類，時稱曰：「無
對日下，唯舅與甥」。為尚書殿中曹郎，拜日，八坐丞郎並到上省交
禮，而杲至晚，不及時刻，坐免官。後為司徒從事中郎。梁台建，

〔註176〕（梁）沈約撰：《宋書》列傳第十三，〈張茂度傳〉，（台北：中華書局，1974
　　　　年），頁1511。
〔註177〕（宋）張演撰：《續光世音應驗記》，輯入《觀世音應驗記三種》譯注，（南京：
　　　　江蘇古籍出版社，2002年），頁28。
〔註178〕參閱紀志昌：《兩晉佛教居士研究》（台北：國立台灣大學文史叢刊，2007年），
　　　　頁262～263。
〔註179〕湯用彤：《漢魏兩晉南北朝佛教史》（湖北：武漢大學出版社，2008年12月），
　　　　頁291。
〔註180〕（齊）陸杲撰：《繫觀世音應驗記》，輯入《觀世音應驗記三種》譯注，（南京：
　　　　江蘇古籍出版社，2002年），頁59。

爲相國西曹掾。天監五年，位禦史中丞。性婞直，無所顧望。時山
陰令虞肩在任贓汙數百萬，呆奏收劾之。中書舍人黃睦之以肩事托
呆，呆不答。梁武聞之以問呆，呆答曰：「有之。」帝曰：「識睦之
不？」答曰：「臣不識其人。」時睦之在禦側，上指示曰：「此人是
也。」呆謂曰：「君小人，何敢以罪人屬南司。」睦之失色。領軍將
軍張稷是呆從舅，呆嘗以公事彈稷，稷因侍宴訴帝曰：「陸呆是臣親
通，小事彈臣不貸。」帝曰：「呆職司其事，卿何得爲嫌。」呆在台，
號不畏強禦。爲義興太守，在郡寬惠，爲下所稱。曆左戶尚書，太
常卿。出爲臨川內史，將發，辭武帝，於坐通啓，求募部曲。帝問
何不付所由呈聞。呆答所由不爲受。帝頗怪之，以其臨路不答問。
後入爲金紫光祿大夫、特進。卒，諡質子。呆素信佛法，持戒甚精，
著沙門傳三十卷。〔註181〕

從史書中可知陸呆具有高風亮節之精神，年輕時好學不倦、善長書畫，且能
不畏強權，言其所當言，行其所當行，不因親疏關係而失操守份際，從其彈
劾從舅便可得知，從其所表言行具有儒家經世濟民之精神，但其仍能「素信
佛法，持戒甚經，著沙門傳三十卷」，可見佛法與其爲官之儒道精神並不牴
觸也。

　　從觀音感應故事的撰者們出發，可以發現其多爲士家大族、或爲官，信
仰佛教追求著淨化心靈、超凡脫俗的寄託，因而他們對中國儒釋道三家的思
想融合占有重要的一席之地。因此，在詩人文士們筆下，往往會自然而然地
流露出被己身信仰的宗教所影響、滲透過的痕跡。而通過文學作品中所展現
的宗教內涵，我們又不難得知作者對宗教崇拜的狂熱程度，文學創作與宗教
信仰，兩者在某種程度上可說互爲表裡，相互交融。〔註182〕因而在行爲表現
可以儒家精神爲本，但佛教可爲宗教信仰之寄託。總之，佛儒有差別，但二
者並不對立，且佛教在辯論中總是巧妙地既保持自己的一定獨立性，又適當
地作一些調整，適應或依附於中國某些傳統思想。〔註183〕且感應故事撰者皆
爲世家大族，或許誠如郭箴一在《中國小說史》所言，佛教徒中本有不少聰

〔註181〕（唐）李延壽撰：《南史》卷四十八，〈陸呆傳〉，（台北：中華書局，1974年），
　　　　頁1204～1205。
〔註182〕顏進雄著：《唐代遊仙詩研究》（台北：文津出版社，1996年），頁65。
〔註183〕張聲作主編：《宗教與民族》（北京：中國社會科學出版社，1997年），頁119。

明的文人，他們很深切地瞭解鬼神志怪書在普通社會的勢力，而也明白，這種勢力的造成，全在乎能完全適合一般民眾的心理。〔註184〕因而這些士人於感應故事中流露出的儒家精神，或許有意爲之，乃是作者一部份之我投射於此，宗教與入世操守不相背也。因故佛教經學不再被視爲一種單純的出世宗教，它同樣被官方肯定爲維護宗法社會體系的工具。儒佛由原來的對立而走向了融合，一治心，一煉心；一立法，一養性〔註185〕，佛儒精神或行爲乃可以並行不悖，甚至互相融合，共同形成了人們信仰的精神支柱，如同北魏文成帝處理佛儒地位與評價的看法，他說：

> 夫爲帝王，必祇奉明靈，顯彰仁道。其能惠著生民，濟益群品者，雖在古昔，猶序其風烈。是以《春秋》嘉崇明之禮，祭典載功施之族。況釋迦如來功濟大千，惠流塵境，等生死者嘆其達觀，覽文義者貴其妙明，助王政之禁律，益仁智之善性，排斥群邪，開演正覺。故前代以來，莫不崇尚，亦我國家常所尊事也。世祖太武皇帝，開廣邊荒，德澤遐及。沙門道士善行純誠，惠始之倫，無遠不至，風義相感，往往如林。〔註186〕

其內容準確說明帝王者乃以仁道爲本，並崇尚禮法等儒教精神，而佛教正好可以「助王政之禁律，益仁智之善性，排斥群邪，開演正覺」，以補足法制不足或欠缺之處，加強儒家的教化力量，有助於君王一統天下。因而帝王蓋如是以爲，一般士族或庶民者應如是佛儒並重。

再回到本章節的重心，這些觀音感應故事的作者們，在故事中重複著信仰的主題反覆出現，這或許一方面負擔傳播佛教、護持佛教甚至使之廣爲流傳的責任，從中也可以看出作品中滲入的中國傳統觀念。如同許理和在《佛教征服中國》一書中所言：「此類文獻中的極度混亂通常是引進和同化過程中的產物，只是沒有被作者本人意識到。」〔註187〕但吾人更以爲這些文獻誠然是同化過程中的產物，但作者們刻意爲之或宣教爲之的企圖濃厚，因而可以推論出這些感應故事乃上層社會刻意流動至下層社會普及信仰之宣傳，畢竟每個社會形態都建構客觀的空間和時間觀念，以符合物質和社會再生產的需

---

〔註184〕郭箴一：《中國小說史上》（上海：上海書店，1984年3月），頁104。
〔註185〕普慧：《南朝佛教與文學》（北京：中華書店，2002年2月），前言頁3～4。
〔註186〕（北齊）魏收撰：《魏書》志二十，（台北：中華書局，1997年），頁3035。
〔註187〕（荷蘭）許理和著，李四龍、裴勇等譯：《佛教征服中國》（江蘇：江蘇人民出版社，2005年8月），頁11。

求和目的，並且根據這些概念來組織物質實踐〔註188〕，但更可以說是信仰之實踐。

## 二、推己及人的恕道精神：不忍他人受苦

在觀音感應故事中，可以看見眾生受諸苦惱得脫的例證，而在其中最難能可貴的是，即使人身處纍紲中也能夠爲他人著想的心，是一種「恕」道精神的展現。在《論語・魏靈公》中，子貢問曰：「有一言而可以終身行之者乎？」子曰：「其恕乎！己所不欲，勿施於人。」〔註189〕這種「恕」之精神是可以作爲一生歸依的，也是一種人性價值中相互肯定的寬恕，唐君毅曾解釋說：「而是要人從其所惡，翻過來，而知其自己之所當爲。」〔註190〕亦可視爲一種人文自我精神之覺醒例如〈續九・義熙中士人〉：

> 義熙中，有一士人遇事被繫。其素奉佛法精進，因夜靜不眠，乃自
> 歸於光士音。至於將曉，假寐於地。仰向見一道人甚少，形明秀，
> 長近八尺，當空中立，目已微笑。既而覺，拘縶頓解，便可得去。
> 但自慮門禁嚴固，無可踰理，且恐有司橫羅此咎，便息意不動，俄
> 頃，械還堅。後省，遇赦獲免。祖爲法宋法師說其事。〔註191〕

故事中的主角爲讀書人，因而深懂儒家精神的內涵，但也同樣信仰佛教，精神不輟。在其遭遇牢獄器械之困時，稱念觀音雖使其能暫得脫困，但他深怕看守的官吏將無辜擔當其罪過，己所不欲牢獄之災他人當如是，於是便留了下來，枷鎖器械便還固自身，好在最後遇到天災被大赦而出。

或如〈繫三七・孫欽〉者：

> 孫欽，建德郡人也，爲黃龍國典炭吏。亦減耗應死。誦《觀世音經》，
> 得三百遍，覺身意自好，不復愁，鎖械自寬，隨意得脫。自知無他，
> 所以不走。少時遇赦得還。〔註192〕

〔註188〕汪民安著：《身體、空間與後現代性》（江蘇：江蘇人民出版社，2006年1月），頁109。

〔註189〕謝冰瑩等編譯：《新譯四書讀本上》（台北：三民書局出版社，2006年9月），頁256。

〔註190〕唐君毅：《中華人文與當今世界補編》（台北：台灣學生書局，1988年），頁247。

〔註191〕（宋）張演撰：《續光世音應驗記》，輯入《觀世音應驗記三種》譯注，（南京：江蘇古籍出版社，2002年），頁53。

〔註192〕（齊）陸杲撰：《繫觀世音應驗記》，輯入《觀世音應驗記三種》譯注，（南京：江蘇古籍出版社，2002年），頁134。

主角者孫欽，因犯小過罪致死，但因稱念觀音，鎖械得脫，身心亦得自在，但其仍留在獄中不走，或也是一種推己及人之精神展現。

## 三、禮尚往來的報恩精神：出家、打齋或戒殺

中國傳統人倫自來以禮爲本質，孔子重仁，以德政教化爲主；孟子則重仁義，強調人之本心；而荀子則特別重視禮，主張「隆禮」與「化性起僞」之功。禮記中說：「是故人道，親親也，親親故尊祖，尊祖故敬宗，敬宗故收族，收族故宗廟嚴，宗廟嚴故重社稷，重社稷故愛百姓，愛百姓故刑罰中，刑罰中故庶民安，庶民安故財用足，財用足故百誌成，百誌成故禮俗刑，禮俗刑然後樂。」〔註193〕因而禮當循序漸進地落實於人民的生命中，由親及疏，由近及遠，故人人皆能依禮而行。荀子更言：「禮者，政之輓也，爲政不以禮，政不行矣」〔註194〕，其以禮爲國家之基本規範，若禮不行則國家必然混亂無章，政治不彰。因而人互相來往，應當戒愼以禮爲本，不應踰矩，若人彼此互相來往，更要秉持禮尚往來之精神，來而不往、往而不來，皆會失其禮分可能導致非議或批評。

在六朝之觀音感應故事中，也可以看出這種禮尚往來精神之顯應，只是這人民往來的對象是觀音，更確切的說是「報恩」，感念觀音之恩德神力而拔己於苦難之中，同南朝劉宋宗炳（375～443）《明佛論》，頗能反映此時的信仰特質：「所聞所見精進而死者臨盡類多。神意安定有危迫者，一心稱觀世音，略無不蒙濟皆向，所謂生蒙靈援死則清昇之符也。夫萬乘之主千乘之君，日昃不遑食，兆民賴之於一化內耳。何以增茂其神而王萬化乎？今依周孔以養民，味佛法以養神。則生爲明后歿爲明神，而常王矣。如來豈欺哉？」〔註195〕點滴恩德，自當往還相報，即使觀音在現實社會中並不具有實體，並無實際可以約定還願的處所、方式、還願物，但在故事中可以發現有恩必回報之禮尚往來精神，以感念觀音對己身所施之恩德點滴。

整理觀音感應故事中可以發現在《光世音應驗記》、《續光世音應驗記》中並沒有發現眾生受到觀音救濟後的報恩例子，這些報恩的實例多出於《繫

---

〔註193〕（漢）鄭玄注，（唐）孔穎達疏，李學勤主編：《禮記正義·上》（北京：北京大學，1999年12月），頁13上。

〔註194〕王先謙：《荀子集解》（台北：藝文印書館，1994年1月），第十九卷，頁5下。

〔註195〕（晉）宗炳所著《明佛論》，今收錄於（梁楊）釋僧祐所撰：《弘明集》卷第二，《大正藏》第52冊 NO.2102，頁 0015b28。

光世音應驗記》。而眾生報答觀音救濟之方式各不一而定，概分類爲出家、舉辦齋會、造塔供僧（寺）、戒殺等四類，其中以出家報觀音恩者爲最多。

## （一）出家

出家就是出離了原本的在家生活，遠離五欲六塵，修持沙門清淨。常言道出家功德匯眾之說，所謂一人出家，九族升天之說法，而出家僧侶制度也不斷的適應中國的風土民情。從在家到出家，從入世到出世，宗教是人類心靈之依託產物，而出家並不是一種思想模式與哲學體系，而首先是一種生活方式，一種高度紀律化的行爲方式〔註196〕，而出家後以期報佛恩，續佛慧命，上可探求佛道，下可化眾生，同四十二章經云：「辭親出家爲道，名曰沙門，常行二百五十戒，爲四眞道行，進志清淨，成阿羅漢。阿羅漢者，能飛行變化，住壽命，動天地；次爲阿那含，阿那含者，壽終魂靈上十九天，於彼得阿羅漢；次爲斯陀含，斯陀含者，一上一還，即得阿羅漢；次爲須陀洹，須陀洹者，七死七生，便得阿羅漢；愛欲斷者，譬如四支斷，不復用之。」〔註197〕如此以清淨梵行自持，終將能有所修成。而信仰的普及乃也因應於眾人之需求，達成所求後亦有以出家報觀音恩者，如〈繫四・海鹽一人〉：

> 海鹽有一人，年卅，以海採爲業。後入海遭敗，同舟盡死，唯此人不死，獨與波沉浮。遂遇得一石，因住身其上，而以石觸，或出或沒，判是無復生理。此人乃本不事佛，而嘗聞觀世音。於是心念口叫，至誠無極。因極得眠，如夢非夢，見兩人乘一小船，喚其來入。即驚起開眼，遂見眞有此事，跳躍走之，入便至岸，向者船人不覺失去。此人遂出家，殊精進作沙門也。〔註198〕

海鹽一人本不事佛，但因爲碰到海難，至心呼喊祈求獲得觀音之救濟，後半夢半醒之間垂遇得救幸免於難，後出家作沙門以報佛恩。從中可以看出主角本不信佛，但迫於無奈，且素聞觀音靈異，不得已之下大聲呼救，竟也能得觀音救度，可見只要願意至誠呼喊，過去信者或不信者，一律無緣大慈，離苦得樂，而眾生也以身相還。

---

〔註196〕（荷蘭）許理和著，李四龍、裴勇等譯：《佛教征服中國》（江蘇：江蘇人民出版社，2005年8月），頁326。
〔註197〕（後漢）迦葉摩騰共法蘭譯：《四十二章經》，《大正藏》第17冊NO.0784，頁0722a24。
〔註198〕（齊）陸杲撰：《繫觀世音應驗記》，輯入《觀世音應驗記三種》譯注，（南京：江蘇古籍出版社，2002年），頁67。

或如〈繫三十五・張達〉：

> 張達者，曾繫獄應死。既無復他冀，唯誦《觀世音經》，近得千遍，
> 而鉗鎖自折。少日得出，遂爲道人。〔註199〕

張達本因罪該死，但因稱念觀音經典而得免，如此由將入死而復生之重大轉折，使之信仰心誠，最後出家以爲僧。

再如〈繫五十一・法智道人〉：

> 釋法智道人，昔年少時，有佛瑞應，但欲出家未得。後爲羌主姚興
> 將，隨征魏虜，軍敗失馬，落在圍裡。法智因隱溝邊荊叢，唯得障
> 頭。際爾窮急，絕念觀世音。敵軍從其邊過，都不見溝人。並遙大
> 喚：「便殺荊叢中賊！」而在邊覓者，決無見理。軍過得活，方知重
> 遭威神，於是不復爲將，即還出家。〔註200〕

法智和向在出家前本有佛瑞應，而其隨軍討伐魏虜之過程中，不幸遇難，而在一連串敵人殲滅的行動中，僅靠著在荊叢中稱念觀音便能全身而退，深感菩薩之慈悲，最後因而出家。

上數之實例，一切皆因信仰而起，眾生雖遭苦難之惡機，但因爲稱念觀音終究導引向善，甚而將佛教當成一身志業，所以困厄反而變成了一種轉機。故學習觀音的慈悲定慧，藉由自身的斷惡修善，上感諸佛菩薩之應、開顯內在的佛性，達到究竟解脫苦難及圓滿成佛之道。〔註201〕

## （二）舉辦齋會

齋會即是爲僧尼設齋供僧，以供養三寶，使眾生同沾法益。齋會可以有定期如佛誕日、佛菩薩成道紀念日等；亦有不定期的齋會，或以宗教性爲主、或以世俗爲主。〔註202〕而在觀音感應故事中所設之齋會，乃因人承觀音之救度爲求感恩而設之不定期齋會。

宗教可稱爲拂逆中的糧食，荒漠裡的甘泉〔註203〕，尤其更強調解厄除難

---

〔註199〕（齊）陸杲撰：《繫觀世音應驗記》，輯入《觀世音應驗記三種》譯注，（南京：
江蘇古籍出版社，2002 年），頁 132。

〔註200〕（齊）陸杲撰：《繫觀世音應驗記》，輯入《觀世音應驗記三種》譯注，（南京：
江蘇古籍出版社，2002 年），頁 163。

〔註201〕釋大參：〈天台觀音感應論——以《法華玄義》的感應妙爲中心〉，收於《中
華佛學學報第二十期》，（台北，中華佛學研究所），2007 年，頁 199。

〔註202〕整理自謙田茂雄著，關世謙譯：《中國佛教史》（台北：新文豐出版公司，1987
年），頁 167。

〔註203〕陳百希：《宗教學》（台北：光啓出版社，1980 年），頁 15。

的觀音信仰。人在危難時常會彷徨無所依，因而在其獲救前，便會自發誓言若能得救便要如何如何，此一方面除了展現宗教上自己心靈之寄託外，也希望能加強自己得度之力道。如觀音感應故事之案例，這些主角們在遭遇困厄時，是在困厄中直接自發誓言若能得度便會舉辦法會或齋會，似乎直接與神聖的力量直接締結契約，若能得度便依約實踐之，和得度後自發性的感恩回報不同。如〈繫六・釋道冏道人〉：

> 釋道同道人，扶風好時人，本姓馬。同少有奇行，以宋元嘉七年與同學四人過孟津河。乘冰將半，其一人先陷而死。俄頃之間，三人又沒。道同亦俱在冰上，進退必死。本既精進，因念觀世音，於是腳下如蹋柱物，得以不陷，同因誓言：「我若得度，當作五十道人會。」眼則見赤光在前，遂直進就之，徑得至岸，於是設會。〔註204〕

故事中的主角釋道冏道人在其渡河時，原本發生了水難，其於同伴皆遭惡水吞沒，但因其稱念觀世音便能不沒，此時主角更具誓言若能得度將作供佛的齋會，除了一方面對觀音之神力深信不疑外，更具一種契約的回報意義，具有現實主義的精神。

　　再如〈繫七・伏萬壽〉則是感念恩德乃設齋會：

> 伏萬壽，平昌人也，居都下。元嘉十九年，在廣陵爲衛軍行佐。府主臨川王劉義慶鎮廣陵，萬壽請暇還都。暇盡返州，四更中過江，天極清靖。半江，忽遭大風，船便欲覆。既夜尚暗，不知所向。萬壽本信敬佛法，當爾絕念觀世音。須臾，見北岸有光，如村中燃火，同舟皆見，謂是歐陽火也。直往就之，未曙而至。訪問村中，皆云無燃火者。因請道人齋。〔註205〕

伏萬壽於過江途中，本因遭逢大風船將覆滅，但幸得稱念觀音名號，見火光指引故順利得度，平安回鄉，後因感念觀音恩德而設齋會款請寺僧。

　　從以上兩則例子可以得知，不管是在困厄時爲了加強救難力度而發得救後能設齋會的誓言，或是承蒙觀音救度後自發性感恩設齋會，從這些齋會的設立中可以發現眾生對觀音如實的依託存心。觀音走進了世人的精神世界，

---

〔註204〕（齊）陸杲撰：《繫觀世音應驗記》，輯入《觀世音應驗記三種》譯注，（南京：江蘇古籍出版社，2002 年），頁 71。

〔註205〕（齊）陸杲撰：《繫觀世音應驗記》，輯入《觀世音應驗記三種》譯注，（南京：江蘇古籍出版社，2002 年），頁 73。

與民眾心理的渴求相契合，成為世人超越困境的慰藉。〔註206〕

## （三）造塔供僧（寺）

宗教虔誠者，總願意為了自己的信仰有所付出。在六朝時常可以見到信仰佛教的君王建佛塔寺、供養僧侶，一些士家大族亦以為之，如晉尚書令何充好佛，故「性好釋典，崇修佛寺，供給沙門以百數，糜費巨億而不吝也」。〔註207〕湯用彤先生說：「北朝上下之奉佛，特以廣建功德著稱。」〔註208〕或可知立寺奉佛，興土木為其佛教文化一環之顯應。

造塔供僧不僅可以培養福德，亦可作為起願的要素，其功德不可思議如《長阿含經》云：「於四衢道起立塔廟，表剎懸繒，使諸行人皆見佛塔，思慕如來法王道化，生獲福利，死得上天。」〔註209〕若能起塔使人生歡喜心，不僅為禮佛方式之一，更可以獲得利益，或無量福也；或如《大乘集菩薩學論》也說：「若人於我滅度後，而能修治佛塔廟。百千那由他劫中，巍巍身相皆嚴好。最上適意旃檀香，合成宮殿及輦輿，雖獲勝報無所著，斯由修治於佛塔」〔註210〕總之立佛塔供佛其擁有無邊功德。在觀音感應故事之造塔供僧中可見〈繫十五・高荀〉，因其原本有罪，且本不信佛者，因聽聞觀音靈感救度，為能得救度，而生造塔供僧之心，後其順利得度故依約立塔供僧：

> 高荀，滎陽人也，居北荒中。性自衡急。荀年五十，忿吏政不平，乃殺官長，又射二千石。因被收，輒鎖頸，內土硎中。同繫有數人，共語曰：「當何計免死？」或曰：「汝不聞西方有無量壽國，有觀世音菩薩救人有急難，歸依者，無不解脫。」荀即悚惕，起誠念，一心獨至，晝夜不息。因發願曰：「若我得脫，當起五層塔供養眾僧。」經三四日，便枷鎖自脫。至後日，出市殺之，都不見有枷鎖。監司問故，荀具以事對。監司罵曰：「若神能助汝，破頸不斷則好。」及

〔註206〕屈川：〈觀音信仰與中國民眾的現實需要〉，《長沙鐵道學院學報》第9卷第4期，2008年12月，頁4。

〔註207〕（唐）房玄齡等撰：《晉書》卷七十七，〈何充傳〉（台北：中華書局，1997年9月），頁2028～2029。

〔註208〕湯用彤：《漢魏兩晉南北朝佛教史》（湖北：武漢大學出版社，2008年12月），頁498～512。

〔註209〕（後秦）佛陀耶舍共竺佛念譯：《長阿含經》卷三，《大正藏》第1冊NO.0001，頁0020a26。

〔註210〕（宋）法護等譯：《大乘集菩薩學論》卷二十二，《大正藏》第32冊NO.1636，頁0133b20。

> 至斬之，刀下即折。一市大驚，所聚共視。於是項令絞殺，繩又等
>
> 斷。監司方信神力，具以事啓，得原。苟竟起塔供僧，果其誓願。
>
> 〔註211〕

從中可以得知觀音之救度不分有罪或無罪者，打破了原本中國「善有善報、惡有惡報」之觀念，只要因信便可得救。而造佛塔像也成爲感恩後之還願必需，也使未來所見者能因而生信心，畢竟在漢地文化的視覺化形式裡，寺廟、佛塔、雕塑、壁畫、故事，不是現代學科體系那種意義上的藝術，而是佛的形像顯現〔註212〕，在感應故事中也可以視爲報恩精神的具體化，一如喬治‧奈爾森曾說，器物是文化遺留在它專屬時空中的痕跡。

### （四）戒殺

眾生皆有佛性，彼此知覺本同，儒家本講究行仁，亦有惻隱之心之強調，聞眾生受死哀鳴痛苦自當不忍；道教亦有以利人慈愛的心善待萬物，如《感應篇圖說》：「慈者，萬善之根。人欲積德累功，不獨愛人，兼當愛物」〔註213〕，如此仁人愛物，皆可享太平也。佛家更是如此，救人一命尚可勝造七級浮屠，又何況一視平等之眾生呢？于君方教授亦認爲，佛教不殺生戒尊重一切有生靈的萬物，從身口意三方面全方位要求修行者護生。這種慈悲對待動物的精神，是比基督教、儒家教義更積極、平等、尊重的立場。〔註214〕在感應故事中〈繫三十七‧孫欽〉則提及孫欽本來好打獵和捕魚，但因爲蒙觀音救枷鎖難後從此戒殺，以報佛恩：

> 孫欽，建德郡人也，爲黃龍國典炭吏。亦減耗應死。誦《觀世音經》，
>
> 得三百遍，覺身意自好，不復愁，鎖械自寬，隨意得脫。自知無他，
>
> 所以不走。少時遇赦得還。欽性好畋魚殺害，從此精進〔註215〕

故事中只提及戒殺，未提及更盡一步的放生或護生，但此已是很大的一進步。

---

〔註211〕　（齊）陸杲撰：《繫觀世音應驗記》，輯入《觀世音應驗記三種》譯注，（南京：江蘇古籍出版社，2002 年），頁 89。

〔註212〕　桑春花：《漢地佛教文化視覺符號的演變》，江南大學碩士論文，2011 年 3 月，頁 6。

〔註213〕　（宋）李昌齡：《太上感應圖說》，《正統道藏》第二十七冊，（台北：新文豐出版社，1988 年），頁 143。

〔註214〕　于君方：〈戒殺與放生──中國佛教對生態問題的貢獻〉，收入《第一屆中華國際佛學會議實錄，台北：東初，1991 年 5 月》，頁 149。

〔註215〕　（齊）陸杲撰：《繫觀世音應驗記》，輯入《觀世音應驗記三種》譯注，（南京：江蘇古籍出版社，2002 年），頁 134。

畢竟物我同類，孫欽蒙難亦如獵物蒙難，孫欽得觀音救度性命，命命相同，又何能不戒殺以報佛恩？雲棲袾宏所言：「噫！人畜雖殊，愛子之心一也，安可殺歟？」〔註216〕蓋當將心比心，以同情心寓萬物也。

## 本章小結

在真實世界構築的天地裡，主體和客體不斷互動，或許人與人、或許人與環境、或許人與神聖互動。在「人與環境」之流動上，可以看見故事中人物的經驗成為建構人文景觀之重要要素，若以「群體」方向之人文景觀諦視可以發現：家居之地並非絕對安全之地；或是供奉著佛法僧三寶的佛寺，但可能因遭刀兵劫而成危難之所；在六朝觀音感應故事中亦發現故事主角或有罪或無罪而身陷囹圄中，但在監獄與刑場裡反成了展現信仰心之場所；在頻仍的戰場中，也對應了時代下小人物的不知所措。若以「個人」方向視之，每個人的慾望不同，所求便也不同，但這些欲求其實不只放諸個人可准，放諸整體眾生亦未嘗不可，例如有求子者、延壽者、天倫相聚或是滿足身體限制者；而感應故事文本呈現的則是困厄交織之自然景觀，例如險峻之水域川流成了困住人們的險阻空間，或是充滿危機的深山峻壑。

在「人與神聖」流動之展演上，可以發現觀音顯聖拔苦滿願之力是依照「他力」而來，當然其中重要因素就是要有眾生自己廣大的信願力，一心心應，自力和他力相交以達滿願，而眾生之「自力」可以是直念觀音名號、稱誦觀世音經或是直接對經像祈求。在人與人之流動上可以得知，故事的主角們觸及了儒家精神之表現，畢竟「中國向來，宗教、哲學，與人倫日用之軌範，並不分張儒、釋、道稱為三教，並行不悖，正以其名無異，其實則無大不同耳」，而在其中最難可貴的是，即使人身處囹圄中也能夠為他人著想的心，是一種「恕」道精神的展現，另外也可以看出這種禮尚往來精神之顯應，只是這些人民往來的對象是觀音，其報恩之方式則有出家、舉辦齋會、造塔供僧（寺）、戒殺等四類。

---

〔註216〕雲棲袾宏：《蓮池大師全集》第三冊，（台北：中華佛教文化館，1983年1月），頁3348。

# 第五章 冥遊：靈異與解脫的世界

　　羅蘭·巴特曾言：「想像的語言只能是言語的烏托邦；那是完全原始的、天堂的語言。」〔註1〕在感應故事裡充滿著文字與語言對解除困厄、逐漸的禱向美好生活的嚮往，手段或真或實出入於靈異之間，信仰也逐漸透過想像滲入，觀音也扮演著解救者的角色，給予了人們無限的希望，過程中充斥著靈異、神聖與現實的臨界，從中冥遊邁向一個解脫的新境地。

## 第一節 眾生入冥遊——夢境

　　在感應故事中，可以看到時代氛圍的敗壞、苦痛的聚集到什麼樣的程度，而人們又是如何困頓難解的情況下對環境作出回應：

> 要是在歷史上比別人到得早，又走得比別人晚呢？歷史學家史景遷
> 提到讀史的用處，說讀歷史一方面提醒我們，事情可以匪夷所思到
> 什麼程度，另一方面也讓我們看到，人可以實事求是地回應這匪夷
> 所思的外在環境到什麼程度？〔註2〕張惠菁·《你不相信的事》

面對歷史、面對朝代，人們各有其回應。此種回應在六朝時有所變化：其變化之一在向內之開拓，包括人的內心世界；二在天上人間時間之不同。〔註3〕本節要探討的便是夢中冥遊的救度空間：幾乎每一個宗教與傳統都有他界的

---

〔註 1〕（法）羅蘭·巴特著，汪耀進、武佩榮譯：《戀人絮語》（台北，商周出版，2010 年 7 月），頁 134。
〔註 2〕張惠菁著：《你不相信的事》（台北：大塊文化，2011 年 10 月），頁 121。
〔註 3〕葉桂桐著：《中國古代小說概論》（台北：文津出版社，1998 年 10 月），頁 214。

觀念，在我們日常生活經驗世界周圍有一個或更多個精神的其他世界，我們可以稱之爲其它的次元〔註4〕，或可代之空間，夢究竟在感應故事中具有何價值。

綜觀古今，夢與文學關係密切，在中國可追溯至第一部詩歌總集《詩經》，其在〈斯干〉與〈無羊〉中書寫了人夢見熊羆、虺蛇、眾魚等，占解其義，進而探源獲得濫觴。從文字意義而言，《說文》認爲：「不明也。從夕瞢省聲。」〔註5〕可知夢源於一種不明之狀態，但其中寐而有覺〔註6〕，反映著自身某種儀式的運作不停息，《夢書》說：「夢者象也，精氣動也，魂魄離身，神來經也。」〔註7〕所以夢往往不僅是夢，它更可以是人意識的幽微運作，因此一點一滴蛛絲馬跡皆不可錯過，如《周禮·春官宗伯·占夢》所載：「掌其歲時，觀天地之會，辨陰陽之氣。以日月星辰，佔六夢之吉凶，一日正夢，二日噩夢，三日思夢，四日寤夢，五日喜夢，六日懼夢。季冬，聘王夢，獻吉夢于王，王拜而受之。乃舍萌於四方，以贈惡夢，遂令始難驅疫。」〔註8〕可見君王對於夢的注意與重視，甚而占卜之，代表其有一定重要性。無論這些解夢者所援引的理論爲何？在本質上都可以稱之爲「解夢」，都只是文化史上的一種成果。因此，夢的文獻固然是一種文化的遺跡，解夢活動更是這種遺跡的展現。〔註9〕

另外列子認爲人類日間行爲有八種、夢的類型有六種：「覺有八徵，夢有六候。奚謂八徵？一日故，二日爲，三日得，四日喪，五日哀，六日樂，七日生，八日死。此者八徵，形所接也。奚謂六候？一日正夢？二日噩夢，三日思夢，四日寤夢，五日喜夢，六日懼夢。此六者，神所交也。」〔註10〕其以爲夢和人類白天的生活息息相關，互爲表裡，故日有所思夜有所夢，乃神

---

〔註4〕 James R. Lewis 著，王宜燕、戴育賢譯：《夢的百科全書》（台北：五南圖書，1999 年 12 月），頁 177。

〔註5〕 （漢）許慎撰，（清）段玉裁注：《說文解字注》（上海：上海古籍出版社，1981年 10 月），頁 315 上。

〔註6〕 甲古文從卅，旁象人手舞足蹈之形。季旭昇著：《說文新證》（福建：福建人民出版社，2010 年 12 月），頁 630。

〔註7〕 盧澤民編著：《夢書——中國古代夢學探源》，（北京：中華工商聯合出版社，1994 年），頁 2。

〔註8〕 （漢）鄭玄注，（唐）賈公彥疏：《周禮注疏》（北京：中華書局，1966 年），卷二十五，頁 1。

〔註9〕 熊道麟：《先秦夢文化探微》，國立高雄師範大學博士論文，2002 年，頁 10。

〔註10〕 （周）列禦寇著，張湛注：《列子》，（北京：中華書局，1985 年），頁 39。

所交也。因此夢之「六候」，是「神所交」，夢的內容乃反映白晝生活經驗。即此將「八徵」和「六候」的關係緊密結合在一起。〔註11〕莊子則以夢蝶點出物我相忘之趣：「昔者莊周夢爲胡蝶，栩栩然胡蝶也。自喻適志與，不知周也。俄然覺，則蘧蘧然周也。不知周之夢爲胡蝶與？胡蝶之夢爲周與？周與胡蝶則必有分矣。此之謂物化。」〔註12〕藉由夢或許可以消除物與我之疆界，夢和現實便可以相互轉化、沒有藩籬。是故物化的精神則進一步以萬物與我皆在此自然之道中，故精神與宇宙萬物當可同化於自然之道。〔註13〕

　　在西方最早與夢有關的創作爲荷馬史詩與《聖經》文學，近代西方精神分析大師佛洛依德在其著作《夢的解析》對夢分析頗徹，他提出夢的兩個主要特點—欲求的滿足和幻覺的經歷。〔註14〕因此，夢可以是一種滿足欲望之介，種種現實的困難都可能在夢中迎刃而解，慢慢的完成願望，並能夠表現人們清醒時的理想願望，一如文學作品之存在。佛洛依德也以爲夢乃象徵語言所組成，象徵就是一個事物來代表另一個事物，因而在夢中我們淺意識的欲望將由其他事物的形象來代表個人內心之欲想，畢竟「夢的解釋是通向理解心靈的淺意識活動」〔註15〕。之後榮格初期雖服膺佛洛依德的理論，但他之後漸漸有自己的看法，他認爲情結〔註16〕才是通往淺意識的路徑，夢是淺意識裡自發的無偏見的產物，它啓發了我們自然的眞理，夢的意識必須要通過認清自我核心來加以闡明，「夢絕不僅是一種象徵的替代物而已，更重要的，它是深層精神世界開發創造的表現形式，具有不可低估的價值。」〔註17〕

　　感應故事爲佛教輔教之書，佛教往往認爲人生往往如夢般不眞實，夢通

〔註11〕　李漢濱著：《太平廣記的夢研究》，（台北：學海出版社，2004年），頁28。

〔註12〕　馬美信譯：《中國名著選譯叢書・莊子》，（台中市：暢談國際文化，2003年），
　　　　　頁41。

〔註13〕　崔光宙：〈先秦儒道兩家的藝術精神〉，《國立編譯館館刊》第十二卷第二期抽
　　　　　印本，1983年，頁69～70。

〔註14〕　佛洛伊德著，彭舜譯：《精神分析引論》（台北：左岸出版社，2006年），頁
　　　　　162。

〔註15〕　佛洛伊德著，車文博主編：《佛洛伊得主義原著選輯上卷》（瀋陽：遼寧人民
　　　　　出版社，1988年），頁136。

〔註16〕　個人淺意識的內容，主要是由具有情緒色彩的情結構成，它們構成了心理生
　　　　　活的個體的、司人的方面。常若松著：《人類心靈的神話：榮格的分析心理學》
　　　　　（台北：貓頭鷹出版社，2000年），頁127。

〔註17〕　常若松著：《人類心靈的神話：榮格的分析心理學》（台北：貓頭鷹出版社，
　　　　　2000年），頁230。

人生、人生如夢短暫,《大智度論》說法以為:「復次,夢有五種:若身中不調,若熱氣多,則多夢見火,見黃、見赤;若冷氣多,則多見水、見白;若風氣多,則多見飛、見黑;又復所聞見事多思惟念故,則夢見;或天與夢,欲令知未來事故。是五種夢皆無實事而妄見。人亦如是,五道中眾生,身見力因緣故,見四種我:色陰是我,色是我所,我中色,色中我;如色,受、想、行、識亦如是;四五二十。得道實智慧覺已,知無實。」〔註18〕夢和個人身體以及言、行之感召有關,所謂萬法因緣生,夢由人生故,亦由人心所惑也,是故無實。

在《阿毘達磨大毘婆沙論》中則認為眾生有各種夢,乃有不同之緣起:「應說五緣見所夢事。一由他引。謂若諸天諸仙神鬼呪術藥草親勝所念及諸聖賢所引故夢。二由曾更。謂先見聞覺知是事。或曾串習種種事業今便夢見。三由當有。謂若將有吉不吉事法爾夢中先見其相。四由分別謂若思惟希求疑慮即便夢見。五由諸病。謂若諸大不調適時便隨所增夢見彼類。問何界趣處有此夢耶。答欲界有夢。非色無色彼無睡故。」〔註19〕因此夢之起因乃有由他者引起者、或由曾更、或由當有、或由分別,或因病而起,不一而足。但可以確定的是觀音感應故事中的主角,其夢乃「由他引者」,他引者即是觀音,在夢中為困厄的主角指點迷津,順利度過苦難,化火焰為紅蓮也。

若將世界真實的存有分為現實空間,而將虛幻之事視為虛幻空間,夢或可介於半虛半實之間,一方面或許可以解讀成對現實世界的延伸,另一方面又或許可以視為靈魂出遊之兆。黃國峻〈詳夢〉中所描述:「夢境裡是窩藏秘密的好地方,那裡頭有多少故事和真心話,等著要讓失去意識的人看見聽見。」〔註20〕藉著夢境觀音的神聖力量可以和人互相交流冥遊,進入夢中、脫離夢中,甚而直接使苦難者解脫。畢竟這知覺是如此確實可靠,竟與清醒時的知覺一樣。但是,除此之外,在他們看來,夢又主要是未來的預見,是與精靈、靈魂、神的交往,是確定個人與其守護神的聯繫甚至是發現它的手段。〔註21〕

---

〔註18〕 (後秦)鳩羅摩什譯:《大智度論》卷六,大正新修大藏經第二十五冊 NO1059,頁 0103c08。

〔註19〕 (唐)玄奘譯:《阿毘達磨大毘婆沙論》卷三十七,大正藏第二十七冊 NO.1545,頁 0193c24。

〔註20〕 黃國峻:《盲目地注視》(台北:聯合文學,2001 年),頁 56。

〔註21〕 (法)列維・布留爾著,丁由譯:《原始思維》(北京:商務印書館,1981 年),頁 48。

因而夢變成為了觀音救度的空間之一，成為了感應故事主角們真實的知覺所感，故加以傳之，以下茲分析例舉觀音感應故事中「夢」之特點。

## 一、由虛而實：助苦難者度脫困厄

夢之神奇，在於它對生活的介入和干預，在於它與生活的水乳交融，血肉與共。而千百年來，人們艾艾苦求的夢的神奇性，卻是那尚且無法証實的所謂詮釋的能力和象徵的含義。〔註 22〕由於夢與生活猶如人照鏡，往往互為表裡，虛虛實實，實實虛虛，真實世界之我與虛幻世界之我，彼此相融。而在感應故事中，觀音常常藉由故事主角們的夢境托夢以實施救度，睡前枷鎖纏身，經由一夢，苦難頓解，如此由半虛半實的夢的空間直接過渡到真實的空間，達到靈異顯現解厄的效果，冥遊入夢乃一種度脫方法。畢竟心理的生活既入夜而脫離真實，便有可能恢復原始的機制，於是夢者所希望的本能滿足就可以通過幻覺而似若見諸事實了。〔註 23〕例如〈光七‧沙門竺法義〉寫觀音在夢中出現為人治病：

> 沙門竺法義者，山居好學。後得病積時，攻治備至，而了自不損，日就綿篤。遂不復治，唯歸誠光世音。如此數日，晝眠，夢見一道人來候其病，因為治之。剖出腸胃，湔喜腑臟，見有積聚不敬甚多。洗濯畢，還內之。與義曰：「病已除也。」眠覺，眾患豁然，尋便復常。〔註 24〕

故事主角本因病纏身，但因為歸念觀音，觀音便與之回應——為其治病，並在夢中一一清洗其五臟六腑，使之病痛消除，得以回復往常。其中主角生病為因，但因誠念觀音，故觀音與之度脫為果，在夢中治完病後，回到真實世界乃回復正常。因此這實際上就是把人的夢幻視為現實生活的一種繼續了。〔註 25〕

---

〔註 22〕 寧湘煒、張英馳、張洪編著：《名人夢兆》（遼寧：教育出版社，1993 年），頁 7。

〔註 23〕 佛洛伊德著，高覺敷譯：《精神分析引論新編》（北京：商務印書館，1987 年），頁 12。

〔註 24〕 （宋）傅亮撰：《觀世音應驗記》，輯入《觀世音應驗記三種》譯注，（南京：江蘇古籍出版社，2002 年），頁 25。

〔註 25〕 詹石窗主編：《夢與道——中華傳統夢文化研究》（北京：東方出版社，2009 年 5 月），下冊，頁 125。

　　劉文英先生指出：「夢的心理功能，可維護精神系統的活動規律，也可促進各種心理因素的平衡。」〔註26〕由於夢是人的淺意識對真實生活的反應，因而生理為之痛，心理維護並求解脫之故乃必然。所以我們在淺意識中都是原始的生命，可以在探索宗教含意中接近生命的奧秘。〔註27〕

　　又如〈續七・江陵一婦人〉夢中得人開鎖營救：

> 僧融又嘗與釋曇翼於江陵勸一人夫妻戒，後其人為劫所引，因遂越走。執婦繫獄。融遇途見之，仍求哀救，對曰：「唯當一心念光士音耳，更無餘術。」婦人便稱念不輟。幽閉經時，後夜夢見沙門立其頸間，以足蹴之令去。婦人驚覺，身貫三木忽自離解。見門猶閉，闇司數重守之，謂無出理。還自穿著，有頃得眠，復夢向人曰：「何以不去？門自開也。」既起，乃越人向門，門開得出。東南行數里，將至民居。時天夜晦冥，忽逢一人，初甚駭懼。時其夫亦依竄草野，晝伏夜行，各相問訊，乃其夫妻也。〔註28〕

故事之主角在獄中，後因稱念觀音夜夢僧人為其解厄，不僅為其打開現實世界之厚重牢籠，更使其找到丈夫，如此由虛夢而實助開門引路，可見觀音之救度能力不僅可以透過虛進而實，並無所不答。

　　因而感應故事中，人類可以在夢中接受不同的生命活動，也可以在夢中找到神秘的安身立命的力量，更可以創造養生、還生的個體永恆生命價值，〔註29〕所以透過觀音的救度力，夢成為由虛而實的中介，使神聖的力量成為必然。

## 二、人與神聖互動：雙向的指引溝通

　　在感應故事的夢中，人往往是參與的角色，並不是單純夢到與自己無關的夢，單純像看著別人的故事一樣，而是具有互動性的，自己的意識和觀音的神聖力量互動著，具有著敘述性、連貫性、雙向溝通的本質，而所謂敘述性如霍布森所言：「我強調敘述性，是因為夢境的報告讀起來像故事一樣。因

---

〔註26〕 劉文英：《夢的迷信與夢的探索》（北京：中國社會科學出版社，1989年），前言，頁5。

〔註27〕 Anthony Stevens 著，薛絢譯：《夢：私我的神話》（台北：立緒文化出版社，2000年4月），頁430。

〔註28〕 （宋）張演撰：《續光世音應驗記》，輯入《觀世音應驗記三種》譯注，（南京：江蘇古籍出版社，2002年），頁48。

〔註29〕 詹石窗主編：《夢與道──中華傳統夢文化研究》（北京：東方出版社，2009年5月），上冊，頁372。

此我使用敘述性一詞，是經過深思熟慮的，目的在張顯夢境經驗的連貫性。」〔註30〕在夢境的連貫中不僅有敘述的價值，更重要的是乃是人與神聖共融，而且故事主角們有意識的參與著。因為夢是種意識狀態，因此與清醒的人類意識一樣，有許多必要的組成，像是記憶、自覺以及注意力等：如果夢境無法記憶，也就等於沒有發生過。此外夢境還必須以語言或文字加以描述。〔註31〕例如〈繫二十一・會稽庫吏姓賈〉中，夢見道人指引其出監獄，但其心中乃有種種現實疑問，最後夢中道人竟能一一解之：

> 晉義熙中，司馬休之為會稽。換回庫錢廿萬，遷荊州，遂不還之。郡無簿書，庫吏姓夏，應死，明日見殺。今夜夢見一道人，直來其前，語夏：「催去！」因覺起，見所住檻北有四尺許開，又見所夢道人復語：「催去！」夏曰：「緣械甚重，何由得去？」道人曰：「汝已解脫，但便速去，我是觀世音也。」夏便自覺無復鎖械，即穿出檻，檻外牆上大有芳判，見道人在芳上行。夏因上就之，比出獄，已曉，亦失向道人。處處藏伏，暝投宿下駕山，見有數道人共水邊坐。夏先亦知有觀世音，因問曰：「觀世音是何處道人？」道人曰：「是佛，非世間人也。」得免後，守人遇收，因首，出為秘書令吏。〔註32〕

藉由夢中道人與主角的互動，一步步指引主角免難，另一方面也揭示出到人的真實身分：「我是觀世音也。」這種夢不具有預言吉凶的一種作用，而是主客雙方的一種交流方式。〔註33〕因而夢是願望的滿足，是一條普遍的原理，它既是夢的功能，又是夢的意義〔註34〕，所以在夢中相互溝通具有其價值存在。

　　故在感應故事的夢中，透過夢再透過互動，可以帶領人一步步走向解脫，在現實空間雖視為不可能之事，但在夢中一切都成了可能。又如〈繫三十四・張會稽使君〉：

---

〔註30〕（美）霍布森著，潘震澤譯：《夢的新解析：承繼佛洛依德的未竟之業》（台北：天下遠見出版社，2005年），頁180。

〔註31〕（美）霍布森著，潘震澤譯：《夢的新解析：承繼佛洛依德的未竟之業》（台北：天下遠見出版社，2005年），頁14。

〔註32〕（齊）陸杲撰：《繫觀世音應驗記》，輯入《觀世音應驗記三種》譯注，（南京：江蘇古籍出版社，2002年），頁104。

〔註33〕羅基編：《夢學全書》（北京：中國社會出版社，1996年1月），頁61。

〔註34〕熊哲宏作：《心靈深處的王國：佛洛依德的精神分析學》（台北：貓頭鷹出版社，2000年），頁110。

呆外祖張會稽使君諱暢，字景微，吳人也。知名天下，爲當時名望。
家奉佛法，本自精進。宋元嘉末，爲荊州長史。……。尋荊州作逆，
使君格言諫之。丞相則欲見害，有求得免。丞相性癡，左右是用，
雖以諫見全，而隨眾口。每有惡意，即夢見觀世音，輒語：「汝不可
殺張長史。」由此不敢害。〔註35〕

此則故事眞實的發生在感應故是撰者的親人身上，更可具徵驗性，其外祖父因
誠信觀音故，若每起惡意時，便會夢見觀音出來阻止。所謂日有所思、夜有所
夢，日起惡念，觀音馬上感得此心立即阻止，因此一方面迎合自我，排去干擾
的刺激，他方面，使被壓抑的衝動得有一種幻覺的滿足，〔註36〕在此夢則是具
有警戒的作用，依循著它的意識而夢再破解，並將其深意演譯得出。

希爾曼說：「我們探討夢不是爲了強化自我，而是要強調心靈的眞實，從
死亡中看見生命的意涵，藉著將想像凝固與強化而造靈魂。」〔註37〕經由夢
中主角們的的互動，塑造了個人的信仰與命運，且通過敘述與傳錄，將個人
與超乎個人之空間惑力量相連接，產生了聯繫。

### 三、夢中觀音多現僧侶形象

佛教的兩面性透過它本身的理論和諸種宗教儀式、傳說故事等表現出
來，具有虛幻性、神祕性的夢在其中有著特殊的作用，〔註38〕從佛教傳入
中國以來，常可見「夢」在傳教中出現，例如漢明帝夜夢金人，乃知是佛，
佛經典籍中也常見對夢的論證，人生短短如夢幻泡影，應脫離一切羈絆而
得大自在解脫。但不論何者，夢則可視爲佛教的隨機應化之表示方式之一，
使人能看透人生，企圖往更眞實的道路邁進，進而轉識成智。所以夢永遠
被視爲神聖的東西，夢被認爲是神爲了把自己的意志通知人們而最常用的
方法，〔註39〕透過夢可以使信仰得以產生甚或流傳。

---

〔註35〕 （齊）陸杲撰：《繫觀世音應驗記》，輯入《觀世音應驗記三種》譯注，（南京：
江蘇古籍出版社，2002 年），頁 128。

〔註36〕 佛洛伊德著，高覺敷譯：《精神分析引論新編》（北京：商務印書館，1987 年），
頁 12。

〔註37〕 Anthony Stevens 著，薛絢譯：《夢：私我的神話》（台北：立緒文化出版社，
2000 年 4 月），頁 418。

〔註38〕 傅正谷著：《中國夢文化》（北京：中國社會科學出版社，1993 年 9 月），頁
366。

〔註39〕 （法）列維・布留爾著，丁由譯：《原始思維》（北京：商務印書館，1981 年），頁 49。

在感應故事中則可以看見觀音在夢中多出現僧侶的形象，或可以稱之爲意象〔註40〕，僧侶乃是佛教重要的傳法價值，佛教三寶包含佛法僧，因而夢見僧侶，可以視爲僧侶是精神戒律、苦修、與內在智慧的象徵，夢者本身的宗教信仰決定此一夢境像徵的意義，〔註41〕因此故事主角內心中的信，會成爲夢中的重要意象，使得觀音的形像更爲明顯，呼應了《觀世音菩薩普門品》中所提之應以何種身得度，觀世音菩薩便現其形像，如〈光七・沙門竺法義〉〔註42〕的觀音在夢中化身爲僧人形像爲竺法義治病，還洗其腸胃；〈續七・江陵一婦人〉〔註43〕其復人入獄夢見觀音化現沙門立其頸間，催之快走；〈續九・義熙中士人〉〔註44〕入獄後於夢中在其仰頭間看見一道人對其微笑，之後枷鎖頓除；〈繫二十二・王球〉〔註45〕在獄中夢見道人傳經，便得感應等。此種神奇功能或許是感應故事之必須，但如鄒強所言：

> 當然，夢意象的兆示性更多的時候是作者們出於各種目的而強賦予夢意象的一種神奇功能。作者們一方面希望藉助這種兆示性，方便讀者更好奇的理解作品的精神實質和情節走向；另一方面希望利用這種兆示性而使得作品的結構變得更爲緊湊，讓所有的情節、故事以及人物命運都圍繞著這個夢意象而展開。〔註46〕

經由此種合乎神奇的夢僧，一方面凸顯了觀音的隨機應化，另一方面僧人的形像常和佛教相去不遠，離事實性亦不遠矣，在虛實之間故事得以順利建構和進行。

---

〔註40〕　即所謂的文本之夢，是那些被記載於中國經典文本中大大小小的夢。鄒強：《中國經典文本中夢意象的美學研究》（濟南：齊魯書社，2007 年 8 月），頁 24。

〔註41〕　James R. Lewis 著，王宜燕、戴育賢譯：《夢的百科全書》（台北：五南圖書，1999 年 12 月），頁 346。

〔註42〕　（宋）傅亮撰：《觀世音應驗記》，輯入《觀世音應驗記三種》譯注，（南京：江蘇古籍出版社，2002 年），頁 25。

〔註43〕　（宋）張演撰：《續光世音應驗記》，輯入《觀世音應驗記三種》譯注，（南京：江蘇古籍出版社，2002 年），頁 48。

〔註44〕　（宋）張演撰：《續光世音應驗記》，輯入《觀世音應驗記三種》譯注，（南京：江蘇古籍出版社，2002 年），頁 53。

〔註45〕　（齊）陸杲撰：《繫觀世音應驗記》，輯入《觀世音應驗記三種》譯注，（南京：江蘇古籍出版社，2002 年），頁 110。

〔註46〕　鄒強：《中國經典文本中夢意象的美學研究》（濟南：齊魯書社，2007 年 8 月），頁 166。

　　夢有時似乎是交錯於另一個平行世界的經驗，正好作爲溝通的媒介。早已有人假設所謂「物理世界以外還有一個精神世界」，這個理念的來源之一就是夢。〔註47〕所以夢的空間儼然成爲了觀音施以救度的場域，由虛至實而來，而且隨機與故事主角互動溝通，展現應化形象，使人得度。

## 第二節　「鬼域」之顯現

　　人類學家基辛曾言：「超自然的秩序顯然在某種程度上以人類的社會關係爲其模型。同樣地，宗教信仰也支持並調整社會關係。」〔註48〕因此在宗教信仰的表現上往往是由社會意識遞嬗而來，現實與心靈彼此互爲表裡，因此在感應故事之中，相信神聖觀音的神聖力量與空間之存在，亦會有鬼怪空間之出現，此空間並不屬於人所處的空間，但這種空間或許可以和人們所處的世界互相重疊。因此若將鬼怪所處的空間視爲邪惡空間，邪惡空間可以是眞實空間的「差異地點」，而神仙世界可以是一種「虛構空間」〔註49〕。此種時間的一特性，以及空間的廣闊性或無限性，並且把時間和空間連在一起。總而言之，這種獨特的時空觀念是古今同在，天上地下無殊，陰間陽間相同，人鬼無別，神人共處。〔註50〕

　　論及「鬼」，說文以爲：「鬼，人所歸爲鬼。從儿，象鬼頭。從厶，鬼陰氣賊害，故從厶。」〔註51〕其字在何琳儀《戰典》中釋爲「會人死魂氣由凶門上出之意」〔註52〕，古人所謂死人爲歸人，可知鬼是人所往、所歸後之產物，由魂魄離於身體而來，具有一種超自然之力量，屬陰類，並且可以降福禍等，甚至與人爲害，如同《禮記·祭法》言：「大凡生于天地之間者皆曰命，

〔註47〕 James R. Lewis 著，王宜燕、戴育賢譯：《夢的百科全書》（台北：五南圖書，1999 年 12 月），頁 278。

〔註48〕 基辛（R. Keesing）著，張恭啓、于嘉雲譯：《文化人類學》（台北：巨流圖書公司，1991 年 2 月），頁 389～390。

〔註49〕 林眞瑜：《「三言」他界書寫的時空型研究》，台中：國立中興大學中國文學系碩士論文，2007 年 6 月，頁 70

〔註50〕 葉桂桐著：《中國古代小說概論》（台北：文津出版社，1998 年 10 月），頁 214。

〔註51〕 （漢）許愼撰，（清）段玉裁注：《說文解字注》（上海：上海古籍出版社，1981 年 10 月），頁 434 下。

〔註52〕 季旭昇著：《說文新證》（福建：福建人民出版社，2010 年 12 月），頁 744。

其萬物死，皆曰折，人死曰鬼；此五代之所不變也。」〔註53〕是故生而為命，死而為鬼。

在諸子思想中，儒家則以「人道」為中心，明份際、重人倫，故孔子不言怪力亂神，敬鬼神須遠之。道家則認為天地萬物包含人都是氣的流轉，由氣而生，氣生則生、氣滅則死，最終還返自然。至於法家的韓非子在其《韓非子·外儲說》言：「畫鬼易，犬馬最難」之說，其云：「鬼魅無形者，不罄於前，故易之也。」〔註54〕則以鬼魅無形的特質做說明，所以有形者反而難畫、無形者易發揮；其對於鬼神的見解，無非外於耳目感官的體驗。〔註55〕而對鬼神有最多著墨的則以墨家為主，其以為鬼神是存在於世的，其具有賞善罰暴的功用，讓為政者可以好好為政，人民不敢胡作非為，是故「鬼神之明，不可為幽間廣澤山林深欲，鬼神之明必知之。鬼神之罰不可為富貴、眾強、勇力、強武、堅甲利兵（所阻），鬼神之罰必勝之。」〔註56〕所以鬼神成為輔佐、運行天道之重要依據。

而西方之人類學家泰勒（Tylor）在論及「萬物有靈觀」時，對「靈魂」作了如下之定義：靈魂是不可捉摸的虛幻的人的影像，按其本質來說是虛無地像蒸汽、薄霧或陰影；它是那賦予個體以生氣的生命和思想之源；它獨立地支配肉體所有者過去和現在的個人意識和意志；它能夠離開肉體並迅速地從一個地方轉移到另一個地方；它大部分是摸不著看不到的，它同樣也顯示物質力量，尤其是看起來好像醒著或睡著的人，一個離開肉體但跟肉體相似的幽靈；它繼續存在和生活在死後的人的肉體上；它能進入另一個人的肉體中去，能進入動物體內甚至植物體內，支配它們，影響它們。〔註57〕所以鬼屬於靈魂也，但其仍具有物質之力量，使人能夠感知。人死後靈魂仍然繼續

〔註53〕（漢）鄭玄注，（唐）孔穎達疏，李學勤主編：《禮記正義·上》（北京：北京大學，1999 年 12 月），卷 46 頁 1298～1299。

〔註54〕韓非，陳奇猷校注：《韓非子集釋》（台北：華正書局，1982 年），卷十一，頁633。

〔註55〕蒲慕州在曾指出宗教乃「對於人之外的力量的信仰」，進而可以改變個人命運。因此此乃耳目之外的存在感知。蒲慕州著《追尋一己之福—中國古代的信仰世界》（台北：麥田出版社，2004 年），頁 23～25。

〔註56〕〔清〕孫詒讓：《墨子閒詁》（台北：臺灣商務書局，1983 年 11 月），卷 8，頁 269。

〔註57〕（英）愛得華·泰勒（Edward B.Tylor）著，連樹聲譯：《原始文化：神話、哲學、宗教、語言、藝術和習俗發展之研究》（桂林：廣西師範大學出版社，2005 年），頁 351。

存在，到另一個世界生活，由此產生了生死有別、活人與死人殊途的兩個世界的觀念。〔註58〕

至於鬼所居住之地，或可稱之爲冥界，在中國原始信仰中，幽都、泰山都已呈現了地獄的相關概念，東漢時民間信仰人死後魂魄將歸於上天或入地，上天者將歸於西王母或玉帝，入地者則將歸於司命神所在的泰山，泰山神則可以治鬼，其由山岳之神成爲冥界主宰，或許與皇帝封禪有關。漢人認爲，地下世界與人世生活，並無多大差異，人死後到地下，依然有階級之分，〔註59〕或許此乃一種人世生活的延續而已。但是儘管鬼靈是現世生命的延續，然而經過死亡這一鴻溝的劃分，冥界與人界就有了屬陰屬陽的相對區別，本質上原是互爲悖反的，〔註60〕所以即使身處的世界有重疊，但基本上已有所不同。

佛家以爲人依照業力，死後投身於六道輪迴之中，天、人、阿修羅、地獄、餓鬼、畜生等等，依循善惡種子得果，當然最好的理想是超脫生死遁入涅槃，或是蒙佛接引，到佛國土後再作修行開悟。地獄一詞，梵語原稱爲 Niraya 音譯爲「泥犁耶」或「泥犁」。本意是「無有」，是指無有喜樂之意。〔註61〕因爲人死後若進入地獄，則依其惡因受苦報，毫無歡喜，入地獄之因或許如經云：「佛告阿難：『世間眾生，不得解脫，何以故？一切眾生皆由多虛少實，無一正念，以是因緣地獄者多，解脫者少。譬如有人於自父母及以師僧，外現孝順，內懷不孝；外現精進，內懷不實。如是惡人報雖未至三途不遠，無有正念，不得解脫。』」〔註62〕故以防陷溺之道乃在於時時提起正念相續，愼勿放逸。

提及「他界」之空間，賴雅靜認爲：「中國神話傳統中的『他界』，大致可分爲『死後世界』、『仙鄉』、及『妖境』三種類型。他界代表的並不是一種

---

〔註58〕 馬昌儀著：《中國靈魂信仰》（上海：上海文藝出版社，1998 年 11 月），頁 22。
〔註59〕 蕭登福：《先秦兩漢冥界及神仙思想探原》（台北：文津出版社，2001 年元月），頁 134。
〔註60〕 龔韻蘅著：《兩漢靈冥世界觀探究》（台北：文津出版社，2006 年 4 月），頁 125。
〔註61〕 蕭登福：《漢魏六朝佛道兩教之天堂地獄說》（台北：台灣學生書局，1989 年 11 月），頁 66。
〔註62〕 失譯人名，出周錄：《佛說十往生阿彌陀佛國經》卷一，卍續藏第一冊 NO.0014，頁 0365b13。

空間概念，而是人世的投影，乃以人世爲基礎但又異於人世的一種世界。」〔註63〕而在觀音感應故事中的鬼「他界」之出現，皆乃出現於眞實世界或夢境中，或許可以應證聞一多先生認爲鬼神是生活在一種不同狀態的人，和生人同樣是一種物質，並不是一種幻想的存在。〔註64〕從中也可以知道鬼怪空間之出現，有其眞實性、徵驗性，有時不僅和人間有重疊，甚至交融，因而書中除了相信觀音的存在，間接也承認了鬼怪空間之存在。葉慶炳認爲任何一部魏晉南北朝的鬼小說，其目的顯然都是肯定鬼的存在，〔註65〕故在書中才會拿出來以觀音救度鬼怪之難來作對比，鬼怪之力乃不及觀音之力。是故中國本土關切的人鬼問題，經由奉佛人士的利用，不再罕言此類攸關生死的話題，反而成爲他界訊息、佛教義理的有力傳播。〔註66〕

　　而在探討感應故事中鬼怪出現因而作祟之因，概可略分爲：

## 一、求取祭祀：得所歸處

　　孔子曾言生時要以禮侍奉父母，死時要好好埋葬、祭祀，自古以來的皇帝皆有祭祀天地鬼神之儀式，因爲鬼具有降災或賜福的功能，另外也是對一種超自然空間的力量以示崇敬。另外鬼也需要飲食，人便需要恭敬的加以祭饗，古人對鬼的崇敬，我們可以由祭祀的頻仍和隆重上看得出來，〔註67〕也因爲透過祭祀，人可以將訊息或物品傳達鬼神，也透過祭祀的方式祈福、避害，〔註68〕是故祭祀對敬畏天地、感念先人皆有一番意義；但若不按時祭祀，則有可能招致災禍，如《左傳・昭公七年・傳》所記者：

> 鄭人相驚以伯有，曰「伯有至矣」，則皆走，不知所往。鑄刑書之歲
> 二月，或夢伯有介而行，曰：「壬子，余將殺帶也。明年壬寅，余又
> 將殺段也。」及壬子，駟帶卒，國人益懼。齊、燕平之月，壬寅，

〔註63〕賴雅靜：《六朝志怪小說中的死後世界》，國立政治大學中國文學研究所碩士論文，1990年7月，頁5。
〔註64〕聞一多：《神話與詩》（北京：中華書局，1956年），頁145～148。
〔註65〕葉慶炳：《古典小說論評》（台北：幼獅文化出版事業，1985年），頁105。
〔註66〕劉苑如：〈形見與冥報：六朝志怪中鬼怪敘述的諷諭──一個「導異爲常」模式的考察〉，輯於《中國文哲研究集刊》，2006年9月，頁31。
〔註67〕蕭登福：《先秦兩漢冥界及神仙思想探原》（台北：文津出版社，2001年元月），頁51。
〔註68〕林佩洵：《清筆記小說的鬼書寫》，國立中興大學中國文學研究所碩士論文，2009年6月，頁118。

公孫段卒。國人愈懼。其明月，子產立公孫洩及良止以撫之，乃止。
子大叔問其故，子產曰：「鬼有所歸，乃不爲厲，吾爲之歸也。」大
叔曰：「公孫洩何爲？」子產曰：「説也。爲身無義而圖説，從政有
所反之，以取媚也。不媚，不信。不信，民不從也。」及子產適晉，
趙景子問焉，曰：「伯有猶能爲鬼乎？」子產曰：「能。人生始化曰
魄，既生魄，陽曰魂。用物精多，則魂魄強。是以有精爽至於神明。
匹夫匹婦強死，其魂魄猶能馮依於人，以爲淫厲，況良霄，我先君
穆公之胄，子良之孫，子耳之子，敝邑之卿，從政三世矣。鄭雖無
腆，抑諺曰『蕞爾國』，而三世執其政柄，其用物也弘矣，其取精也
多矣，其族又大，所馮厚矣，而強死，能爲鬼，不亦宜乎？」〔註69〕

鄭國有人因爲伯有之鬼魂而感到驚擾，後來詢問子產，其以爲是因爲伯有魂
未得良歸處，且未享祭祀故所以才作亂。其中內容也揭示著若人亡故時不能
得善終，不能得良好歸處，終將禍害眾生。而藉由祭祀這種儀式行爲，不管
是儀式行爲也好，文學創作也好，作爲人類符號活動的兩大領域，在制造虛
擬情境宣洩釋放內在心理能量，以便保持精神健康方面，確實具有類似的功
效。從歷時關係著眼，史前社會中儀式表演（薩滿、巫醫等法術）乃是文學
滋生的溫床和土壤。到了文明社會之中，儀式表演轉化爲戲劇藝術，儀式的
敘述模擬轉化爲神話程式，儀式歌辭轉化爲詩賦，巫者特有的治療功能也自
然遺傳給了後世的文學藝術家。〔註70〕

　　而在感應故事中鬼怪之作祟如〈續六・釋僧融〉〔註71〕一則，則在說明
僧融道人因爲勸募江陵人學佛，故其放棄了原先的鬼神信仰，也不再祭祀鬼
神，當地的鬼神非常生氣，以爲「君何謂鬼神無靈耶？」故在夢中找道人算
帳，最後道人稱念觀音擊退眾鬼。在此則故事中可以看見觀音與鬼神之角力，
最後乃觀音得勝，可見觀音之神力凌駕於原本之鬼神信仰之上；此外神廟之
鬼神乃依靠人們的祭祀而活，若不得良好祭祀，其便會惱怒不已，具有和人
一樣的情緒特質。葉慶炳曾提出三種鬼小說用來見證鬼存在的方式：第一類

---

〔註69〕（晉）杜預注，（唐）孔穎達疏，楊柏峻主編：《春秋左傳注》（北京：中華書
　　　　局，1990 年），頁 1291～1293。
〔註70〕參見葉舒憲主編：《文學與治療》（北京：社會科學文獻出版社，1999 年），頁
　　　　275～276。
〔註71〕（宋）張演撰：《續光世音應驗記》，輯入《觀世音應驗記三種》譯注，（南京：
　　　　江蘇古籍出版社，2002 年），頁 44。

是具有恐嚇力量的，使你讀後不敢不信；第二類是具有證明作用的，使你讀後不能不信；第三類是作者公開自身的見聞，也不由得你不相信，〔註72〕在此則故事中則具有反向作用，透過故事主角親身之所見所聞，一則相信鬼怪之存在外，更使人信服超於鬼怪之外的神聖力量——觀音救度之力。

## 二、據得一地：敬重修行人

另外鬼怪現身之因，乃是因為生前即居於此地，死後便留居此地無法得脫，甚至霸占此地佔地為王，不肯移居，甚至形成了其所謂的地盤，故成了所謂的地縛靈，其情感、生活一如生前之種種，所以生時的欲求一併執迷於死時，「彼世和現世只是構成了同時被他們想像到、感覺到和體驗到的同一實在」〔註73〕，如〈續三・惠簡道人〉：

> 荊州廳事東有別齋三間，由來多鬼，恆惱人。至王建武時，由無能住者。唯王周旋惠簡道人素有膽識，獨就居之。以二間施置經像，自住一間。既涉七日，因夜坐，忽見一人，黑衣無目，從壁中出，便來噴簡上。簡目開心了，唯口不得語。獨專念觀世音。良久，鬼乃謂道人曰：「聞君精進，故來相試。神色不動，豈久相逼？」歘然還入壁中。簡起澡漱，禮拜諷誦，然後還眠。忽夢向人為之曰：「僕以漢末居此。數百年矣。為性剛直，多所不堪。君有淨行，特相容耳。」於此遂絕。簡住彌年安穩，餘人猶無能住者。〔註74〕

從此則故事中可知鬼怪有其「地域」觀念，自死後仍居於此以此為常，竟然以異為主，以陰趕陽，但因感佩於主角之清淨修行故特能相容。事實上空間就像時間一樣，是一個物理特質，它本身並未告訴我們任何外顯的社會關係〔註75〕，但藉由文本中的鬼怪與主角互動，鬼怪所居之空間有了存在的意義、定居的特質，歷經長時間後終將時間逐漸弭平於空間的特質中。

---

〔註72〕　葉慶炳：《古典小說論評》（台北：幼獅文化出版事業，1985年），頁105。

〔註73〕　（法）列維・布留爾著，丁由譯：《原始思維》（北京：商務印書館，1981年）頁295。

〔註74〕　（宋）張演撰：《續光世音應驗記》，輯入《觀世音應驗記三種》譯注，（南京：江蘇古籍出版社，2002年），頁36。

〔註75〕　曼威・柯司特（Manuel Castells），吳金鏞譯：，〈都市問題（1975年後記）〉，引自：夏鑄九、王志弘編譯，《空間的文化形式與社會理論讀本》（台北：明文書局，2002年12月），頁190。

## 三、以人為食

在〈繫十‧外國百餘人〉〔註76〕中提到的鬼怪為羅剎〔註77〕，其專以人為食，就像大鵬金翅鳥以龍為食之食物鏈關係，其屬於一種惡鬼，故事的背景發生在大海航行中，船上百餘人突遇羅剎之難，眾人因稱念觀音所以餓鬼不敢擾之，但故事中特別突顯一小乘沙門，因不信觀音一開始被羅剎追索，後來怖得以下稱念觀音才得免難，故事中暗暗隱含者大乘優於小乘之思想。

無論鬼怪顯異之原因為何，其出入之空間包含了現實世界、夢中世界，甚至橫跨了遙遠的過去時空，神不滅而歷時從漢到魏，更增加了其靈異性。原始初民經由夢、影子、昏迷、瀕死體驗等幻覺產生靈魂觀念〔註78〕，在我國古代，夢魂和夢兆的信仰十分流行，把夢看作是魂的離體外遊，然後又把夢魂觀念和鬼神信仰相連繫，認為夢魂受某種鬼神力量所支配〔註79〕。經由夢的空間不僅可以是人和鬼怪的交流，也可以是神聖力量的解脫施展；鬼怪可以出入夢境、現實空間、冥界，神聖的力量亦可。特別的是，因為夢境往往被看成一個古怪平行世界的經驗，人們才會臆測夢中人是在一個真實的、替代性的世界旅行〔註80〕，所以經由夢的穿梭，真實世界的空間與神聖的空間、鬼怪的空間有了交集，有了詮釋的新意義，而觀音信仰的空間正建築在其上，無遠他界皆能達之，並且遠遠地凌駕於鬼神之力上，無堅不摧、超拔群倫。

## 第三節　臨界空間之交接與轉換

本節將主題設為臨界空間，其本源原意為物理學中的「相變與臨界現象」（critical phenomena），此若利用在磁上：「鐵磁體、亞鐵磁體和反鐵磁體在自發磁化（磁有序）消失的轉變溫度附近所伴隨的現象，稱為臨界現象，而轉

---

〔註76〕（齊）陸杲撰：《繫觀世音應驗記》，輯入《觀世音應驗記三種》譯注，（南京：江蘇古籍出版社，2002 年），頁 80。

〔註77〕羅剎此云餓鬼也，食人血肉，或飛空或地行，捷疾可畏也。（唐）慧琳傳：《一切經音義》卷二五，大正藏第五十四冊 NO.2128，頁 0464b13

〔註78〕其以為身體中有靈魂，因而作夢是靈魂去遊歷。參見楊學政：《原始宗教論》（昆明：雲南人民出版社，1991 年第一版），頁 31~39。

〔註79〕馬昌儀著：《中國靈魂信仰》（上海：上海文藝出版社，1998 年 11 月），頁 89。

〔註80〕James R. Lewis 著，王宜燕、戴育賢譯：《夢的百科全書》（台北：五南圖書，1999 年 12 月），頁 177。

變溫度則稱爲臨界點.Curie 溫度和 Neel 溫度都是臨界點.在臨界點 Tc 附近，某些物理量例如磁化強度隨溫度的變化率（M/T）H，等磁場比熱容 CH 和等溫磁化率 $\chi$ T 等存在奇異性」〔註81〕；若在力學上之應用：「1941 年時克雷默斯（Kramers）、萬厄爾（Wannier）應用了矩陣的方法，將求晶體的熱力學函數的工作歸結爲求矩陣的最大本征值問題，並且對于平面中的正方點陣，嚴格的求出了臨界溫度。1944 年，翁薩（Onsager）將此方法發展，具體地求出了平面中正方晶體的配分函數，獲得了臨界現象。合作現象的一個重要特點是存在轉變點，這一轉變點可稱爲臨界點。在臨界點附近所觀察到的現象稱爲臨界現象。在臨界現象中，在外場下不能唯一地確定的力學變量稱爲序參量。各種不同的臨界現象有其相應的序參量」〔註 82〕。總結而言在臨界現象上其物質結構會產生相變，此即每一種物質若因應外在環境不同之變化，會有不同之狀態，不屬於一種恆定之狀態。

之後尤雅姿依據物理學之觀點推論出臨界空間一詞，臨界現象也可以指涉因社會轉型或遭逢環境驟變所造成的臨界時空（liminal time/space）；或是指那些肇因於臨界時空而衍生出的文化臨界，〔註 83〕因此在書中眞實與虛幻空間的對照或是陰陽分屬的生死狀態皆屬於臨界空間的一種展現，以此做延伸推論，觀音感應故事之中因充滿了時代的戰亂、眾生的悲苦、靈異的情節，以及禱求觀音救度之後得到解脫安樂的心境展現，此間種種，皆屬於臨界空間之一種觀照。

另外討論到感應故事中虛/實臨界空間的詮釋，以爲伊瑟爾（Wolfgang Iser）在《虛構與想像─文學人類學疆界》中，曾經提出現實、虛構、想像三元合一的概念，因此，文本被視爲是虛構、現實與想像三者相互作用和彼此滲透的結果。在其體系當中，已經不存在純粹的眞實與虛構的對立，而是任何眞實都透過虛構和想像中作用而產生。因此討論眞實，必須直接面對虛構的無所不在，予以承認，〔註 84〕藉由此說法，虛實相生，不純然對立，亦有

〔註81〕　馮瑞主編：《固體物理學大辭典》（北京：高等教育出版社，1995 年），頁 676。
〔註82〕　孟憲鵬主編：《現代學科大辭典》（北京：海洋出版社，1990 年），第 606～608 頁。
〔註83〕　尤雅姿著：〈虛擬實境中的生命諦視──談魏晉文學裡的臨界空間經驗〉，輯於李豐楙、劉苑如主編《空間、地域與文化──中國文化空間的書寫與闡釋》（台北：中央研究院中國文哲研究所，2004 年 12 月），頁 350。
〔註84〕　整理自（德）沃爾夫岡‧伊瑟爾（Wolfgang Iser），陳定家、汪正龍等譯：《虛構與想像──文學人類學疆界》（長春：吉林人民出版社，2003 年），頁 13～36。

可及之處。經由敘述形成一種用空間架構的理想世界、集體記憶和個人情感的書寫模式，由此沉澱出重要的文化論述。〔註 85〕是故本章節將論述觀音感應故事中臨界空間的轉換和交接，並著重在空間之座標上。

## 一、生／死的臨界：跨越生死的疆域

　　許多的信仰，往往是對死亡的一種抗拒甚至是超越，因此我們會從信仰的力量中，看看能不能抽絲剝繭找出自己活得下去、活得好的方法，像在觀音感應故事中，可以看出故事主角透過觀音的救度神力，極力的對痛苦、災難，甚至是死亡做牴觸，甚至是希望能夠從中超越而來。所以，簡而言之，從事觀音信仰的人們，不管原本是信仰者或未信仰者皆可得度，某一部分「總是爲了明顯的和隱晦的目的——想得到某種現實的好處或解決某類難以解決的問題，顯示出民間信仰的存在和繁盛的背後尤其深刻的現實根源」〔註 86〕，因此期望生命能夠延長、對抗死亡以及早逝的生命，無非一種現實的臨界嚮往，在生死之交臨界擺盪，最終透過信仰使空間得以由死導向現實，以求生之延續也。

　　其中最明顯表現出死而復生者乃〈繫六十四・池金罡〉〔註 87〕，原本已經「爲人所誘殺，棄屍空冢，冢深丈餘」，也就是死過一遍了，但是因爲其一心獨存觀音，所以看見觀音以大手救度之，使之死而復生，甚至逃出空冢，在此則故事中觀音之神力直接臨破生死疆界，使人得以復生，因此生與死、聖與俗無法明確切割，此間包含種種具有希望的想像，空間也不再單純的只畫分爲生與死，〔註 88〕其他如〈繫五十・吳乾鐘〉〔註 89〕其原爲太守但被北虜劫去，其被當成跑馬射殺的活靶子，但因爲稱念觀音由原本的死亡場域即刻下了一場大雨，使之得以逃脫，讓其從死域轉生；或如〈繫五十一・釋法

〔註85〕 李豐楙、劉苑如主編《空間、地域與文化——中國文化空間的書寫與闡釋》（台北：中央研究院中國文哲研究所，2004 年 12 月），導論，頁 1。

〔註86〕 朱迪光著：《中國古典小說新探索：信仰、母題、敘事》（北京：中國社會科學出版社，2007 年 12 月），頁 18。

〔註87〕 （齊）陸杲撰：《繫觀世音應驗記》，輯入《觀世音應驗記三種》譯注，（南京：江蘇古籍出版社，2002 年），頁 200。

〔註88〕 張銘遠先生認爲「聖俗不分，融爲一體」的現象與祖先信仰密切相關，個人以爲透過觀音的救度，生死疆域亦將不分，融爲一體。張銘遠：《生殖崇拜與死亡抗拒》（北京：中國華僑出版公司，1991 年），頁 292。

〔註89〕 （齊）陸杲撰：《繫觀世音應驗記》，輯入《觀世音應驗記三種》譯注，（南京：江蘇古籍出版社，2002 年），頁 162。

智道人〉〔註90〕，其原本被困在溝圍裡，隨後並躲在草叢中，但敵軍「便殺荊叢中賊」，讓其原本從應死的荊棘中得以倖免，其他還有許多繫獄應死但最終得救的故事，無非展現著觀音的救度能化死為生，跨越既有空間。因此在感應故事中所見到的，不是追求達到超越現世的崇高目標的意志，相反可以說是最大限度地追求現世欲望的滿足〔註91〕，更可以說是一種現實生存空間的堅守，下表將列出生／死臨界空間之示意圖：

表九：生／死臨界空間示意圖

此種空間之臨界由生至死再回到生，超越了現實的法則，經由生與死的過度、臨界，更顯空間觀音駕馭空間之廣袤。

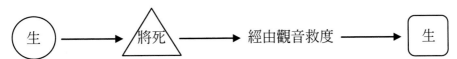

因此在生存環境之中，即使在現實環境中，不論是已死或是將死，透過對觀音的虔誠信仰，將會畫破生死不可攻破之疆域，漸漸融為一體，破死為生，成為一種導向現實的力量。

## 二、虛／實的苦樂觀照：在現實與夢間

有時人生充滿太多痛苦，現實世界充滿太多不堪，所以我們在作夢中讓自己完缺的遺憾得以圓滿，如同佛洛依德認為夢是願望的達成，亦可能是一種願望的延續，依此，處於混亂的六朝時代下，眾生痛苦不堪、災禍頻仍，其處於的是一種苦痛的現實空間，在感應故事中主角大多肇因於對真實苦痛世界的不滿，因此才禱求觀音以邁向安樂之境也。有時觀音顯現靈異救度時，並不完全是在現實空間施展，而是在「夢」中，透過夢使得許多的想像有了可能，透過夢邁向夢想圓滿便不遠矣，畢竟「夢是歧出現實世界的異度空間，

---

〔註90〕　（齊）陸杲撰：《繫觀世音應驗記》，輯入《觀世音應驗記三種》譯注，（南京：江蘇古籍出版社，2002年），頁163。
〔註91〕　（日）小南一郎著，孫昌武譯：《中國的神話傳說與古小說》（北京：中華書局，1993年6月）頁209。

也是人與他界交流的重要管道」〔註92〕，例如〈繫四・海鹽一人〉〔註93〕原本主角身處在危險的大海浪潮中，但因為稱念觀音，在半夢半醒間竟搭上了莫名的小船，順利抵岸；或如〈繫二十四・郭宣〉〔註94〕主角原本處於枷鎖纏身的監獄，但因為稱念觀音，枷鎖解除，不久後順利化解案情；再如〈繫六十一・潘道秀〉〔註95〕其原本流處北荒，但因誠念觀音，在夢中見觀音放光，一瞬間變使之得以還鄉，以上事例可見之，現實空間本是苦難的，但由夢中作轉換，再回到現實空間實便是眾生所想望的安樂之地，如同下表七示意圖，可見觀音神力之廣大。

表十：虛實的苦樂臨界展演

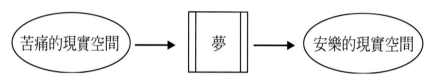

李豐楙指出六朝紛出的筆記小說，整體反映的是一個「世變」之局，每一部、每一則具為其有機體中的一部分，統合觀察才能理解變亂世局下的文化心理，而不宜獨取數則以言其全貌，此其二；六朝是一個宗教大突破的時代，從道教創教，到佛教輸入，儒學、玄學則保存於世族門第。南北朝是人面對這一文化典範的轉移，其時代的危機感慨既著於史、論，又巧妙地表現於雜史、雜傳中，常深意寓焉，此其三。〔註96〕所以透過時代的世變之苦，參雜人民心理的欲求以及種種的危機，在觀音感應故事中所有的現實空間苦難便不會再那麼辛苦、無解，是可以超脫的，讓人民有一種可以保持對明天的想望。雖然觀音意象不能觸摸、也難以觸摸，它經過心靈的回饋，以文字的世界加諸現實世界。〔註97〕

〔註92〕 林真瑜：《「三言」他界書寫的時空型研究》，台中：國立中興大學中國文學系碩士論文，2007年6月，頁24。

〔註93〕 （齊）陸杲撰：《繫觀世音應驗記》，輯入《觀世音應驗記三種》譯注，（南京：江蘇古籍出版社，2002年），頁67。

〔註94〕 （齊）陸杲撰：《繫觀世音應驗記》，輯入《觀世音應驗記三種》譯注，（南京：江蘇古籍出版社，2002年），頁112。

〔註95〕 （齊）陸杲撰：《繫觀世音應驗記》，輯入《觀世音應驗記三種》譯注，（南京：江蘇古籍出版社，2002年），頁187～188。

〔註96〕 李豐楙：《六朝志怪的常異論述與小說美學・序言》（臺北：中研院文哲所，2002年12月），頁I～II。。

〔註97〕 簡政珍著：《語言與文學空間》（台北：漢光文化事業，1991年6月），頁98。

### 三、未知他界的暫居

　　現實世界的苦難，在感應故事中會經由觀音的神力，直接在現實世界得度，或是經過虛實交錯的「夢」而得到圓滿境地，另外一種則是經由「他界」的暫居或是遊歷而稍得自身的安頓，此他界則難以界定分屬現世或是虛幻或是夢境，如〈繫六十九・法領道人〉〔註98〕中的法領道人有一次在行旅的途中遇大雷雨，又天色昏暗、野獸出沒，只好懇求觀音，須臾間發現了一間住家，受到房主熱情款待留宿，等到天亮後卻發現其睡在空曠的石頭上，四周樹林一片，此「見有居家」變為一種他界至「盤石上眠」，住宅成盤石無非一種臨界空間之轉接，這其中的力量乃觀音神力之張顯，但這其中的轉換也使得主角免難。謝明勳在探討六朝志怪冥婚現象時曾言其間的他界空間：

> 事實上，在人們表述其進入另一世界（他界）之時，所有一切眾人皆「習以為常」的事物觀念，將不再適用於此一界域，人世間的常規常矩，勢將無法再次套用到此一「非常之時」與「非常之境」。
> 〔註99〕

此說套用在感應故事中的他界空間也適用，在現實的情況下，若以常態為考，我們並不能有太多自由、反抗、甚至征服的空間，但透過以觀音靈異為常之手段，撇開真實性與荒誕性來看，才能抵達另一種空間，另一種境界，也才能夠讓人相信。

　　下表八將顯示未知他界暫居的臨界空間線索，此和表七相同之處雖然都由苦痛的現實空間到安樂的現實空間，但不同之處在於此未知他界並未經過夢的轉換而來，直接透過觀音救度而至未知他界。

### 表十一：未知他界的空間暫居

---

〔註98〕（齊）陸杲撰：《繫觀世音應驗記》，輯入《觀世音應驗記三種》譯注，（南京：江蘇古籍出版社，2002 年），頁 207。

〔註99〕謝明勳：〈六朝志怪「冥婚」故事研究──以《搜神記》為中心考察〉，輯於《東華漢學》第五期，2007 年 6 月，頁 60。

現實世界常常會充滿許多苦痛不可知的事件，但透過觀音之化現，逐漸引領眾生到一個未知的他界，這個未知的他界非其他空間可以界定，但出了這個未知他界，則會走向安樂的現實空間。

# 第四節　信仰的滲透教化：感應空間的展現

各個宗教在傳播過程中必須對自己的信仰和教義進行解釋，使之能夠為人們所接受，久而久之便形成宗教的解釋體系。由於宗教解釋體系本身處於不斷的發展過程中，因此，宗教的解釋體系具有鮮明的時代特徵。在原始宗教階段，由於人類對自然和社會都處於一種朦朧的知性意識狀態，不能自覺地採用理論闡述方式，因此，各個宗教傳統通常是以形象的神話寓言作為闡述自己信仰的主要方式。〔註100〕感應故事就是建構在佛教的基礎上以闡述信仰的作品，承載著「載道」的重任以讓眾生起信，所以故事中的觀音可以過度任何空間施展神力，彷彿無所不在、無所不能，如同月映千江，江影在在現出觀音形像，無處不是佛法空間之顯現。六朝時，受佛教的影響，志怪小說空間觀得以擴張，上至天界，中為人間，下達幽冥之地，虛構空間大大增加〔註101〕，但觀音感應故事主要集中在對人世間苦難之救度，本節主要探討觀音感應故事中的信仰空間之展現狀況。

## 一、感應之始：心誠則靈

「宗教最初的想法並非起於思考自然之作，而是由於關懷生命中的事件，不斷推動人類心智的希望與恐懼」〔註102〕，報應故事雖出於志怪作者的虛構或加工，經和崇奉佛像卻是那個時代真實存在而且比較普遍的社會現象〔註103〕，在感應故事中可以發現故事的主體很明顯的就是人類，再進一步精確界定則是受到苦難或是有願望無法滿足的人類，出發點無非是那顆恐懼或

---

〔註100〕陳惠琴著：《傳奇的世界——中國古代小說創作模式研究》（北京：師範大學出版社，1999年），頁75。

〔註101〕王光容：〈佛教虛幻空間與小說想像力〉，《重慶三峽學院學報》第二期，2007年，頁45。

〔註102〕張慧端譯：《宗教人類學導讀》（台北：國立編譯館，1996年），頁163。

〔註103〕俞汝捷著：《幻想和寄託的國度——志怪傳奇新論》（台北：淑馨出版社，1991年），頁83。

害怕的心，因此期望透過信仰，透過信仰中的空間展現予以達成願望。透過人類自力念佛的方式，再透過觀音的神通他力加持，得以轉至安樂地，其中眾生透過感應呼救的方式，莫非「存乎一心」，不管是念名號、念經、崇拜經像，呼叫者是有罪或是無罪、原本是不是佛教徒，只要在危急時心誠則靈必得感應，一則顯示了觀音在經典中所揭示的應化身盡力度眾、隨求滿願之外，也展示著「不論是原始宗教或是進化的信仰，求取安慰，乃是彼此依樣的」〔註104〕，透過心誠，在苦亂的時代下，求取著慰藉，是故彼此相應以破空間而來。

## 二、感應代價：不求回報

在感應故事之中，眾生的苦難皆由觀音救度，而在接受救度之後，有些眾生會以出家、打齋、或戒殺等方式報答觀音恩德，但更多的是並未述及回報之方式，感恩本乃對於和自己直接或間接有關之事物以產生或持續，畢竟觀音救度眾生乃依其本願而來：「若有無量百千萬億眾生受諸苦惱，聞是觀世音菩薩，一心稱名，觀世音菩薩即時觀其音聲，皆得解脫。」〔註105〕眾生在承蒙救度後對佛教起了信心，這或許也是一種救度之效，這也和宗教學中所述：

> 一方面保有穩定的情懷，則可以避免槁木死灰，還能適當地發出讚賞，另一方面隨順因緣，則比較不至於產生過度的黏滯或沾著；這二方面合而成爲佛教非常獨特的一種感知品質，或可名爲不帶沾著的讚賞。〔註106〕

若過分的貪著報恩的形式或是供禮，變成了一種貪愛和攀緣，這和佛教講求的放下萬緣起了一種不相容，是故隨順眾生的心意，以讓眾生不驚、不怖、不畏使之情感得以昇華。

## 三、感應思惟：以馬斯洛人之需求理論視之

馬斯洛是人本心理學的創始人之一，其發現動物在行爲或表現上有盡

---

〔註104〕釋聖嚴著：《比較宗教學》（台北：中華書局，1985年），頁3。
〔註105〕（後秦）鳩羅摩什譯：《妙法蓮華經》卷七，《大正藏》第九冊 NO.0262，頁0056c05。
〔註106〕蘆蕙馨、陳德光、林長寬主編：《宗教神聖：現象與詮釋》（台北：五南圖書，2003年8月），頁219。

力發揮其潛能和個性之傾向,因此他提出了自我實現是人性本質的理念。另外,按馬斯洛的理論,個體成長的內在力量是動機,其由不同需求所組成,所以構成了需求層次論,各層次的性質及其在人格發展上的功能分別是:生理需求、安全需求、愛與隸屬需求、尊重需求、自我實現需求,〔註107〕前一層次之需求滿足後才會延伸晉級到下一層次。其立論點為一者人要生存,他的需求能夠影響他的行為。只有未滿足的需求能夠影響行為,滿足了的需求不能充當激勵工具;再者人的需求按重要性和層次排成一定的次序,從基本的到複雜的;最後當人的某一級的需求得到最低限度滿足后,才會追求高一級的需求,如此逐級上升,成為繼續努力的內在動力。〔註108〕近來新近之心理學家則將需求分為七者:生理、安全、隸屬與愛、自尊、知、美、自我實現,前四者稱為基本需求,後三者稱為成長需求。〔註109〕

　　觀音感應故事可以看到觀音解厄中的主角們,其無非是生理的需求不得滿足,也就是維持生存的需求不得滿足,例如繫三十七·孫欽因罪入獄生理之不得自由,但因稱念觀音「鎖械自寬,隨意得脫」〔註110〕;或是安全需求未得滿足,或在牢中或在刑場或在危險的場域,因而希望得到保護或是免於威脅,也就是安全需求不得滿足,或如繫九·梁聲者「夜半過河,為復流所轉,船覆落水,聲本事佛,唯念觀世音」〔註111〕,在船滅生死安全之際稱念觀音以求免難。綜上所述觀音之救度乃滿足個人之生理與安全基本需求也,當此二者滿足後人類才會往更高層次的需求邁進,或往宗教,或往自我實現,也就是透過觀音感應力之協助人類將滿足生理與安全之基本需求後,才會往自我靈性啟發之成長需求走去,引進門之力量在觀音,但修行或信者則在個人之心。

〔註107〕參閱張春興著:《現代心理學》(台北:東華書局,2003年10月),頁465。
〔註108〕彭克宏主編:《社會科學大詞典》(北京:中國國際廣播出版社,1989年),頁1112～1113。
〔註109〕參閱張春興著:《教育心理學》(台北:東華書局,2001年2月),頁304。
〔註110〕(齊)陸杲撰:《繫觀世音應驗記》,輯入《觀世音應驗記三種》譯注,(南京:江蘇古籍出版社,2002年),頁134。
〔註111〕(齊)陸杲撰:《繫觀世音應驗記》,輯入《觀世音應驗記三種》譯注,(南京:江蘇古籍出版社,2002年),頁78。

# 本章小結

透過觀音靈異力量之顯應，可以看見觀音除了在現實空間救濟眾生之外，虛實的夢界甚至鬼域都是他展現破他界空間之神通展現，在夢境中觀音的神聖力量可以和人互相交流冥遊，進入夢中、脫離夢中，甚而直接使苦難者解脫，因而由半虛而實直接步入眞實，甚至在夢中觀音會與之互動。而在鬼域中顯現之力量，可以看見觀音之力量凌駕於鬼怪力量之上，隨應降服，並使鬼怪得以敬重。此外「臨界空間」之顯現，因社會轉型或遭逢環境驟變所造成的臨界時空展現在生/死的臨界、虛/實的苦樂觀照或是未知他界的暫居等上。而在信仰空間之展演上，無非心誠則靈，透過心誠，在戰亂的時代下，依靠觀音信仰求取著慰藉，且是不需求回報的，是故彼此以需求交相感應以破空間而來！

# 第六章　結　論

　　觀音感應故事屬於宗教文學，內容敘述觀音救濟眾生苦難、滿足眾生願望的行為記錄。在宗教上自《正法華經》出後，觀音信仰日益蓬勃，其救苦救難的的形象也廣為人知，只要有求者一心繫念其名，不管其原本是否為佛教徒、是否本身有罪否或無罪否，皆能獲得解脫，對照著觀音菩薩「救八難、解三毒、應二求」之靈驗形象，在時代意義上來說，也是對政治混亂、人民離散、戰爭迭起的六朝形成一種安頓心靈的力量，所以觀音信仰興源於此，記觀音信仰靈驗之感應故事亦最早興源於此，如（宋）傅亮撰之《觀世音應驗記》、（宋）張演撰《續光世音應驗記》、（齊）陸杲撰《繫觀世音應驗記》，在其之後後世亦有許多觀音感應故事之出現，以記觀音神通力之廣大如《觀音慈林集》等，並和後世諸多文學作品有互相影響，觀音的形象也深植民眾心裡。

　　在感應故事中，常常可以見到觀音神通度眾，出入於任何空間優遊有餘以能救濟，因此其中的感應故事中呈現的空間絕不是一個價值中立的存在或是人們活動的背景，它一方面滿足人類遮蔽、安全與舒適的需求，一方面更展現人們在某時某地的社會文化價值與心理認同，甚至於更可以說是一種慾望空間的追求與展現，透過觀音之神通力彼此相應錯合，所以彼此同時有空間的一般性和地方的特殊性，寄虛於實、化實於虛，彼此互為面向，或者，它們都是構成人文化地表整體的面向。因此空間的書寫，往往結合時間與記憶，空間和時間在個人經驗中共存、互成網絡、並且彼此界定。

　　首先探討到感應故事中空間裡外的「觀看」課題，直接映入眼簾的空間或許是地景，地景（landscape）是一個具有多種意義的術語，常指一個地區的

外貌、產生外貌的物質組合以及這個地區本身因而這些不同的地理景觀與位置會造就不同之情感衍伸與解讀，隨著觀看的角度之不同便有不同之感受，在觀音感應故事中除了載明宗教顯異之本質，也透露了人們生存於這片土地的真實情形，或呼應史實，並敘述了人們和土地互動之關係總之空間自身既是一種生產，通過各種範圍的社會過程以及人類的干涉而被塑造，同時又是一種力量，反過來影響、引導和限制活動的可能性以及人類存在的方式。若以胡亞敏之《敘事學》觀點區分為動態或靜態景觀的話，靜態空間是一個主題化或非主題化的固定的結構，事件在某個特定的地景空間中發生，即是故事中基本固定的空間，在靜態景觀中的地景類別以社會背景為多，純以解脫自然現象帶來之災禍為少，整體靜態景觀之呈現由人們對空間記憶之再展現，明顯展現出不同空間、不同主體的屬性認同；而動態景觀則是一個起動態作用的空間是一個容許人物行動的要素，地景空間不斷轉換，隨著故事的推進，人事景物的遷移，逐漸加深，而再回憶中造成一種曲折回環，沉鬱頓挫的情感表現與審美特質，並從中顯出解脫生命困境、抗斥殘暴現實、批判社會等背後嚴肅的生命課題與自我宗教歸屬之價值，在動態景觀中可以發現在自然背景與社會背景均屬之，但仍以社會背景為多，足見在文本中主要重心還是在整個朝代社會背景造成之危難與解脫，也可以從中發現故事中的主角多並非出於自願性的移動，是在現實生活環境迫於無奈才離開原本安全的場域，途經種種危險，但因稱念觀音一路又可以化險為夷；或者故事主角原本就身處危險之環境，一心渴求出脫而已。

繼續「觀看」議題之探討，涵構主體的特殊的地點和時間中，生活特質的感覺以及特殊活動的感覺所結合而成的思考和生活方式會不斷變動著，政治地理學家阿格紐（John Agnew）提出「有意義區位」的「場所」，因其有定位、物質視覺方式，地方以及人，還有人的互動，其空間必有探討處，換言之感應故事也必然，有其空間可深究處，並且透過空間移動可以知道人和自己在時空位置的對應，也展現了主體和客體世界的變化，從中分析觀音感應故事之空間移動模式有：

一、由甲空間至乙空間：在故事中，常見主角原先處於困險之空間，後因稱念觀音，再由困險之空間移轉至安全之空間，藉由神聖的力量使得空間得以轉換。

二、由甲空間至乙空間，再回到甲空間：透過稱念觀音之力，讓原本離

散之人歸返故鄉，藉由此種空間移動載明了觀音有求必應之宗教性質。

　　三、個人自身能力的縱向提升：身體的地方往往標誌自我和他者的邊界，兼有社會和物理上的意義，所以藉由個人身體空間之優劣、高下、得與不得，正可以明顯標示出自己和他人的不同，顯示出自底所在的空間意義。但藉由稱念觀音的神聖力量，卻可以超越個人身體空間的限制，化有到無，將自身能力達到縱向之提升。

　　在「觀看」後可以發現主體或是客體的「顯應」，在真實世界的場域裡，人與人、人與環境、人與神聖互動，並以人文景觀和自然景觀中之流動為豁析之。藉由文本我們可以得知人文景觀之顯現，並推測前人之行動與演變，因為我們只看見我們注視的東西，透過觀看再重塑六朝觀音感應故事中的人文景觀，可以看見故事中人物的經驗成為建構人文景觀之重要要素，若以「群體」方向之人文景觀諦視可以發現：家居之地並非絕對安全之地，它亦可能遭受自然無情的災害，此外也可以透過家內與家外的不同觀看角度，凸顯了避風港之性質；或是供奉著佛法僧三寶的佛寺，總給人一種神聖莊嚴的感覺寺廟成為了祈禱和祭祀之場所，人在其中與神聖共融之原先佛寺是中立的空間性質，但可能因遭刀兵劫而成危難之所；難安的枷鎖之地——監獄與刑場，在六朝觀音感應故事中亦發現故事主角或有罪或無罪而身陷囹圄中，「常畏大羅網，憂禍一旦進。」但在監獄與刑場裡反成了展現信仰心之場所，也體現了佛教的獨特的倫理觀；在頻仍的戰場中，也對應了時代下小人物的不知所措與離亂，也因廣大且苦痛之戰亂背景襯托出了無形力量之救贖無地弗屆戰爭中觀音顯聖之奇超越形體、超越內外。若以「個人」方向視之，每個人的慾望不同，所求便也不同，有求子者、延壽者、天倫相聚或是滿足身體限制者，而從這些志怪所記錄或是創作這些身體變形或是突破形體限制時，身體提供了一個形象讓人去思考文字詮釋學。而感應故事文本呈現的則是困厄交織之自然景觀，例如險峻之水域川流成了困住人們的險阻空間，則非一般人民之能力所能拯救；或是充滿危機的深山峻壑，有為了躲避追殺而行山中在山中迷路者，亦有可能面對山中的盜賊，或在山中狩獵或行走時亦有毒蛇虎狼等猛獸，恐奪人性命。

　　而在人與神聖流動之展演上，可以發現觀音顯聖拔苦滿願之力，往往可以說是依照「他力」而來，「他力」到足夠破解空間與空間之限制，當然其中重要因素就是要有眾生自己廣大的信願力，一心心應，自力和他力相交以達

滿願，而眾生之「自力」可以是直念觀音名號、稱誦觀世音經或是直接對經像祈求，進而以觀音救渡者角度而言，以一種「他力」空間之施展，只要一心求離，觀音便使祈願者滿願。另外在人與人之流動上可以得知，故事的主角們觸及了儒家精神之表現，如受到觀音救度後，爲免拖累他人而推己及人的回復監獄，「中國向來，宗教、哲學，與人倫日用之軌範，並不分張儒、釋、道稱爲三教，並行不悖，正以其名無異，其實則無大不同耳」，或許謝敷、傅亮、張演、陸杲等文人本身是佛教徒，而且屬於江南望族有關，而在其中最難可貴的是，即使人身處縲絏中也能夠爲他人著想的心，是一種「恕」道精神的展現，另外也可以看出這種禮尚往來精神之顯應，只是這些人民往來的對象是觀音，其報恩之方式則有出家、舉辦齋會、造塔供僧（寺）、戒殺等四類。

而觀音感應故事記載觀音的顯聖事蹟，自然會有許多超乎現實或是界於虛實之間的「冥遊」空間，首先提到的是「夢」的空間，夢可以是一種滿足欲望之介，並能夠表現人們清醒時的理想願望，若將世界真實的存有分爲現實空間，而將虛幻之事視爲虛幻空間，夢或可介於半虛半實之間，因而夢變成爲了觀音救度的空間之一，成爲了感應故事主角們真實的知覺所感，如一者由虛而實：助苦難者度脫困厄藉由故事主角們的夢境托夢以實施救度；或是夢成了人與神聖互動的指標，是主客雙方的一種交流方式，它既是夢的功能，又是夢的意義，所以在夢中相互溝通具有其價值存在；另外在夢中觀音多現僧侶形像，或許此與夢者本身的宗教信仰決定此一夢境象徵的意義。

另外在感應故事之中，相信神聖觀音的神聖力量與空間之存在，亦會有鬼怪空間之出現，這種空間或許可以和人們所處的世界互相重疊，若將鬼怪所處的空間視爲邪惡空間，邪惡空間可以是真實空間的「差異地點」，而神仙世界可以是一種「虛構空間」，葉慶炳認爲任何一部魏晉南北朝的鬼小說，其目的顯然都是肯定鬼的存在，故在書中才會拿出來以觀音救度鬼怪之難來作對比，鬼怪之力乃不及觀音之力。是故中國本土關切的人鬼問題，經由奉佛人士的利用，不再罕言此類攸關生死的話題，反而成爲他界訊息、佛教義理的有力傳播。

臨界現象可以指涉因社會轉型或遭逢環境驟變所造成的臨界時空（liminal time/space）；或是指那些肇因於臨界時空而衍生出的文化臨界，觀看感應故事則可以看見臨界現象之出現，例如：

　　一、生／死的臨界：故事主角透過觀音的救度神力，極力的對痛苦、災難，甚至是死亡做牴觸，甚至是希望能夠從中超越而來。簡而言之，總是為了明顯的和隱晦的目的——想得到某種現實的好處或解決某類難以解決的問題，顯示出民間信仰的存在和繁盛的背後尤其深刻的現實根源。

　　二、虛／實的苦樂觀照：在現實與夢間透過時代的世變之苦，參雜人民心理的欲求以及種種的危機，在觀音感應故事中所有的現實空間苦難便不會再那麼辛苦、無解，是可以超脫的。

　　三、未知他界的暫居：若以常態為考，我們並不能有太多自由、反抗、甚至征服的空間，但透過以觀音靈異為常之手段，撇開真實性與荒誕性來看，才能抵達另一種空間，另一種境界，而這種空間是讓人們得以喘息的。

　　透過觀音感應故事可以看見觀音的神聖力量穿透任何空間而來，甚至凌越了其他種種空間的力量，形成了一種慈悲的空間霸權，所謂心誠則靈也，宗教最初的想法並非起於思考自然之作，而是由於關懷生命中的事件，不斷推動人類心智的希望與恐懼，只要有誠心任何人都能得到救贖，而在救贖後可以不求回報的，若以心理學的觀點視之可以發現觀音信仰是滿足人們基本需求的。

# 附錄：臺灣地區「觀音信仰」研究學位論文一覽表

| 「觀音」研究論文一覽表 | | | | |
|---|---|---|---|---|
| 分類 | 論文名稱 | 作者 | 指導教授 | 學校所別 | 年度 |
| 思想 | 現代社會中的觀音信仰——理論與現象之探究 | 王芝君 | 尤惠貞 | 南華大學哲學系碩士班 | 97 |
| 宗教信仰 | 台灣大悲咒水法門之研究——以功德山中華國際大悲咒水功德會為中心 | 方柏舜 | 釋慧嚴、鄭瑞明 | 長榮大學台灣研究所碩士 | 98 |
| | 大崗山超峰寺與民間信仰關係之探討—民間佛教的視角 | 陳玉娟（釋地信） | 林美容 | 慈濟大學宗教與文化研究所碩士 | 98 |
| | 觀世音靈籤探源—以板橋市接雲寺為例 | 高弘毅 | 何廣棪 | 華梵大學東方人文思想研究所碩士 | 98 |
| | 敦煌《觀音經》文獻及其相關信仰之研究 | 陳秀蓮（釋大參） | 鄭阿財、釋仁朗 | 華梵大學東方人文思想研究所碩士 | 97 |
| | 琉球鄉碧雲寺觀音信仰探究 | 張簡雅芬 | 許秀霞 | 國立台東大學華語文學系碩士 | 97 |
| | 佛教觀音變身道教大士之探討 | 潘俊琳 | 何廣棪 | 華梵大學東方人文思想研究所碩士 | 97 |
| | 地緣與血緣：清代淡水地區漢籍移民民間信仰之研究 | 吳柏勳 | 周彥文 | 淡江大學漢語文化暨文獻資源研究所碩士班碩士 | 97 |
| | 古代印度觀音信仰之探討 | 邱光輝 | 黃運喜 | 玄奘大學宗教學系碩士在職專班碩士 | 96 |

| 臺灣艋舺龍山寺籤詩及其文學性研究 | 薛皓文 | 邱燮友 | 國立臺灣師範大學國文學系碩士 | 96 |
|---|---|---|---|---|
| 四臂觀音念誦法儀軌之研究──《西藏大藏經》目錄之比對與溯源之探討 | 劉維珍 | 王惠雯 | 華梵大學東方人文思想研究所碩士 | 96 |
| 明代觀音信仰之研究 | 徐一智 | 雷家驥王成勉 | 國立中正大學歷史所博士 | 95 |
| 金門觀音信仰及其寺廟供像之探討 | 黃彩戀 | 汪娟 | 銘傳大學應用中國文學系碩士在職專班碩士 | 94 |
| 高雄縣內門鄉宗教與文化展演：以紫竹寺觀音信仰為中心的研究 | 黃永欽 | 喬健 | 國立東華大學族群關係與文化研究所碩士 | 94 |
| 民間信仰與現代社會之互動──以林口竹林山觀音寺為例 | 蘇健仁 | 陳志榮 | 眞理大學宗教學系碩士班碩士 | 94 |
| 府城寺廟奉祀觀音之研究 | 王秋惠 | 管志明 | 國立臺南大學台灣文化研究所碩士 | 93 |
| 觀音與媽祖的相關性研究 | 林嬤嬤 | 鄭志明 | 玄奘大學宗教學系碩士班碩士 | 93 |
| 漢傳觀音信仰之形成及其對唐、宋佛教婦女生活的影響 | 呂和美 | 黃運喜 | 玄奘大學宗教學系碩士班碩士 | 93 |
| 北投地區寺廟供像探討──以觀音為例 | 王惠珉 | 陳清香 | 中國文化大學藝術研究所美術組碩士在職專班碩士 | 92 |
| 普門化紅顏──中國觀音變女神之探究 | 王儷蓉 | 鄭毓瑜 | 臺灣大學中國文學研究所碩士 | 92 |
| 台灣觀音造型藝術研究 | 林沂宣 | 陳元義 | 國立台北大學民俗藝術研究所碩士 | 92 |
| 兩晉佛教居士研究 | 紀志昌 | 林麗眞 | 臺灣大學中國文學研究所博士 | 92 |
| 當代台灣觀音信仰的研究──以七個道場為例 | 劉蔡春美 | 黃運喜 | 玄奘大學宗教學系碩士班碩士 | 90 |
| 大悲懺法之研究 | 張家禎 | 慧嚴法師 | 玄奘大學宗教學研究所碩士 | 89 |

| | | | | | |
|---|---|---|---|---|---|
| | 臺灣民間佛教「巖仔」信仰之研究 | 蘇全正 | 黃秀政、林美容 | 國立中興大學歷史學系碩士 | 89 |
| | 魚籃觀音研究 | 高禎霙 | 王三慶 | 中國文化大學中國文學研究所碩士 | 80 |
| 藝術 | 觀世音菩薩彩繪佛相造型創作之研究 | 郭有育 | 陳逸聰 | 樹德科技大學建築與環境設計研究所碩士 | 98 |
| | 宗教藝術之時代意義——比較哥德式聖母像與北魏觀音像的微笑 | 黃琬芸 | 劉河北 | 輔仁大學宗教學系碩士 | 98 |
| | 中國中古佛教造像活動 | 何亞宜 | 王德權 | 國立政治大學歷史研究所碩士 | 98 |
| | 大悲咒法相造形分析之研究 | 邱鈺仁 | 陳木杉 | 南華大學應用藝術與設計學系碩士班碩士 | 98 |
| | 慈悲與自在——觀世音菩薩繪畫創作研究 | 杜淑芳 | 林昌德 | 國立臺灣師範大學美術學系在職進修碩士班 | 97 |
| | 大足石刻數珠手觀音造像之探討 | 呂育珊 | 王德育 | 元智大學藝術管理研究所碩士 | 97 |
| | 唐代成都地區密教造像研究——以千手觀音與毗沙門天爲例 | 孫菩蔚 | 潘亮文 | 國立臺南藝術大學藝術史與藝術評論研究所碩士 | 97 |
| | 臺灣「觀音媽聯」圖像研究 | 賴文英 | 顏尚文、張勝彥 | 國立台北大學民俗藝術研究所碩士 | 96 |
| | 透視張大千觀音畫的歷史淵源 | 朱路莉 | 陳淑華 | 國立臺灣師範大學美術學系在職進修碩士班碩士 | 95 |
| | 千手觀音手部造型研究與表現 | 林彥輝 | 蘇茂生 | 國立臺灣師範大學設計研究所碩士 | 95 |
| | 佛教藝術中女性形象研究——以觀音及度母爲例 | 楊涵茵 | 高榮禧 | 國立新竹教育大學人資處美勞教學碩士班碩士 | 95 |
| | 全宋詩禪僧觀音畫贊之研究 | 吳芳智 | 李霖生 | 玄奘大學中國語文學系碩士班碩士 | 94 |
| | 陝北石窟與北宋佛教藝術世俗化的表現 | 林鍾妏 | 李玉珉 | 臺灣大學藝術史研究所碩士 | 94 |

| | 清初觀音畫譜《慈容五十三現》版畫研究 | 高睿哲 | 沈以正 | 國立臺灣師範大學藝術研究所碩士 | 94 |
|---|---|---|---|---|---|
| | 化身與救度思想及其象徵研究－毗師孥與觀世音圖像之宗教與美學意涵 | 許景華 | 黃光男、釋慧開 | 南華大學宗教學研究所碩士 | 93 |
| | 佛教梵唄〈大悲咒〉之傳統與遞變 | 李姿寬 | 吳榮順 | 臺北藝術大學音樂學研究所碩士 | 93 |
| | 觀音信仰即其圖像研究──以千手千眼觀音為例 | 吳筱晴 | 許明銀 | 輔仁大學宗教學系碩士 | 92 |
| | 丁雲鵬佛畫之研究 | 余宥嫻 | 陳清香 | 中國文化大學藝術研究所美術組碩士在職專班碩士 | 92 |
| | 敦煌《觀音經》變相的發展與形制之研究 | 王儷娟 | 洪莫愁 | 華梵大學東方人文思想研究所碩士 | 91 |
| | 雲林縣寺廟觀音造形之探討 | 賴淑美 | 陳清香 | 中國文化大學史學研究所碩士 | 89 |
| | 明代女性之觀音畫研究 | 劉世龍 | 陳清香 | 華梵大學東方人文思想研究所碩士 | 88 |
| | 臺北市佛寺中的觀音像研究 | 張惠玲 | 陳清香 | 國立臺灣師範大學美術研究所 | 82 |
| 文學 | 徐渭及其佛教文學 | 許郁眞 | 邱敏捷 | 國立台南大學國語文學系碩士班碩士 | 99 |
| | 明代擬話本中宗教義理與修行觀之研究 | 黃絢親 | 李威熊、黃忠慎 | 國立彰化師範大學國文學系碩士 | 98 |
| | 《西遊記》與佛典故事比較研究 | 鄭恪莖 | 呂素端 | 靜宜大學中國文學研究所 | 97 |
| | 比較《觀世音應驗記》與《地藏菩薩像靈驗記》的說服策略 | 謝宜君 | 李玉珍 | 國立清華大學中國文學系碩士 | 96 |
| | 佛光與魔影－《西遊記》中女性形象之探析 | 謝幸紋 | 陳惠齡 | 國立新竹教育大學人資處語文教學碩士班碩士 | 96 |
| | 婦女修行故事寶卷研究 | 陳桂香 | 鄭阿財 | 國立中正大學中國文學所碩士 | 95 |
| | 《聊齋誌異》中神祇形象研究 | 梅光宇 | 黃錦珠 | 國立中正大學中國文學所 | 95 |

| | | | | | |
|---|---|---|---|---|---|
| | 釋氏輔教之書——《冥祥記》研究 | 劉家杏 | 張火慶 | 中興大學中國文學系所碩士 | 94 |
| | 明代宗教神祇出身傳小說研究 | 陳致維 | 陳兆南 | 逢甲大學中國文學所碩士 | 94 |
| | 清代寶卷中的婦女修行故事研究 | 鄭如卿 | 李進益 | 國立花蓮教育大學民間文學研究所碩士 | 94 |
| | 唐五代志怪傳奇之記異題材研究 | 黃東陽 | 王國良 | 東吳大學中國文學系博士 | 93 |
| | 《紅樓夢》佛家思想的運用研究 | 黃懷萱 | 龔顯宗 | 國立中山大學中國語文學系研究所碩士 | 92 |
| | 《觀音慈林集》研究 | 陸春雄 | 簡宗修 | 國立中山大學中國語文學系研究所碩士 | 91 |
| | 明清寶卷中的觀音故事研究 | 方鄒怡 | 宋光宇 | 國立花蓮師範學院民間文學研究所碩士 | 90 |
| | 慈航普度——觀音感應故事敘事模式及其宗教義涵 | 林淑媛 | 張夢機 | 國立中央大學中國文學研究所博士 | 89 |
| | 清代民間祕密宗教中的婦女 | 洪美華 | 莊吉發 | 國立臺灣師範大學歷史研究所碩士 | 80 |
| 社會 | 大安森林公園觀音像遷移事件之政教研究 | 廖彼得 | 鄭志明 | 輔仁大學宗教學系碩士 | 97 |

# 參考書目

**壹、佛經與辭典**（依時代先後排序）

**一、《大正藏》**

1. （後漢）迦葉摩騰共法蘭譯：《四十二章經》，輯入《大正藏》電子版第 17 冊 NO.0784，（台北：中華電子佛典協會，2012 年）。

2. （西晉）竺法護譯：《正法華經》，輯入《大正藏》電子版第 9 冊 No.0263，（台北：中華電子佛典協會，2012 年）。

3. （東晉）釋慧遠：《觀無量壽經義疏》，輯入《大正藏》電子版第 37 冊 NO.1745，（台北：中華電子佛典協會，2012 年）。

4. （東晉）瞿曇僧伽提婆譯：《增壹阿含經》，輯入《大正藏》電子版第 2 冊 NO.0125，（台北：中華電子佛典協會，2012 年）。

5. （南朝・宋）釋法賢：《佛說大乘無量壽莊嚴清淨平等覺經》，輯入《大正藏》電子版第 12 冊 NO.0363，（台北：中華電子佛典協會，2012 年）。

6. （後秦）鳩摩羅什譯：《妙法蓮華經》，輯入《大正藏》電子版第 9 冊 No. 0262，（台北：中華電子佛典協會，2012 年）。

7. （後秦）佛陀耶舍共竺佛念譯：《長阿含經》，輯入《大正藏》電子版第 1 冊 NO.0001（台北：中華電子佛典協會，2012 年）。

8. （北涼）曇無讖譯，《悲華經》，輯入《大正藏》電子版第 3 冊 No.0157，（台北：中華電子佛典協會，2012 年）。

9. （劉宋）彊良耶舍譯：《佛說觀無量壽佛經》，輯入《大正藏》電子版第 12 冊 No.0365，（台北：中華電子佛典協會，2012 年）。

10.（梁）慧皎：《高僧傳》卷四，輯入《大正藏》電子版第 50 冊 NO.2059，（台北：中華電子佛典協會，2012 年）。

11.（梁）扶南三藏僧伽婆羅譯：《解脫道論》卷九，輯入《大正藏》電子版第 32 冊 NO.1648，（台北：中華電子佛典協會，2012 年）。

12.（梁楊）釋僧祐：《弘明集》，輯入《大正藏》電子版第 52 冊 NO.2102，（台北：中華電子佛典協會，2012 年）。

13.（隋）智者大師：《觀音義疏》，輯入《大正藏》電子版第 34 冊 NO.1728，（台北：中華電子佛典協會，2012 年）。

14.（唐）般剌蜜帝譯：《大佛頂如來密音修證了義諸菩薩萬行首楞嚴經》，輯入《大正藏》電子版第 19 冊 No.945，（台北：中華電子佛典協會，2012 年）。

15.（唐）玄奘譯：《阿毘達磨大毘婆沙論》，輯入《大正藏》第 27 冊 NO.1545，（台北：中華電子佛典協會，2012 年）。

16.（唐）不空譯：《大樂金剛不空真實三昧耶經般若波羅蜜多理趣釋》，輯入《大正藏》電子版第 19 冊 No.1003，（台北：中華電子佛典協會，2012 年）。

17.（唐）提雲般若譯：《佛說大乘造像功德經》，輯入《大正藏》電子版第 16 冊 NO.0694，（台北：中華電子佛典協會，2012 年）。

18.（唐）釋道綽：《安樂集》卷上，輯入《大正藏》電子版第 47 冊 NO.1958，（台北：中華電子佛典協會，2012 年）。

19.（唐）慧琳：《一切經音義》，輯入《大正藏》電子版第 54 冊 NO.2128，（台北：中華電子佛典協會，2012 年）。

20.（明）釋蕅益：《佛說阿彌陀經要解》，輯入《大正藏》電子版第 37 冊 NO.1762，（台北：中華電子佛典協會，2012 年）。

## 二、《大正新脩大藏經》

1.（後漢）安玄譯：《法鏡經》，輯入《大正新修大藏經》電子版第 12 冊 No.322，（台北：中華電子佛典協會，2012 年）。

2.（東漢）支曜譯：《佛說成具光明定意經》，輯入《大正新脩大藏經》電子版第 15 冊 No.0630，（台北：中華電子佛典協會，2012 年）。

3. （西晉）竺法護譯：《佛說決定總持經》，輯入《大正新脩大藏經》電子版第 17 冊 No.0811，（台北：中華電子佛典協會，2012 年）。

4. （東晉）釋法顯：《高僧法顯傳》，輯入《大正新脩大藏經》電子版第 51 冊 No.2085，（台北：中華電子佛典協會，2012 年）。

5. （後秦）鳩摩羅什譯：《大智度論》，輯入《大正新脩大藏經》第 25 冊 No.1509，（台北：中華電子佛典協會，2012 年）。

6. （隋）天竺三藏闍那崛多共笈多譯，《添品妙法蓮華經》，輯入《大正新脩大藏經》電子版第 9 冊 No.0 264，（台北：中華電子佛典協會，2012 年）。

7. （唐）玄奘譯：《大唐西域記》，輯入《大正新修大藏經》電子版第 51 冊 No.2087，（台北：中華電子佛典協會，2012 年）。

8. （唐）伽梵達摩譯：《千手千眼觀世音菩薩廣大圓滿無礙大悲心陀羅尼經》，輯入《大正新脩大藏經》第 20 冊 NO.1060，（台北：中華電子佛典協會，2012 年）。

9. （唐）唐臨撰：《冥報記》卷一，輯入《大正新修大正藏》電子版第 51 冊 NO.2082，（台北：中華電子佛典協會，2012 年）。

10. （宋）曇無竭譯，《觀世音菩薩授記經》，輯入《大正新修大藏經》第 12 冊 No.0371，（台北：中華電子佛典協會，2012 年）。

### 三、《卍續藏》

1. （明）夏樹芳：《名公法喜志》卷一，輯入《卍續藏》電子版第 88 冊 NO.1649，（台北：中華電子佛典協會，2012 年）。

2. 失譯人名，出周錄：《佛說十往生阿彌陀佛國經》，輯入《卍續藏》第 1 冊 NO.0014，（台北：中華電子佛典協會，2012 年）。

### 四、《新纂卍續藏》

1. （明）袾宏述：《阿彌陀經疏鈔》，輯入《新纂卍續藏》電子版第 22 冊 NO.0424，（台北：中華電子佛典協會，2012 年）。

### 五、《卍新纂大日本續藏經》

1. 失譯者：《觀世音菩薩往生淨土本緣經》，輯入《卍新纂大日本續藏經》電子版第 1 冊 No.0012（台北：中華電子佛典協會，2012 年），。

## 貳、古籍（依時代先後排序）

1. （晉）杜預注，（唐）孔穎達疏，楊柏峻主編：《春秋左傳注》，北京：中華書局，1990 年。

2. （周）列禦寇著，張湛注：《列子》，（北京：中華書局，1985 年。

3. 韓非，陳奇猷校注：《韓非子集釋》，台北：華正書局，1982 年。

4. （漢）董仲舒：《春秋繁露》，臺北：台灣商務印書館出版，影印上海涵芬樓武英殿聚珍本。

5. （漢）鄭玄注，（唐）賈公彥疏：《周禮注疏》輯入十三經，北京：中華書局，1966 年。

6. （漢）孔安國著，（唐）孔穎達疏，（清）阮元校勘：《尚書正義》，台北：藝文印書館，1981 年。

7. （漢）鄭玄注，（唐）孔穎達疏，李學勤主編：《禮記正義·上》，北京：北京大學，1999 年 12 月。

8. （漢）許慎著、（清）段玉裁注：《說文解字注》，上海：上海古籍出版社，1981 年。

9. （晉）張華撰，范寧校證：《博物志校證》，台北：明文書局，1984 年 7 月。

10. 王弼注、紀昀校訂：《老子道德經》，台北：文史哲出版社，1990 年 07 月。

11. （宋）劉義慶撰：《宣驗記》，輯入魯迅之《古小說鉤沉》，台北：盤庚出版社，1978 年。

12. （宋）劉義慶撰，余嘉錫箋疏：《世說新語箋疏》，臺北：華正書局，1989 年 3 月。

13. （宋）傅亮撰：《觀世音應驗記》，董志翹譯：輯入《觀世音應驗記三種》譯注，南京：江蘇古籍出版社，2002 年。

14. （宋）張演撰：《續光世音應驗記》，董志翹譯：輯入《觀世音應驗記三種》譯注，南京：江蘇古籍出版社，2002 年。

15. （齊）陸杲撰：《繫觀世音應驗記》，董志翹譯：輯入《觀世音應驗記三種》譯注，南京：江蘇古籍出版社，2002 年。

16. （齊）王琰撰：《冥祥記》，輯入魯迅之《古小說鉤沉》，台北：盤庚出版社，1978 年。

17. （北齊）魏收撰：《魏書》，北京：中華書局，1997 年 9 月。

18. （梁）沈約撰：《宋書》，台北：中華書局，1997 年 9 月。

19. 〔隋〕侯白撰：《旌異記》，輯入魯迅之《古小說鉤沉》，台北：盤庚出版社，1978 年。

20. （唐）魏徵等撰：《隋書》，北京：中華書局，1997 年 9 月。

21. （唐）房玄齡等撰：《晉書》，北京：中華書局，1997 年 9 月。

22. （唐）李延壽撰：《南史》，北京：中華書局，1997 年 9 月。

23. （宋）歐陽修，（宋）宋祁：《新唐書》，北京：中華書局，1997 年 9 月。

24. （宋）李昌齡：《正統道藏》，台北：新文豐出版社，1988 年。

25. （宋）司馬光，教育部中華叢書編審委員會主編：《資治通鑑今註》，台北：台灣商務印書館。

26. （明）雲棲袾宏：《蓮池大師全集》，台北：中華佛教文化館，1983 年 1 月。

27. （清）劉熙載：《藝概》，上海：上海古籍出版社，1978 年。

28. （清）畢沅校注：《三輔黃圖》，北京：中華書局，1985。

29. 〔清〕孫詒讓：《墨子閒詁》，台北：臺灣商務書局，1983 年 11 月。

30. 續修四庫全書編纂委員會編：《續修四庫全書》史部·史地類，上海：上海古籍出版社。

## 參、今人著作（依作者筆畫排序）

### 一、中文

1. 丁興祥、李美枝、陳皎眉：《社會心理學》，台北：國立空中大學，1989 年。

2. 丁福保：《佛學大辭典下冊》，台北：和裕出版社，1996 年。

3. 于君方：《第一屆中華國際佛學會議實錄》，台北：東初出版社，1991 年 5 月。

4. 于君方著，陳懷宇、姚崇新、林佩瑩譯：《觀音──菩薩中國化的演變》，台北：法鼓文化事業股份有限公司，2009 年。

5. 王先謙：《荀子集解》，台北：藝文印書館，1994 年 1 月。

6. 王國良：《魏晉南北朝志怪小說研究》，台北：文史哲出版社，1984 年 7 月。

7. 王國良：《六朝志怪小說考論》，台北：文史哲出版社，1988 年 11 月。

8. 王立著：《中國古代文學十大主題──原形與流變》，台北：文史哲出版社，1994 年。

9. 王建：《現代自然地理學》，北京：高等教育出版社，2001 年 6 月。

10. 王青：《魏晉南北朝時期的佛教信仰與神話》，北京：中國社會科學出版社，2001 年 8 月。

11. 王德威：《記念朱西甯先生文學研討會論文集》，台北：聯合文學，2003 年。

12. 王志弘等合譯：《現代地理思想》，台北：群學出版，2005 年 4 月。

13. 文史知識編輯部：《佛教與中國文化》，北京：中華文化出版社，1988 年。

14. 文崇一、蕭新煌：《中國人──觀念與行為》，台北：巨流出版社，1995 年。

15. 方利天：《中國佛教與傳統文化》，北京：中國人民出版社，2010 年 1 月。

16. 白秀雄、李興建、黃維憲、吳森源合：《現代社會學》，台北：五南圖書出版公司，1981 年。

17. 印順：《淨土與禪》，台北：正聞出版社，1992 年。

18. 印順：《印度大乘佛教之起源與開展》，台北：正聞出版社，1994 年 7 月。

19. 申荷永：《充滿張力的生活空間──勒溫的動力心理學》，台北：貓頭鷹出版社，2001 年。

20. 任繼愈：《宗教詞典》，上海：上海辭書出版社，1981 年 12 月。

21. 任繼愈主編、謝凝高：《中國的名山大川》，北京：商務印書館出版，1997 年 9 月。

22. 朱立元：《當代西方文藝理論》，上海：華東師範大學出版社，2005。

23. 朱迪光：《中國古典小說新探索：信仰、母題、敘事》，北京：中國社會科學出版社，2007 年 12 月。

24. 江建俊：《魏晉南北朝文學與思想學術研討會論文集》第六輯，台北：里仁出版社，2010 年 7 月。

25. 呂思勉：《兩晉南北朝史》，上海：上海古籍出版社，1983 年 8 月。

26. 呂大吉：《宗教學通論》，北京：中國社科，1986 年。

27. 呂正惠：《文心雕龍綜論》，台北：台灣學生，1988 年。

28. 邢莉：《觀音——神聖與世俗》，北京：學苑出版社，2001 年 5 月。

29. 李炳南老居士：《佛學常識課本教學指引》，台中：台中蓮社，1996 年。

30. 李豐楙：《六朝志怪的常異論述與小說美學》，臺北：中研院文哲所，2002 年 12 月。

31. 李漢濱：《太平廣記的夢研究》，台北：學海出版社，2004 年。

32. 李豐楙、劉苑如主編：《空間、地域與文化——中國文化空間的書寫與闡釋》，台北：中央研究院中國文哲研究所，2004 年 12 月。

33. 李劍國：《唐前志怪小說史》，天津：天津教育出版社，2005 年。

34. 李利安：《觀音信仰的淵源與傳播》，北京：宗教文化出版社，2008 年 6 月。

35. 汪民安、陳永國編：《後身體：文化、權力與生命政治學》，長春：吉林人民出版社，2003 年 12 月。

36. 汪民安：《身體、空間與後現代性》，江蘇：江蘇人民出版社，2006 年 1 月。

37. 余光中：《白玉苦瓜》，台北：大地出版，2004 年。

38. 余秋雨：《觀眾心理學》，台北：天下遠見出版社，2006 年。

39. 邱運華：《文學批評方法與案例》，北京：北京大學出版社，2007 年。

40. 吳治平：《空間理論與文學的再現》，甘肅：甘肅人民出版社，2008 年。

41. 佛光山文教基金會：《佛光大辭典》，高雄：佛光山財團法人佛光山文教基金會，2009 年 8 月。

42. 周英雄：《小說・歷史・心理・人物》，台北：東大圖書股份有限公司，1989 年。

43. 周秋良：《觀音故事與觀音信仰研究——以俗文學爲中心》，廣東：廣東高等教育出版社，2009 年 6 月。

44. 孟憲鵬：《現代學科大辭典》，北京：海洋出版社，1990 年。

45. 季旭昇：《説文新證》，福建：福建人民出版社，2010 年 12 月。

46. 林玉蓮、胡正凡：《環境心理學》，北京：建築工業出版社，2000 年 12 月。

47. 林淑媛：《慈航普渡——觀音感應故事敘事模式及其宗教意涵》，台北：大安出版社，2004 年。

48. 林淑貞：《六朝志怪書寫範式與意蘊》，台北：里仁書局，2010 年 09 月。

49. 紀志昌：《兩晉佛教居士研究》，台北：國立台灣大學文史叢刊，2007 年。

50. 胡亞敏：《敘事學》，湖北：華中師範大學出版社，2004 年。

51. 俞汝捷：《幻想和寄託的國度——志怪傳奇新論》，台北：淑馨出版社，1991 年。

52. 范銘如：《文學地理：台灣小説的空間閲讀》，台北：麥田出版社，2008 年。

53. 徐靜波：《觀世音菩薩全書·觀世音菩薩考述》，遼寧：春風藝文出版社，1987 年。

54. 徐磊青、楊公俠著：《環境心理學》，台北：五南出版社，2005 年 1 月。

55. 袁珂注：《山海經校注》，上海：上海古籍出版社，1996 年。

56. 唐君毅：《中華人文與當今世界補編》，台北：台灣學生書局，1988 年。

57. 夏鑄九、王志弘編譯：《空間的文化形式與社會理論讀本》，台北市：明文書局，1994 年 6 月。

58. 馬昌儀：《中國靈魂信仰》，上海：上海文藝出版社，1998 年 11 月。

59. 馬美信譯：《中國名著選譯叢書·莊子》，台中市：暢談國際文化，2003 年。

60. 孫昌武：《中國文學中的維摩與觀音》，天津：天津教育出版社，2005 年 1 月。

61. 翁振盛：《敘事學》，台北：行政院文化建設委員會，2010 年。

62. 高桂惠，《追蹤躡踪：中國小說的文化闡釋》，台北：大安出版社，2005年9月。

63. 郭朋：《中國佛教史》，台北：文津出版社，1993年7月。

64. 郭箴一：《中國小說史上》，上海：上海書店，1984年3月。

65. 張火慶：《觀世音普門品》，臺北：金楓出版社，1987年1月。

66. 張銘遠：《生殖崇拜與死亡抗拒》，北京：中國華僑出版公司，1991年。

67. 張慧端譯：《宗教人類學導讀》，台北：國立編譯館，1996年。

68. 張聲作：《宗教與民族》，北京：中國社會科學出版社，1997年。

69. 張春興：《教育心理學》，台北：東華書局，2001年2月。

70. 張總：《説不盡的觀音：引經、據典、圖說》，上海：上海辭書出版社，2002年4月。

71. 張春興：《現代心理學》，台北：東華書局，2003年10月。

72. 張小虹：《身體褶學》，台北：有鹿文化，2009年11月。

73. 張惠菁：《你不相信的事》，台北：大塊文化，2011年10月。

74. 陳之邁：《荷蘭高羅佩》，台北：傳記文學出版社，1969年。

75. 陳百希：《宗教學》，台北：光啓出版社，1980年。

76. 陳惠琴：《傳奇的世界—中國古代小說創作模式研究》，北京：師範大學出版社，1999年。

77. 陳序經：《文化學概觀》，北京：中國人民大學出版社，2005年。

78. 盛治仁主編，溫振盛、葉偉忠：《敘事學・風格學》，台北：行政院文化建設委員會，2010年。

79. 常若松：《人類心靈的神話：榮格的分析心理學》，台北：貓頭鷹出版社，2000年。

80. 畢恆達：《空間就是權力》，台北：心靈工坊，2001年6月初版。

81. 馮瑞：《固體物理學大辭典》，北京：高等教育出版社，1995年。

82. 馮永敏：《散文鑑賞藝術探微》，台北：文史哲出版社，1998年2月。

83. 彭克宏：《社會科學大詞典》，北京：中國國際廣播出版社，1989年。

84. 傅正谷:《中國夢文化》,北京:中國社會科學出版社,1993 年 9 月。

85. 焦循:《孟子正義》,台北:文津出版社,1988 年。

86. 葉慶炳:《古典小說論評》,台北:幼獅文化出版事業,1985 年。

87. 葉桂桐:《中國古代小說概論》,台北:文津出版社,1998 年 10 月。

88. 葉舒憲主編:《文學與治療》,北京:社會科學文獻出版社,1999 年。

89. 葉秀山:《中西文化會通》,台北:未來書城,2003 年。

90. 葉舒憲、蕭兵、鄭在書:《山海經的文化尋蹤——「想像地理學」與東西文化碰觸》上冊,武漢:湖北人民出版社,2004 年。

91. 程國賦《唐代小說與中古文化》,臺北:文津出版社,2000 年 2 月。

92. 普慧:《南朝佛教與文學》,北京:中華書店,2002 年 2 月。

93. 黃國峻:《盲目地注視》,台北:聯合文學,2001 年。

94. 湯用彤:《理學、佛學、印度學》,臺北:佛光文化事業,2001 年 4 月。

95. 湯用彤:《漢魏兩晉南北朝佛教史》,湖北:武漢大學出版社,2008 年 12 月。

96. 黃應貴總主編,王瓔玲:《空間與文化場域:空間移動之文化詮釋》,台北:漢學研究中心,2009 年。

97. 聞一多:《神話與詩》,北京:中華書局,1956 年。

98. 楊學政:《原始宗教論》,昆明:雲南人民出版社,1991 年第一版。

99. 楊鴻銘:《歷代古文評析——唐宋之部》,臺北市:文史哲出版社,1992 年 8 月。

100. 聖嚴:《比較宗教學》,台北:中華書局,1985 年。

101. 聖嚴法師:《印度佛教史》,臺北:法鼓文化事業,1999 年 12 月。

102. 聖嚴法師:《聖嚴法師教觀音法門》,臺北:法鼓文化出版社,2005 年 7 月。

103. 詹石窗主編:《夢與道——中華傳統夢文化研究》,北京:東方出版社,2009 年 5 月。

104. 鄒強:《中國經典文本中夢意象的美學研究》,濟南:齊魯書社,2007 年 8 月。

105. 寧湘煒、張英馳、張洪編著:《名人夢兆》,遼寧:教育出版社,1993 年。

106. 廖炳惠：《吃的後現代》，台北：二魚文化，2004 年。

107. 蒲慕州：《追尋一己之福——中國古代的信仰世界》，台北：麥田出版社，2004 年。

108. 熊哲宏：《心靈深處的王國：佛洛依德的精神分析學》，台北：貓頭鷹出版社，2000 年。

109. 趙道強：《旅遊數碼攝影完全攻略》，北京：中國旅遊出版社，2007 年 5 月。

110. 蔡文川：《地方感：環境空間的經驗、記憶和想像》，高雄：麗文文化事業股份有限公司，2009 年。

111. 蔡瑞峰：《多情自古傷離別——古典文學別離主題研究》，台北：文史哲出版社，1996 年。

112. 劉文英：《夢的迷信與夢的探索》，北京：中國社會科學出版社，1989 年。

113. 劉克襄：《小綠山之歌——台北盆地四季的自然觀察》，台北：時報文化出版社，1995 年。

114. 劉苑如：《身體·性別·階級——六朝志怪的常異論述與小說美學》，台北：中研院文哲所，2002 年。

115. 劉亞丁：《佛教靈驗記研究——以晉唐為中心》，四川：巴蜀書社，2006 年 7 月。

116. 劉精誠，《中國歷史大講堂——兩晉南北朝史話》，北京：中國國際廣播出版社，2007 年。

117. 劉克襄：《巡山》，台北：愛詩社出版社，2008 年 9 月。

118. 劉克襄：《閱讀文學地景·小說卷》，台北：聯合文學出版社，2008 年。

119. 劉苑如：《朝向生活世界的文學詮釋——六朝宗教敘述的身體實踐與空間書寫》，台北：新文豐出版社，2010 年 7 月。

120. 魯迅：《中國小說史略》，上海：上海古籍出版社，1998 年。

121. 潘朝陽：《心靈·空間·環境——人文主義的地理思想》，台北：五南圖書出版公司，2005 年。

122. 鄭毓瑜：《六朝情境美學》，台北：里仁書局，1997 年。

123. 鄭志明：《神明的由來·台灣篇》，嘉義：南華管理學院出版，1998 年。

124. 鄭訓佐、李劍鋒：《中國文學精神・魏晉南北朝卷》，濟南：山東教育，2003 年。

125. 鄭振滿、陳春聲主編：《民間信仰與社會空間》，福建：福建人民出版社，2003 年。

126. 鄭文惠：《文學與圖像的文化美學——想向共同體的樂園論述》，台北：里仁書局，2005 年 9 月。

127. 簡政珍：《語言與文學空間》，台北：漢光文化事業，1991 年 6 月。

128. 韓廷傑：《三論宗通論》，台北：文津出版社，1997 年。

129. 薛克翹：《佛教與中國文化》，北京：崑崙出版社，2006 年 3 月。

130. 謝冰瑩等：《新譯四書讀本上》，台北：三民書局出版社，2006 年 9 月。

131. 盧澤民：《夢書——中國古代夢學探源》，北京：中華工商聯合出版社，1994 年。

132. 顏進雄：《唐代遊仙詩研究》，台北：文津出版社，1996 年。

133. 蕭登福：《漢魏六朝佛道兩教之天堂地獄說》，台北：台灣學生書局，1989 年 11 月。

134. 蕭登福：《先秦兩漢冥界及神仙思想探原》，台北：文津出版社，2001 年元月。

135. 變德義：《宗教心理學》，上海：上海書店，1990 年。

136. 羅基編：《夢學全書》，北京：中國社會出版社，1996 年 1 月。

137. 釋恆清：《佛性思想》，台北：東大圖書，1997 年。

138. 嚴耀中《江南佛教史》，上海：上海人民出版社，2000 年。

139. 蘆蕙馨、陳德光、林長寬：《宗教神聖：現象與詮釋》，台北：五南圖書，2003 年 8 月。

140. 龔韻蘅：《兩漢靈冥世界觀探究》，台北：文津出版社，2006 年 4 月。

## 二、外國（依英文字母排序）

### （一）歐美

1. Anthony Giddens（紀登斯）著，張家銘譯，《社會學》，台北：唐山出版社，1997 年。

2. Anthony Stevens（安東尼）著，薛絢譯：《夢：私我的神話》，台北：立緒文化出版社，2000 年 4 月。

3. Bronislaw Malinoski（馬凌諾斯基）著，朱岑樓譯：《巫術、科學與宗教》，台北：協志工業叢書出版公司，1996 年。

4. C.von Clausewizy（克勞賽維茨）著，鈕先鐘譯：《戰爭論精華》，台北：麥田出版社，1996。

5. Catherine Grout（卡林特・古特） 著，黃金菊譯：《重返風景：當代藝術的地景再現》，台北：遠流，2009 年。

6. David Seamon：'the phenomenological investigation of imaginative literature' in G.T.Moore and R.G.Golledge（eds.），Environmental Knowing：theories，Research and Mathods（Dowden，Hutchinson＆Ross，Stroudsburg，Pa.），1976。

7. Dani Cavallaro（丹尼・卡洛瓦拉）著，張衛東、張生、趙順宏譯：《文化理論關鍵辭》，南京：江蘇人民出版社，2006 年。

8. Ernst Cassirer（恩斯特・卡希爾）著，甘陽譯：《人論》（An Essay on Man），台北：桂冠出版社，1997 年 11 月。

9. Edward W Soja（愛德華・索雅）著，王文斌譯：《後現代地理學——重申批判社會理論中的空間》，北京：商務印書館，2004 年。

10. Edward W. Soja（愛德華・索雅） 著，王志弘、張華蓀與王玥民等譯：《第三空間》，台北：桂冠出版社，2004 年。

11. Edward B.Tylor（愛德華・伯內特・泰勒）著，連樹聲譯：《原始文化：神話、哲學、宗教、語言、藝術和習俗發展之研究》，桂林：廣西師範大學出版社，2005 年。

12. Erik Zürcher（許理和）著，李四龍、裴勇等譯：《佛教征服中國》，江蘇：江蘇人民出版社，2005 年 8 月。

13. Frank Tilly（梯利）著：《西洋哲學史》，臺北：商務書局，1987 年 2 月。

14. Freud Sigmund（佛洛伊德）著，高覺敷譯：《精神分析引論新編》，北京：商務印書館，1987 年。

15. Freud Sigmund （佛洛伊德）著，車文博主編：《佛洛伊得主義原著選輯

上卷》，瀋陽：遼寧人民出版社，1988 年。

16. Freud Sigmund（佛洛伊德）著，彭舜譯：《精神分析引論》，台北：左岸出版社，2006 年。

17. Greertz.C.（克里福德‧格爾茨）著，韓莉譯：《文化的解釋》，南京：譯林，1999。

18. Gaston Bachelard（巴舍拉）著，龔卓軍、王靜慧譯：《空間詩學》，台北：張老師文化出版社，2003 年。

19. Henri Lefebvre：The Production of Space. Oxford: Basil Blackwell，1991。

20. J. Allan Hobson（霍布森）著，潘震澤譯：《夢的新解析：承繼佛洛依德的未竟之業》，台北：天下遠見出版社，2005 年。

21. Harald Winzer（哈拉爾德‧維爾策）策編，季斌、王立君、白錫堃譯：《社會記憶：歷史、回憶、傳承》，北京：北京大學出版社，2007 年。

22. Eliade, Mircea（伊利雅德）著，《聖與俗——宗教的本質》，台北：桂冠出版社，2000 年。

23. John Agnew：The United States in the World—Economy：a regional geography，New York：Cambridge University Press，1987。

24. James R. Lewis（路易斯）著，王宜燕、戴育賢譯：《夢的百科全書》，台北：五南圖書，1999 年 12 月。

25. John Berger（約翰‧伯格）著，吳莉君譯：《觀看的方式》，台北：麥田出版社，2005 年。

26. Judith Butler（巴特勒）著，郭劼譯：《消解性別》，上海：上海三聯書店，2009 年。

27. Judith Butler（巴特勒）著，張生譯：《權力的精神生活：服從的理論》，南京：江蘇人民出版社，2009 年 3 月。

28. Kenneth Robert Olwig：'Literature and Raelity'：The Transformation of the Jutland Heath'，HumanisticGeography and Literature，Totowa，N.J，1981。

29. Lucien Lévy-Bruhl（列維‧布留爾）著，丁由譯：《原始思維》，北京：商務印書館，1981 年。

30. Linda McDowell（琳達・麥道威爾）著，徐苔玲、王志弘合譯：《性別、認同與地方——女性主義地理學概說》，台北：群學出版社，2006 年。

31. Mallmann, , Marie-Therese De. : Introduction to L'Etude d'Avalokitesvara. , Paris: Annales Du Musee Guimet，1984。

32. Michel Foucault（傅柯）著，劉北成譯：《規訓與懲罰——監獄的誕生》，台北：桂冠出版社，1992 年。

33. Miller, J. Hillis. : "Philosophy, Literature, Topography: Heidegger and Hardy" Topographies.California: Stanford University Press, 1995。

34. Mieke Bal（米克・巴爾）著，譚君強譯：《敘事學：敘事理論導論》，北京：中國社會科學出版社，2003 年。

35. Mike Crang（麥克・朗格）著，楊淑華、宋慧敏譯：《文化地理學》，南京：南京大學出版社，2003 年。

36. Norberg-Schulz，Christian（諾伯舒茲）著，王淳隆譯：《實存・空間・建築》，台北：台隆出版社，1984 年。

37. Nandana Chutiwongs："Avalokitesvara in Indian Art"，"The Iconography of Avalokitesvara in Mainland South Asia"，Ph. D. Dissertation, Rijksuniversiteit, leiden，1984。

38. Roger.M.Keesing（基辛）著，北晨編譯：《當代文化人類學概要》，浙江：浙江人民出版社，1986 年。

39. R oger.M. Keesing（基辛）著，張恭啓、于嘉雲譯：《文化人類學》，台北：巨流圖書公司，1991 年 2 月。

40. R. J. Johnston（強斯頓）主編，柴彥威等譯：《人文地理學詞典》，北京：商務印書館，2004 年。

41. Roland Barthes（羅蘭・巴特）著，汪躍進、伍佩榮譯：《一個解構主義的文本》，上海：人民出版社，2004 年 6 月。

42. Roland Barthes（羅蘭・巴特）著，汪耀進、武佩榮譯：《戀人絮語》，台北，商周出版，2010 年 7 月。

43. Sarah allan：The way of water and sprouts of virtue，State University of New York Press edition，1997。

44. Terry Eagleton（伊戈頓）：《文學理論導讀》，台北：書林出版社，1993年。

45. Tim Cresswell（提姆）著，王志弘、徐苔玲譯：《地方——記憶、想像與認同》，台北：群學出版社，2006年。

46. Wolfgang Iser（沃爾夫岡）著，陳定家、汪正龍等譯：《虛構與想像——文學人類學疆界》，長春：吉林人民出版社，2003年。

47. Yi-Fu Tuan（段義孚）著，潘桂成譯：《經驗透視中的空間與地方》，台北：國立編譯館，1998年3月。

（二）日本

1. （日）後藤大用著，黃佳馨譯：《觀世音菩薩本事》，台北：天華出版公司，1982年。

2. （日）謙田茂雄著，關世謙譯：《中國佛教史》，台北：新文豐出版公司，1987年。

3. （日）小南一郎著，孫昌武譯：《中國的神話傳說與古小說》，北京：中華書局，1993年6月。

4. （日）西上青曜：《觀世音菩薩圖像寶典》，台北：唵阿吽出版社，1998年。

**肆、期刊論文**（依出版先後排列）

**一、中文**

1. 崔光宙：〈先秦儒道兩家的藝術精神〉，載於《國立編譯館館刊》第12卷，1983年。

2. 潘朝陽：〈現象學地理學——存在空間的一個詮釋〉，載於《中國地理學會刊》第19期，1991年7月。

3. 韓秉傑：〈婆羅門教神話和佛教神話的比較研究〉，載於《世界宗教研究》第1期，1994年。

4. 孫昌武：〈中國漢地信仰與文學中的觀音〉，載於《傳統文化與現代化》第3期，1995年。

5. 宋道發：〈清淨為心皆補怛，慈悲濟物即觀音——觀音感應初探〉，載於

《法音》第 12 期，1997 年。

6. 蕭義玲：〈一個知識論述的省察——對台灣當代「自然寫作」定義與論述的反思〉，載於《清華學報》，1997 年。

7. 段友文：〈觀音信仰成因論〉，載於《山西師大學報》第 2 期，1998 年。

8. 丁敏：〈佛教經典中神通故事的作用及其語言特色〉，載於李志夫主編《佛學與文學——佛教文學與藝術學術研討會論文集（文學部份）》，台北：法鼓文化，1998 年。

9. 孫昌武：〈六朝小説中的觀音信仰〉，載於李志夫主編《佛學與文學——佛教文學與藝術學術研討會論文集（文學部份）》，台北：法鼓文化，1998 年。

10. 鄭阿財：〈敦煌佛教靈應故事綜論〉，載於李志夫主編《佛學與文學——佛教文學與藝術學術研討會論文集（文學部份）》，台北：法鼓文化，1998 年。

11. 蕭阿勤：〈民族主義與台灣一九七零年代的「鄉土文學」〉，載於《台灣史研究》6 卷 2 期，2000 年。

12. 李利安：〈中國觀音文化基本結構解析〉，載於《哲學研究》第 4 期，2000 年。

13. 于君方：〈中國的慈悲女神觀音〉，載於《香光莊嚴》第 61 期，2000 年。

14. 龔鵬程：〈台灣區域文學史的寫作與傳統〉，載於《文訊》174 期，2000 年 4 月。

15. 趙筱筠：〈觀音信仰原因考〉，載於《學術探索》第 s1 期，2001 年 5 月。

16. 趙光：〈原始思維對漢字構形理據的影響〉，載於《語言研究》，2002 年特刊。

17. 劉苑如：〈眾生入佛國·神靈降人間——《冥祥記》的空間與欲望詮釋〉，載於《政大中文學報第二期》，2004 年 12 月。

18. 開一心：〈空間、記憶與屬性認同：《論偶然生爲亞裔人》〉，載於中外文學第 33 卷第 12 期，2005 年 5 月。

19. 黃東陽：〈六朝觀世音信仰之原理及其特徵——以三種《觀世音應驗記》爲線索〉，載於《新世紀宗教研究第三卷第四期》，2005 年 6 月。

20. 謝明勳：〈從佛經到志怪——以六朝觀世音故事爲例〉，載於《魏晉六朝學術研討會論文集》，台北：東吳大學中國文學系，2005 年 9 月。

21. 李利安：〈觀音信仰的中國化〉，載於《山東大學學報》第 4 期，2006 年。

22. 林麗眞：〈六朝志怪中的形神生滅觀〉，載於《歷史月刊》第 219 期，2006 年 4 月。

23. 胡遠鵬：〈《山海經》研究的世紀回顧〉，載於《中國文化月刊》305 期，2006 年。

24. 劉苑如：〈形見與冥報：六朝志怪中鬼怪敘述的諷諭——一個「導異爲常」模式的考察〉，載於《中國文哲研究集刊》，2006 年 9 月。

25. 王光容：〈佛教虛幻空間與小說想像力〉，載於《重慶三峽學院學報》第二期，2007 年。

26. 吳勇：〈觀世音名號與六朝志怪小説〉，載於《江漢論壇》第 8 期，2007 年。

27. 釋大參：〈天台觀音感應論——以《法華玄義》的感應妙爲中心〉，載於《中華佛學學報》第二十期，台北，中華佛學研究所，2007 年。

28. 謝明勳：〈六朝志怪「冥婚」故事研究——以《搜神記》爲中心考察〉，載於《東華漢學》第五期，2007 年 6 月。

29. 馮玉慶：〈淺述晉東南地區的觀音信仰〉，載於《法音》第 9 期，2008 年。

30. 張鵬：〈從生活空間到文學空間——空間理論作爲批評方法〉，載於《鹽城師範學院學報》第 28 卷第 2 期，2008 年 4 月。

31. 許德金、王蓮香：〈身體、身份與敘事——身體敘事學芻議〉，載於《江西社會科學》，2008 年 4 月。

32. 屈川：〈觀音信仰與中國民眾的現實需要〉，載於《長沙鐵道學院學報》第 9 卷第 4 期，2008 年 12 月。

33. 劉玉霞：〈淺談觀音信仰的世俗化〉《重慶科技學院學報》第 6 期，2009 年。

34. 林淑貞：〈地景臨現——六朝志怪「地誌書寫」範式與文化意蘊〉，載於《政大中文學報》第 12 期，2009 年 12 月。

35. 張二平：〈東晉淨土及觀音信仰的地域流布〉，載於《五臺山研究》第 1

期，2010 年。

36. 黃東陽：〈生命的檢證——從《稽神錄》考述五代民間信仰中自我與神明
之詮釋及份際〉，載於《東吳中文學報第二十二期》，2011 年 11 月。

## 二、外國

1. 菅野博史：〈第三節：道生たおける機と感應〉，收錄於《中國法華思想
の研究》（一），日本：春秋社刊，1994 年。

2. Chun-fang Yu（Professor of Rutgers University）："Kuan-yin: The Chinese
Transformation of Avalokitesvara"，New York：Columbia University Press，
2001

## 伍、學位論文（依出版先後排列）

1. 賴雅靜：《六朝志怪小說中的死後世界》，國立政治大學中國文學研究所
碩士論文，1990 年 7 月。

2. 金明求：《虛實空間的移轉與流動：宋元話本小說的空間探討》，國立台
灣師範大學國文研究所博士論文，2002 年。

3. 林怡蕙：《小說中文本的地理論述——以鹽田兒女小說為例》，國立高雄
師範大學地理研究所碩士論文，2002 年。

4. 熊道麟：《先秦夢文化探微》，國立高雄師範大學博士論文，2002 年。

5. 陸春雄：《觀音慈林集研究》，國立中山大學中國語文學系碩士論文，2002
年。

6. 洪佳君：《高山、水體、森林、公園、都市景觀之生心理效益》，國立中
興大學園藝學系碩士論文，2002 年。

7. 紀志昌：《兩晉佛教居士研究》，國立台灣大學中國文學研究所博士論文，
2003 年。

8. 徐一智：《明代觀音信仰之研究》，國立中正大學歷史所博士論文，2006
年。

9. 黃瑜：《試述佛像在漢地發揮的宗教功能》，四川大學碩士學位論文，2006
年 3 月。

10. 邱光輝：《古代印度觀音信仰之探討》，玄奘大學宗教學系碩士在職專班

碩士論文，2007 年。

11. 呂和美：《漢傳觀音信仰之形成及其對唐、宋佛教婦女生活的影響》，玄奘大學宗教學系碩士論文，2007 年。

12. 徐哲超：《六朝觀音應驗故事研究》，四川大學文學與新聞學院碩士論文，2007 年。

13. 謝宜君：《比較《觀世音應驗記》與《地藏菩薩像靈驗記》的說服策略》，國立清華大學中國文學系碩士論文，2007 年。

14. 林眞瑜：《「三言」他界書寫的時空型研究》，台中：國立中興大學中國文學系碩士論文，2007 年 6 月。

15. 陳秀蓮：《敦煌觀音經文獻及其相關信仰之研究》，華梵大學東方人文思想研究所博士論文，2008 年。

16. 謝納：《空間生產與文化表徵——空間理論視域下的文學空間研究》，遼寧大學文藝學博士學位論文，2008 年。

17. 王建：《兩晉南北朝時期觀世音靈驗故事探析》，華東師範大學人文社會科學學院歷史系碩士論文，2009 年。

18. 儲曉軍：《魏晉南北朝民間信仰研究》，西北大學中國古代文學博士學位論文，2009 年。

19. 林佩洵：《清筆記小說的鬼書寫》，國立中興大學中國文學研究所碩士論文，2009 年 6 月。

20. 張晶瑩：《魏晉南北朝的中國佛教及其佛像雕塑藝術》，四川師範大學碩士學位論文，2010 年 4 月。

21. 曾德清：《魏晉南北朝觀音信仰之研究》，國立台灣師範大學國文學系碩士專班論文，2011 年。

22. 桑春花：《漢地佛教文化視覺符號的演變》，江南大學碩士論文，2011 年 3 月。

## 陸、網路資源

1. 文建會：〈長期關注台灣地誌風土——作家劉克襄〉，http://www.cca.gov.tw/images/epaper/20081017/p02.html，2011.10.22 檢索。